Düsteres Erbe

Rita R. Schönig

Ein Regionalkrimi aus Seligenstadt, witzig, ursprünglich mit regionalem Dialekt und liebenswerten Eigenheiten der alteingesessenen Bevölkerung.

Ich danke meinem lieben Ehemann, Manfred, der mich dazu ermutigte diesen Kriminalroman zu schreiben.

Impressum

buch@rita-schoenig.de

August 2016

ISBN: 9783742700322

Inhalt

Die Autorin

Rita R. Schönig
Geboren 1955 in Seligenstadt, verheiratet.
Erlernter Beruf: Industriekauffrau.
Von 1998 bis 2015 selbstständig im Einzelhandel
Seit Juni 2015 eigene Praxis für *Therapeutische Behandlungen.*

Erstes Buch, Titel: ***Regenbogen am Horizont*** Juli 2008.

1. Seligenstadt Kriminalroman
Titel: ***Düsteres Erbe*** Herbst 2016

Düsteres Erbe

Samstag – 22. Juni 2013

Die Köpfe gesenkt und der Blick starr auf den mausgrauen Linoleumboden gerichtet. So saßen sie nun schon seit geraumer Zeit auf diesen harten Metallstühlen. Die Stille im Raum war schier unerträglich. Man hätte eine Stecknadel fallen hören können.

Wann erlöst SIE uns endlich, dachte Helene Wagner. *Letztendlich hatten alle fünf, wie sie hier saßen, doch zur Aufklärung der abscheulichen Geschichte von damals beigetragen. Gut, vielleicht hätten sie das wichtigste Beweismittel nicht so lange zurückhalten sollen. Aber es ging um Sepp und Schorsch. Sie sollten, die ihnen verbleibenden Lebensjahre nicht in einer kahlen Zelle im Gefängnis verbringen müssen. Na ja, da war da noch die Sache mit dem Boot. Zugegeben, es war leichtsinnig und hätte böse ausgehen können. Trotz allem.* Schmollend presste Helene die Lippen zusammen und blickte in die Runde. *So behandelt zu werden hatten sie nicht verdient.*

Herbert starrte nach wie vor stumm vor sich hin, ebenso wie Sepp und Schorsch. Nur Gundel versuchte unentwegt mit ihrem Handballen die Kratzspuren auf der Tischplatte zu polieren, die Delinquenten in ungleich krimineller Situation hinterlassen hatten.

***

Nicole Wegener, Kriminalhauptkommissarin der Mordkommission Offenbach, beobachtete das Quintett durch die venezianische Glasscheibe. Seit mehr als einer Stunde ließ sie die Fünf schmoren. Einerseits war sie mächtig sauer, andererseits aber auch schmerzlich betroffen. Zum x-ten Mal überflog sie die Anschuldigungen.

Zurückhaltung von Beweismaterial, Behinderung und Einmischung in die polizeilichen Ermittlungen sowie Gefährdung von Leib und Leben. Letzteres ordnete die Hauptkommissarin allerdings eher in den Bereich der Unvernunft ein. Lag es doch in der Natur dieser alteingesessenen Urgesteine, ein gewisses Fremdeln gegenüber Nichteinheimischen an den Tag zu legen.

Seit über neun Jahren lebte sie nun schon in dem ruhigen und beschaulichen Seligenstadt am Main, in dessen Abschnitt der Fluss die Grenzlinie zwischen Hessen und Bayern bildete. Mit seinen charmanten Fachwerkhäusern zählte das historische Städtchen zu einem der ältesten Deutschlands. Bereits im Mittelalter schätzten Kaufleute, auf ihrem Weg zur Messe nach Frankfurt, die sicheren Mauern der Stadt als letzte Übernachtungsstation. Desgleichen wurden Kaiser und Könige gerne unter lautstarkem Jubel willkommen geheißen. Nach Nicoles Vermutung wurden, ob Kaiser, Könige oder Händler, trotz allem lediglich als geduldete Durchreisende und einzig wegen ihrer klingenden Münzen beherbergt. Wen wundert's also, dass die Alteingesessenen ihr, einer Zugezogenen dazu noch einer Kriminalbeamtin, die lange verdeckte Geheimnisse und somit alte Wunden ans Tageslicht zerrte, mehr als skeptisch gegenüberstanden. Das Bedürfnis die Dinge in den eigenen Reihen zu klären war noch immer stark verankert. Deshalb zwar nachvollziehbar, aber dennoch nicht rechtens. Der Staatsanwalt würde das genauso sehen. Folglich musste Nicole einen Weg finden, damit die Sache erst gar nicht vor Gericht kam. Außerdem meldete sich ständig Nicoles schlechtes Gewissen. War es ihr doch nur durch Helenes Freundschaft und deren Freundschaft zu den Einwohnern gelungen an *Interna* zu kommen, zu denen sie ansonsten keinen Zugang erhalten hätte, oder nur sehr schwierig. In gewisser Weise hatte sie Helene und die anderen dazu ermutigt die polizeilichen Ermittlungen *voranzutreiben*.

Nicole klappte die vorsorglich nur handschriftlich verfasste Ermittlungsakte zu und straffte die Schultern. Trotzdem musste sie dieser selbst ernannten SoKo eine Standpauke halten. Ein solcher Vorfall durfte sich nicht wiederholen. Gleichwohl war die Aussicht gering, dass es erneut zu einer Gewalttat wie Mord in ihrem idyllischen Wohnort kommen würde und diese Personen involviert wären. Immerhin betrug deren Durchschnittsalter siebenundsiebzig Jahre.

Montag, 17. Juni - 1. Tag der Ermittlungen

Das Haus war niedergerissen, die Bäume gefällt und das Buschwerk im Gartengrundstück entfernt. Jetzt stieß die breite gezackte Schaufel des Baggers in die Erde, die seit Jahren weder von einem Spatenstich noch von einer Hand, die Unkraut rupfte, in ihrer Ruhe gestört worden war. Lange Zeit hatten die Anwohner versucht, sich gegen diese *Verschandelung* ihrer Straße zu wehren. Dreistöckige Gebäude in einer Straße, in der die kleinen Häuser von ihren Bewohnern mit Eifer und Aufopferung eigens gebaut worden waren. Unvorstellbar. Selbst die Bürgerinitiative „Geliebte Altstadt“ kam nicht gegen die Bebauungspläne an. Der Erfolg tendierte schon deshalb zum Nullpunkt, weil es sich bei diesem Wohngebiet nicht direkt um den historischen Kern der Altstadt handelte und es etwa 100 Meter außerhalb der historischen Stadtmauer lag.

„Was machst de, wenn weeche der Arbeite dein Hof absackt oder Risse an deinem Haus auftauche?“, schrie Georg Lenz, genannt Schorsch, seinem Nachbarn, Karl Neumann, ins Ohr, dessen Haus direkt links an das Grundstück angrenzte.

Der Einwand war nicht von der Hand zu weisen, da keiner so ganz genau wusste, welche Überraschungen im Erdreich lauerten. Im Mittelalter schützte ein tiefer Wassergraben auf seiner Westseite die Stadt gegen feindliche Überfälle. Noch heute weist der *Stadtgraben*, jetzt ein Fuß- und Radfahrweg, noch namentlich darauf hin. Bei einem dort zuvor errichteten Mehrfamilienhaus hatte es, aufgrund ständigen Wasserzulaufs, zu wochenlanger Bauverzögerung, geführt. Ein Zusammenhang konnte aber nicht zuverlässig geklärt werden. Zudem flossen bis vor einigen Jahrzehnten noch mehrere Bäche, wenn auch nur unterirdisch, von höher gelegenen Landstrichen durch die Altstadt. Es konnte also möglich sein, dass der Boden an einigen Stellen noch immer in Unruhe war.

„Also, ich würd' *die* glatt verklage. Die müsse des bezahle." Mit d*ie* meinte Schorsch die Bauträgerfirma, die das Gelände aufgekauft hatte um einen modernen Wohnkomplex zwischen den Häusern, die ziemlich alle vor dem Zweiten Weltkrieg erbaut worden waren, zu errichten.

Karl Neumann antwortete nicht. Sein Blick richtete sich auf die unbarmherzige Baggerschaufel. Ebenso wie Herbert Walter und die allzeit redselige Gundela Krämer, deren Haus an die Gegenseite anrainte. Auch sie hielt ihren Mund, jedenfalls für den Moment. Wobei jeder der drei aus einem anderen Grund die Arbeiten argwöhnisch beobachtete.

Die Krämers Gundel bedauerte, dass der morgendliche Ausblick aus ihrem Küchenfenster nun bald ein anderer werden würde. Keine wild blühenden Blumen auf einer ökologisch unberührten Wiese und keine Bäume mehr in denen Vögel zwitscherten. Und wie die späteren Nachbarn sich anließen, stand sowieso auf einem ganz anderen Blatt. Zwar hatte Gundela Krämer mit den Häuslers, um deren Grundstück es sich handelte, kaum Kontakt gehabt, trotz ihrer stetigen Bemühungen mit Wilhelmine Häusler ins Gespräch zu kommen. Der Grund, Gundula Krämer war evangelisch und somit in Johannes Häuslers Augen eine ketzerische Abtrünnige. Mit so einer gab sich der gestrenge Katholik nicht ab, was selbstverständlich auch für seine Familie galt, die der Patriarch streng kontrollierte. Umso mehr Genugtuung bereitete es Gundel, dass Johannes Häusler offenbar keine Ahnung gehabt hatte was seine damals noch unmündige Tochter Edeltraud, vor einigen Jahrzehnten, in lauen Sommernächten im Garten getrieben hatte. Noch heute trieb es Gundel ein Grinsen ins Gesicht.

Georg Lenz schaute eher ängstlich auf die Ausgrabungen. Und ohne aufzublicken wusste er, dass Josef Richter, sein langjähriger Freund und Nachbar, mit gleicher bedenklicher Mine auf seinem Balkon stand. Beide, Sepp wie auch er, hofften sie auf Gottes Barmherzigkeit und darauf, dass sich das Bibelwort *Asche zu Asche und Staub zu Staub*, über die Jahre hinweg gesehen, verwirklicht hatte.

Noch gestern, bei einigen Gläschen Schnaps, hatten sie sich über die eventuell entstehenden Folgen unterhalten und kamen erneut zu dem Schluss, dass sie im Grunde genommen ja doch nichts damit zu tun hatten. Dennoch fühlten sich Sepp und Schorsch, auch nach einer halben Flasche Obstler, nicht besonders wohl in ihrer Haut.

Die Gedanken des Karl Neumann, der seine Nachbarn um mindestens eine bis eineinhalb Kopflänge überragte, hingen ebenfalls in der Vergangenheit fest, doch auf eine ganz andere Art und Weise. Er dachte an die Zeit mit Edeltraud. Wie er ihr, als sie Kinder waren, bei den Hausaufgaben half und später, als sie fast erwachsen waren, sie sich in lauen Sommernächten im Garten und dem Apfelbaum liebten.

Unerwartet verstummte der Lärm der Maschine. Schlagartige Stille legte sich über das Areal. Der Chef der Bauträgerfirma auf der anderen Straßenseite, gerade noch im Gespräch mit dem Bauleiter, schaute erstaunt auf. „Was ist los? Warum geht es nicht weiter?“

Die Baggerschaufel taumelte über dem schon beachtlich tiefen Loch. Beide gingen sie die paar Schritte bis zum Absperrband, um zu sehen, was die Arbeiten unterbrach und erschauderten. Auf dem sandigen Bogen kullerte ein Schädel herum, bis er in einer kleinen Mulde liegen blieb.

Nach nur einer kurzen Schreckenssekunde blaffte der Chef der Bauträgerfirma. „Wenn das ein Scherz sein soll, dann ist er kräftig danebengegangen.“ Er schaute in die Runde der Nachbarn und anderen Schaulustigen. Aber in deren Augen lag ebenfalls nur blankes Entsetzen.

„Verdammte Scheiße“, entfuhr es dem Bauleiter. Er zückte sein Handy, während er seinen Blick von dem grausigen Fund abwendete.

Verstohlen hob Schorsch Lenz seinen Blick zu Sepp Richter, der mit kreidebleichem Gesicht auf seinem Balkon stand.

Fünf Minuten später ertönte das Martinshorn des Notarztwagens, gefolgt von zwei Polizeifahrzeugen. Einer der Streifenwagen hielt direkt an der Stelle des Geschehens. Ein nachfolgendes Fahrzeug versperrte die Einfahrt in die Straße.

„E bissje spät für die Sanis, tät ich meine“, stellte jemand fest, gefolgt von einem verunglückten Kichern.

***

„Nicole! Nicooole!“ Helene Wagner pochte wild gegen die Tür und presste zusätzlich ihren Daumen auf die Klingel.

Zum x-ten Mal schwor sich Nicole diesen durchdringenden Ton zu ändern. Sie schlurfte zur Tür. „Um Gottes Willen, Helene, was ist denn passiert? Brennt das Haus?“

„Unsinn, da wäre schon längst die Feuerwehr hier. Stell dir vor, die haben eine Leiche gefunden.“

„Hä, was?“ Nicole sah ihrer Vermieterin nach, die schnurstracks an ihr vorbei in Nicoles Wohnraum rauschte.

„Eine L-e-i-c-h-e und mausetot.“

„Sind sie meistens“, kommentierte Nicole gähnend.

„Ja, ja. Du hast ja tagtäglich damit zu tun. Für dich ist so etwas das Natürlichste der Welt.“

„Natürlich ist das keineswegs und glücklicherweise habe ich nicht jeden Tag mit Toten zu tun“, widersprach Nicole. „Und außerdem …“

„Sabbel nicht“, unterbrach sie Helene. „Wir müssen zum Tatort.“

„Ich bin im Urlaub. Schon vergessen? Außerdem bin ich gerade erst aufgestanden.“

„Na umso besser, dann bist du ja ausgeschlafen. Also, komm in die Puschen, Deern.“

„Willst du einen O-Saft oder ein Glas Milch?“ Nicole ging zur Küchenzeile, ohne auf Helenes Direktive einzugehen.

Helene rümpfte die Nase und schielte in Richtung der blubbernden Kaffeemaschine. „Wenn schon, dann Kaffee."

„Glaubst du dein Blutdruck verträgt noch mehr Aufregung?"

Helenes Blick ließ Nicole augenblicklich verstummen. Sie goss Kaffee in einen Becher, reichte ihn Helene und setzte sich an den Tresen, der ihre Küchenzeile vom Wohnraum trennte, ebenfalls mit einem Becher Kaffee.

„Also gut, dann erzähl halt mal."

Nicole brauchte einen Moment bis sie begriff, was Helene ihren Kaffeebecher in der Hand und hin und her laufend, ihr mitteilte. Ein Leichenfund in diesem verschlafenen Ort, den sie sich extra deshalb ausgesucht hatte, weil das kapitale Verbrechen hier noch nicht angekommen war? Einbruch, Diebstahl, ok. Nicole wusste sogar von drei Banküberfällen. Über einen schmunzelte damals der gesamte Kreis Offenbach, weil der Täter - schon längere Zeit aktenkundig - monatelang über der Bank gewohnt hatte, die er später ausraubte. Aber eine Leiche, dazu noch vergraben in einem verwaisten Gartengrundstück? Das kam gewissermaßen einem kulturellen Schock gleich.

„Es kann sich nur um Mord handeln", stellte Helene mit ernster Miene fest. „Oder warum sonst verbuddelt jemand eine Leiche im Garten, hm?" Mit zusammengepressten Lippen und vorgeschobenem Kinn schaute sie Nicole an. Als diese jedoch nicht antwortete, fuhr sie fort. „Dem Häusler hätte ich das wirklich nicht zugetraut. Obwohl er schon ein seltsamer Mensch gewesen war. Aber das …" Sie schüttelte den Kopf. „Ich wohne jetzt schon mehr als fünfzig Jahre hier. Aber einen Mord hat es in der ganzen Zeit nicht gegeben. Glaub mir, ich wüsste davon. Mein Friedel, Gott sei seiner Seele gnädig, hätte natürlich das Verbrechen aufklären müssen, als Oberwachtmeister. Prügeleien in den einschlägigen Kneipen ja, das kam öfters vor. Bei Festen wie Kirmes, wo die jungen Burschen schon mal einen übern Durst tranken war es sozusagen der krönende Abschluss jeder Feierlichkeit. Aber vor meinem Friedel hatten die Spitzbuben Respekt. Er war aber auch ein stattlicher Mann, mein Friedel." Helene lächelte versonnen, wurde aber sogleich wieder ernst. „Aber Mord, nein." Sie seufzte. „Na ja, irgendwann ist halt immer das erste Mal. Auch wir hier bleiben nicht ewig vor kaltblütigen Verbrechen verschont." Abrupt blieb sie vor Nicole stehen. „Also, worauf warten wir noch?"

Schon wieder dieses *WIR*! Nicole hatte sich also nicht verhört. „Wie kannst du sicher sein, dass die ehemaligen Eigentümer damit zu tun hatten? Soweit ich weiß ist das Grundstück schon lange verwildert. Jeder hätte dort heimlich eine Leiche vergraben können."

Energisch schüttelte Helene erneut den Kopf. „Der Tote ist nur noch ein Gerippe, sagt die Gundel."

Nicole zog die Stirn kraus. *Aha, Gundula Krämer, die fossile Ausgabe des heutigen Internets – schnell, informativ und unempfindlich im Umgang von Bezugsquellen.*

„Natürlich wollte die Gundel sofort zu dir. Dass du das nicht gehört hast, die hat mir fast die Tür eingeschlagen? Ich konnte sie gerade noch davon abhalten. Ich wusste doch, dass du Urlaub hast."

Das hält dich aber nicht ab. Schnell verwarf Nicole den gedanklichen Vorwurf. Stattdessen sagte sie: „Danke."

„Was ist jetzt? Können wir los?"

Nicole schnaufte tief und zeigte auf ihre Socken und die Pyjamahose. „Ich muss mich erst noch anziehen."

„Ach! Also gut, aber mach hin." Widerstrebend setzte sich Helene sich auf die Couch, wippte nervös mit den Beinen und rieb ihre Hände aneinander. „Soll ich schon mal vorgehen und die Lage sondieren?", rief sie.

„Untersteh dich!" Nicole streckte den Kopf durch die offene Schlafzimmertür und drohte mit dem Zeigefinger.

Das Telefon klingelte. „Geh doch bitte mal ran."

„Guten Morgen, hier bei Kriminalhauptkommissarin, Nicole Wegener", hörte sie Helene in geschäftsmäßigen Ton sagen. „Ja, doch, sie ist zuhause – nein, nicht nötig, sie ist bereits unterrichtet – ja, danke – ja. Lassen Sie sich ruhig Zeit. Der Tote liegt dort schon einige Jahrzehnten, da kommt's auf eine halbe Stunde auch nicht drauf an. – Ja, wir warten auf Sie – keine Ursache. Bis gleich."

Nicole kam aus ihrem Schlafzimmer. „Wer war dran?"

„Dein Kollege, dieser schnieke Lars Hansen." Helene rollte schwärmerisch mit den Augen. „Er lässt dir ausrichten, dass sie im Stau stehen und es noch ein bisschen dauert, bis sie hier eintreffen. Und, dass es ihm leid täte, dich in deinem wohlverdienten Urlaub stören zu müssen. Ich habe ihm gesagt, dass er sich Zeit lassen soll. Wir sind ja doch gleich vor Ort. Habe ich dir schon gesagt, dass ihr gut zueinander passen würdet?“

„Mindestens hundert Mal. Und ich habe dir mindestens sooft erklärt, dass Lars ein Kollege ist und ich nun mal nichts mit einem Kollegen anfange.“ Jedenfalls nicht noch einmal, dachte Nicole. „Außerdem ist Lars kein Mann für eine feste Beziehung und schon gar nicht zum Heiraten. Und nicht mein Typ.“

„Heiliger Strohsack. Wer redet denn gleich von heiraten. Ich meine ja nur, du solltest dich auch mal amüsieren. Es ist nicht gesund, immer allein rumzuhängen, in deinem Alter.“

„Helene! Böses Mädchen.“ Nicole drohte Helene mit dem Zeigefinger, trat vor den Spiegel in der Garderobe und steckte ihre langen dunkelblonden Haare mit einer großen Klammer auf dem Hinterkopf zusammen.

„Spießerin“, gab Helene zurück.

„Kanntest du die Eigentümer eigentlich näher?“, fragte Nicole, um das heikle Thema zu beenden.

„Ja und nein. Die Häuslers waren eine unauffällige Familie, fast schon ein wenig absonderlich. Der Johannes Häusler war Richter am hiesigen Gericht und sehr engagiert in der Kirche, Mitglied im Kirchenchor, Organist und Vorsitzender im Kirchenbeirat und in vielen Vereinen war er auch tätig.“

„Solche Leute sind mir immer suspekt“, warf Nicole dazwischen.

„Ja, mir auch. Außerdem“, fuhr Helene fort, „hat er das hiesige Waisenhaus finanziell unterstützt. Seine Frau, Wilhelmine, war im Verband christlicher Frauen, Vorbeterin bei Beerdigungen und in der Kirche und so weiter. Dann war da noch seine Schwester, die Maria. Über die wurde gemunkelt, sie hätte eine Liebschaft mit einem Ami gehabt, damals 1946 und, dass der Hannes damit so ganz und gar nicht einverstanden gewesen wäre. Muss aber auch nicht lange angedauert haben, die Romanze, meine ich. Na, ja, das kam damals öfters vor. Der Ami war quasi so über Nacht auch dann verschwunden." Das letzte Wort sprach Helene fast in Zeitlupe aus. Dann schlug sie sich mit der Hand an die Stirn: „Heiliger Bimbam. Kann das der Ami sein? Sicher, das muss er sein! Der hat sich nicht einfach so aus dem Staub gemacht. Der modert seit annähernd sechzig Jahren auf Häuslers Grundstück dahin. Stell dir das mal vor."

„Helene! Ich glaube du schaust zu viele Krimis. Nur, weil die Häuslers mit dem Freund von wie hieß sie? Anna?"

„Maria."

„Also, nur weil sie mit dem Verhältnis nicht einverstanden waren, werden sie ihn nicht gleich umgebracht und in ihrem Garten vergraben haben."

Helene presste die Lippen aufeinander. „Ganz so abwegig ist das nicht. Die Leute zerrissen sich buchstäblich die Mäuler über junge Frauen, die sich mit Amerikanern einließen. Für den Hannes wäre es unvorstellbar gewesen, sag ich dir, wenn man seine Schwester als *Amiflittchen* betitelt hätte. Sein guter Ruf ging dem über alles."

„Und wie hat die Maria auf das Verschwinden ihres angeblichen Geliebten reagiert?"

„Keine Ahnung. Einige Monate nachdem er weg war ist sie gestorben. Es hieß sie hätte die Schwindsucht gehabt. Kann aber auch sein, dass sie an einem ihrer Anfälle gestorben ist. Die Maria litt an einer Art Epilepsie. Das erzählte mir mein Friedel. Übrigens die Edeltraud, die Tochter der Häuslers, leidet an derselben Krankheit, jedenfalls war das so in ihrer Kindheit, vermutlich vererbt. Die Edeltraud kam übrigens zwei Monate nachdem die Maria gestorben war zur Welt. Das weiß ich vom meinem Friedel. Als ich hierher kam muss die Edeltraud so um die Zwanzig gewesen sein. Aber schon damals sah sie aus, wie eine verschreckte graue dürre Maus, hinten wie vorn nix und immer dunkel gekleidet, mit einem strengen Dutt. Wie so ein verhärmtes Kinderfräulein aus diesen englischen Filmen."

Nicole schmunzelte. „Ich denke, du schaust nur Krimis?"

***

Es waren nur wenige Meter, die Nicole und Helene über den angrenzenden Parkplatz, auf dem Nicoles Auto stand und durch die Wolfstraße zurücklegen mussten, um an den Tatort zu gelangen. Die Straße war durch ein Flatterband und ein quer stehendes blinkendes Polizeiauto gesperrt. Die „Blauen", die Kollegen von der Schutzpolizei, achteten streng darauf, dass keiner dem Tatort zu nahe kam. Nicole wurde sofort durchgelassen. Helene musste hinter der Absperrung zurückbleiben.

„Hallo, Frau Wegener. Das ging aber schnell." Josef Maier, Oberkommissar der Polizeistation Seligenstadt, ein eins achtzig großer und stämmiger Mann mit grau meliertem lockigem Haar und einem beachtlichen Bauchumfang, reichte Nicole die Hand.

„Eigentlich habe ich Urlaub“, klärte Nicole ihr blitzartiges Erscheinen. „Aber so ist das, wenn man im gleichen Ort wohnt, wo zufällig gerade dann eine Leiche gefunden wird.“

„Oh, das tut mir leid, Frau Wegener.“ Maier blickte unsicher zum Tatort. „Wollen Sie trotzdem schon mal ...?“

„Ja, klar. Die Kollegen stehen noch im Stau, müssten aber gleich hier eintreffen. Ich riskiere einen Blick, bevor die KTU eintrifft.“

Nicole folgte Maier an den Rand des Aushubs.

„Wenn mich meine Augen nicht täuschen, dann könnten das die Reste einer Pilotenmütze sein, und zwar einer aus dem zweiten Weltkrieg und amerikanisch.“ Maier deutete auf eine stark zerfledderte Kopfbedeckung, die neben dem Schädel lag. „Und über dem Brustkorb des Toten hängt eine Hundemarke, sehen Sie.“ Er zeigte auf das Gerippe, das halb aus dem Erdreich herausragte.

Nicole kniff die Augen zusammen. Helenes Vermutung kam ihr in den Sinn. „Sie meinen es könnte sich bei dem Toten um einen amerikanischen Soldaten handeln?“

In diesem Augenblick fuhr ein schwarzer Mercedes S-Klasse vor. „Oh, Dr. Lechner höchstpersönlich.“

Anstatt ihres Chefs stiegen zwei Zivilbeamte aus, zückten ihre Ausweise und gingen zackigen Schrittes auf Nicole und Maier zu. Der eine, ein schlanker muskulös gebauter eins fünfundneunzig großer Mann mit dunklen schulterlangen gewellten Haaren, grinste. „Gelungener Auftritt, was?“

Nicole zog die Augenbrauen hoch. „Das ist doch der Schlitten vom Chef. Wie kommst du …?“

„Auf mich hört der Großmeister nicht. Vielleicht kannst du ihn zur Vernunft bringen“, wurde sie von Harald Weinert, nur wesentlich kleiner als sein Kollege, aber ebenso sportlich gebaut und mit dunkelblondem kurzem krausem Haar, unterbrochen.

„Mach dich locker, Harry.“ Hansen schlug seinem Kollegen auf die Schulter. „Der Alte durchleuchtet jahrhundertlang Einbalsamierte in Kairo. Vielleicht kommt er gar nicht mehr wieder – von wegen *Fluch des Pharaos*.“

„Siehst du was ich meine?“

Nicole drehte den Kopf zur Seite und verbarg ein Grinsen. „Wir klären das später. Jetzt haben wir hier eine Leiche. Ach ja, das ist Oberkommissar Josef Maier. Er hat den Tatort für uns abgesperrt.“ Sie deutete auf den neben ihren stehenden Kollegen.

Hansen und Weinert nickten Maier zu.

„Was ist das, was da am Hals des Entseelten baumelt?“, fragte Hansen und zeigte auf den im Sonnenlicht blinkenden Gegenstand.

„Schätze eine militärische Erkennungsmarke“, antwortete Maier. „Und eine amerikanische Pilotenmütze.“

„Sie meinen eine Hundemarke, wie sie Soldaten tragen?“

„Ja“, bestätigte Oberkommissar Maier.

Weinert nickte anerkennend. „Gute Augen, Kollege.“

„Kann jemand eine Leiter besorgen?“, fragte Lars Hansen in die Runde.

Die Umstehenden schauten sich gegenseitig an. „Ich hätt ne Leiter“, bot Herbert Walter sich schließlich an.

„Holen Sie die bitte?“

Gemächlich ging Herbert Walter los um nach gefühlten endlosen Minuten mit einer ausziehbaren Aluminiumleiter zurückzukommen.

Zwei Kollegen der inzwischen eingetroffenen KTU schoben die Leiter über den Rand des Erdlochs und stiegen nach unten. Nicole, Hansen und Weinert folgten, blieben aber auf Abstand.

„Ich glaube, Kollege Maier hat Recht.“ Hansen verrenkte sich beinahe den Kopf. „Es könnte sich tatsächlich um eine militärische Erkennungsmarke handeln.“

Er fischte Einweghandschuhe aus seiner Hosentasche und wollte sich der Leiche nähern.

„Lass das“, hielt Nicole ihn zurück. „Sonst heißt es wieder, wir hätten Spuren vernichtet.“

Hansen runzelte die Stirn. „Glaubst du ernsthaft, die finden hier noch Verwertbares? Andererseits, ich will’s nicht wirklich wissen, mit welchen Methoden *die* den *Kalten* Antworten entlocken. He, Viktor!“

Ein circa eins achtzig großer Mann mit markanten Gesichtszügen, einer blassen Hautfarbe und langem schwarzem Haar, das er im Nacken zusammengebunden hatte, kam auf die Kommissare zu. „He Lars, was gibt’s? Nicole, Harry.“

Hansen zeigte auf den Toten. „Kannst du uns die Kette mit der Marke geben? Wir rühren sie auch nicht an, großes

Indianerehrenwort." Hansen hielt seinem Kollegen von der KTU einen Plastikbeutel unter die Nase.

Viktor Laskovic zog die Augenbrauen hoch, ging die paar Schritte zu der Leiche und entfernte vorsichtige die Kette, steckte sie in den Plastikbeutel und reichte sie Lars. „Strangulierung, eindeutig."

„Eh, was?"

Zu spät merkte Hansen, dass er veräppelt wurde.

„Die Feststellung der Todesart kann einige Tage dauern. Melde mich." Schmunzelnd wickelte Viktor den Schädel des Toten in eine Plastikfolie.

„Hier, der Name ist noch gut zu lesen." Hansen drehte sich zu Nicole und Weinert. „Henry Godman US Air Force. Ein amerikanischer Pilot, vorausgesetzt die Hundemarke gehört dem Träger. Fragt sich nur, wie kommt ein amerikanischer Soldat hierher, six feet under?"

„Das könnt ihr später im Büro recherchieren. Jetzt befragen wir zuerst die Nachbarn. Ihr geht in die Häuser ringsum und ich nehme mir die hier Anwesenden vor", entschied Nicole. „Wir treffen uns heute Nachmittag um 15 Uhr in meinem Büro. Alles klar?"

Hansen und Weinert nickten.

Nicole kletterte die Leiter hinauf und lief schnurstracks auf Helene zu, die sie voller Spannung erwartete, nahm sie am Arm und führte sie einige Schritte weg vom Schauplatz.

„Kannst du mir sagen, wer von denen, die dort herumstehen, zur direkten Nachbarschaft gehören. Aber bitte diskret, nicht mit dem Finger deuten."

„Der große schlanke ist Karl Neumann. Er wohnt links neben dem Häusler Grundstück“, erklärte Helene eifrig. „Seine Frau, die Gertrud, schaut grad aus dem Fenster, dort oben.“ Helene machte eine Kopfbewegung zum Fenster im ersten Stock von Neumanns Haus, aus dem eine verhärmte Frau mit strähnigen, schulterlangen grauen Haaren schaute.

„Gertrud leidet seit Jahren unter Depressionen und verlässt so gut wie nie das Haus.

Der kleine Untersetzte mit der grauen Hose, mit dem Karl Neumann sich unterhält, das ist der Georg Lenz, genannt Schorsch. Ihm gehört das Haus gegenüber von Neumann. Und die Gundel kennst du ja.“

„Wer nicht“, entfuhr es Nicole.

„Neben dem Schorsch, der mit dem grauen Lockenkopf, das ist Herbert Walter, ein zurückhaltender Mann, ewiger Junggeselle; wohnt rechts neben dem Schorsch. Und dort

oben auf dem Balkon, das ist der Sepp, äh, Josef Richter.“

Nicole blickte hoch zu dem alten Mann. Er machte auf sie einen angespannten Eindruck. „Danke, Helene. Dann werde ich mal die lieben Nachbarn befragen.“

„Ich kann dir dabei helfen“, schlug Helene vor. „Ich kenne sie doch alle. Ich meine, bei mir sind die vielleicht zugänglicher.“

„Das ist Sache der Kriminalpolizei.“

„Ach? Gerade eben war ich noch gut als Auskunftei.“

„Und dafür bin ich dir dankbar. Aber ich darf dich nicht offiziell in die Ermittlungen einbeziehen. Ich würde mich strafbar machen. Wenn du aber noch etwas für mich tun willst, dann koch etwas Leckeres“, versuchte Nicole ihre verstimmte Vermieterin wieder in Laune zu bringen.

Helene zog einen Schmollmund. Mit ihren 68 Jahren sah sie damit sehr drollig aus und Nicole musste sich ein Lachen verbeißen. „Helene, bitte.“

„Na gut. Aber du erzählst mir haarklein was hier abgelaufen ist“, flüsterte Helene Nicole ins Ohr. „Ich sag dir aber jetzt schon“, setzte Helene nach. „Das wird hart für dich. Die halten zusammen wie Pech und Schwefel.“

„Mein Name ist Nicole Wegener, Kriminalpolizei.“ Sie zeigte ihren Ausweis in die Runde. „Ich habe einige Fragen zur Familie Häusler, die früher hier wohnte und deren Grundstück das hier wohl war.“

Keiner der Umstehenden fühlte sich direkt angesprochen. Einige starrten auf ihre Füße, andere schauten sich um in der Hoffnung, dass die Frage an einen imaginären Hintermann gerichtet war.

Ähnlich wie in der Schule, ging es Nicole durch den Kopf und fixierte den Mann, den Helene als Georg Lenz benannt hatte. „Fangen wir doch mit Ihnen an. Wie ist Ihr Name?“

„Ich? Eh… Lenz, Schorsch, also … Georg Lenz“, antwortete der erschrocken.

„Herr Lenz. Wie lange leben Sie schon hier?“

„Na schon immer. Ich bin hier geborn, genau wie die annern aach.“ Lenz nickte mit dem Kopf zu seinen umstehenden Nachbarn.

„Dann kannten Sie alle die Häuslers recht gut? Erzählen Sie doch mal. Was waren das für Leute?“

„Was solle mer do viel verzähle? Des warn anständische brave Leut‘. Der Hannes war Richter hier im Ort. Und in der Kesch hot er die Oijel gespielt.“

„Die was?“, fragte Nicole.

„Die Orgel in der Kirche, Frau Kommissarin“, sprang Herbert Walter als Übersetzer ein.

„Aha. Und Sie sind?“

„Walter, Herbert. Also Walter is mein Nachname.“ Einen Moment lang schien es als wolle er Nicole die Hand reichen, zog sie dann aber schnell wieder zurück.

„Die Mine, des war sei Fraa, die hot vorgebet, in der Kesch“, brachte Schorsch Lenz sich wieder ein. „Un bei Beerdischunge, also wenn einer gestorbe war“, fügte er an, als er Nicoles Stirnrunzeln bemerkte. „Stimmt doch Herbert?“

„Ja, ja“, nickte Herbert Walter.

„Der Hannes hat auch viel gespendet, besonders an unser Waisenhaus.“

Na, das läuft doch besser als erhofft, dachte Nicole.

„Wisse Se, Frau Kommissarin, mir hatte früher hier e Nonnekloster. Und die Bühler Schwestern habe sich aach um Waisekinner gekümmert. Da war sogar e Schwarzes dabei.“

Sensationell schoss es Nicole durch den Kopf. *Ein sogenanntes schwarzes Schaf unter weißen Lämmern.*

„Oh ja, daran kann ich mich noch gut erinnern“, mischte Gundula Krämer sich ein. „Unsere Tochter, die Ursula, wollte damals partout nicht in den Kindergarten. Den leiteten die Nonnen nämlich auch. Sie hatte Angst vor dem Mädchen. Meinen Namen wissen Sie ja, Frau Wegener. Ich wollte Sie schon gleich unterrichten, grad als man die Leiche gefunden hatte, aber die Helene hat mich nicht gelassen. Sie sagte sie hätten Urlaub.“ Gundula Krämer schaute leicht beleidigt. Fuhr aber mit gleichem Atemzug fort: „Wissen Sie, die Maria, die Schwester vom Häusler, soll ja mal eine Liebschaft mit einem amerikanischen Soldaten gehabt haben. Könnte es der sein?“ Sie sah zu Nicole auf. „Also ich war ja damals noch nicht hier. Ich stamme ursprünglich aus dem Saarland. Vielleicht hat die Helene Ihnen das irgendwann mal erzählt. Meine Eltern und ich waren bei den Krämers einquartiert, so kurz nach dem Krieg und na ja wie soll ich sagen, als wir alt genug waren, da hat es halt geschnackelt, zwischen mir und meinem Josef. Also, was ich eigentlich sagen wollte, ich wohne seit sechzig Jahren hier in dieser Straße, da kriegt man so manches mit.“

„Vor alle Dinge wenn mer immer sei Nas in alles neusteckt, was einem nix angehe tut.“ Georg Lenz stieß ärgerlich die Luft aus.

Gundel zog nur die Augenbrauen hoch und fragte Nicole: „Ist der Tote vielleicht der Amerikaner?“

Nicole antwortete nicht.

„Wissen Sie, Frau Wegener, der Bruder von der Maria, der war mit der Liebschaft so gar nicht einverstanden gewesen. Und dann war der Ami so quasi über Nacht verschwunden. Also ich wette, dass …“

„Gundel, halt endlich doi Lästermaul“, schnaubte Georg Lenz.

Keineswegs beeindruckt zeigte Gundel Krämer mit einem ihrer kurzen dicken Arme in die Richtung, in der die Leute von der KTU sich um die Überreste der Leiche kümmerten.

„Die Leiche dort spricht wohl für sich. War ja nicht das Einzige was die Häuslers zu verheimlichen versuchten." Sie wandte sich erneut an Nicole. „Die Tochter von den Häuslers, die Edeltraud, die war nicht ganz richtig im Kopf. Das durfte natürlich nicht an die Öffentlichkeit kommen. Wer weiß, was noch alles da drüben gefunden wird."

„Gundel, es reicht." Karl Neumann packte Gundula unsanft am Arm.

„Lassen Sie das." Nicole machte einen Schritt auf Karl Neumann zu. Der ließ Gundel auf der Stelle los, sodass sie fast stolperte.

„Entschuldigung. Aber ich kann's nicht leiden, wenn so über die Edeltraud geschwätzt wird."

„Und Sie sind?"

Neumann räusperte sich und gab seinen Namen an, den Nicole natürlich bereits kannte.

„Lebt die Tochter der Häuslers noch?", fragte Nicole.

Karl Neumann nickte. „Edeltraud wohnt in Bad Nauheim, in einer Einrichtung für betreutes Wohnen", fügte er leise hinzu. „Sonnenhof. Edeltraud wohnt dort, seit ihre Eltern bei dem Brand 1989 ums Leben kamen. Und bevor sie weiter spekulieren; Edeltraud hat einen amtlichen Vormund. Er regelt ihre finanziellen Dinge. Er war es auch, der das Grundstück verkaufte."

„Die Häuslers kamen bei einem Brand ums Leben?"

„Ja, des war ganz furchtbar, damals“, mischte sich Gundel erneut in das Gespräch. „Ich hatte Angst, dass das Feuer auf unser Haus überspringt.“

Nicole ignorierte sie. Sie würde die Sache später nachprüfen lassen. „Wie heißt dieser Vormund und wo wohnt er?“, wandte sie sich erneut an Karl Neumann.

„Günter Vogel, wohnt in Dietzenbach, am Stadtbrunnen.“ Karl Neumann drehte sich um und ging, Georg Lenz und Herbert Walter machten es ihm nach. Nur Gundel blieb neben Nicole stehen. „Wenn Sie noch Fragen haben, Frau Wegener – Sie wissen ja wo ich wohne.“

„Ja Danke, Frau Krämer. Fürs erste war es das“, sagte Nicole und ging zu Lars Hansen, der sein Gespräch mit dem Bauträger gerade beendete. „Na, wie steht’s? Etwas Interessantes herausgefunden?“

Hansen schüttelte den Kopf. „Natürlich hat die Firma das Grundstück zuvor nicht mit dem Detektor nach eventuellen Leichen abgesucht. Und natürlich interessiert ihn hauptsächlich“, Hansen deutete auf den Bauträger, „wann er weiterarbeiten kann. Ich sagte, dass es noch eine Weile dauern könnte. Und bei dir?“

„Erzähl ich euch heute Nachmittag. Wo steckt Harald?“

„Der befragt den alten Mann, der dort oben auf dem Balkon stand.“ Hansen zeigte zu dem Haus gegenüber. „Kollege Maier begleitet ihn. Ich probiere jetzt mal mein Glück bei den anderen Anwohnern weiter oben an der Straße. Obwohl Maier befürchtet, dass die wahrscheinlich alle auf der Arbeit sind.“

Nicole schielte zu dem Mercedes. „Was soll das mit dem Wagen vom Chef?“

„Der Lechner hat mich beauftragt seinen Wagen in der Werkstadt seines Vertrauens durchchecken zu lassen“, antwortete Hansen.

„Er hat dich aber gewiss nicht beauftragt zuvor nach eventuellen Schwachstellen durch eine Probefahrt zu suchen, oder? Sieh zu, dass der Schlitten heute Nachmittag dort ist wo er hingehört.“

Hansen erwiderte nichts. Tippte sich salutierend mit zwei Fingern an die Stirn und floh mit weit ausholenden Schritten zum Haus neben Karl Neumanns Grundstück, wo er dauerhaft seinen Daumen auf die Klingel drückte.

***

Josef Richter schaute in den blauen Himmel über ihm. Trotz der wärmenden Sonnenstrahlen der Morgensonne zog ein kalter Schauer durch seinen Körper. Nun war eingetreten, was er seit Jahrzehnten befürchtet und immer wieder verdrängt hatte. Seit bekannt wurde, dass das Grundstück verkauft war und ein neues Gebäude auf dem Anwesen der Häuslers errichtet werden sollte, wurde er täglich nervöser. Selbst sein selbst verordnetes Betthupferl, ein paar Gläschen Obstler, der ihm nachts wenigstens ein paar Stunden Schlaf ermöglichte, konnte an diesem Umstand nichts ändern.

Jahrelang hatte er gebetet, diesen Tag nicht erleben zu müssen. Doch so einfach entkam man seiner Vergangenheit nicht und Gott ließ nicht mit sich pokern. Das wurde Sepp nun schmerzhaft bewusst.

„Vadder!“, rief Elfriede aus dem Wohnzimmer. „Vadder, die Polizei ist hier. Sie will mit dir rede.“

Sepp erschrak. So schnell hatte er nicht mit der Polizei gerechnet. Ein uniformierter Polizeibeamter und ein weiterer Mann im Türrahmen.

„Herr Richter, wir hätten ein paar Fragen an Sie.“ Der Mann hinter dem Polizisten kam einige Schritte näher und hob ihm eine Karte entgegen. „Weinert, Kriminalpolizei.“

Sepp versuchte seine Furcht unter Kontrolle zu bekommen. „Eh was? Was habe Sie gesacht?“

„Sie müsse schon e bissje lauter rede. Mein Vadder hört net gut.“ Elfriede nahm Ihren Vater am Arm. „Mein Gott, du bist ja ganz kalt und zitterst. Komm ins Zimmer.“ Sie schloss die Balkontür und bat die Beamten am Wohnzimmertisch Platz zu nehmen. Die Decke vom Kanapee legte sie Sepp um die Schultern. Der schüttelte sie unwillig wieder ab. „Loss des!“

Harald Weinert holte tief Luft, um seiner Stimme die entsprechende Lautstärke zu geben. „Weinert ist mein Name, Herr Richter, ich bin von der Krimimalpolizei Offenbach und das ist Oberkommissar Maier von der hiesigen Polizeistation. Wir möchten Ihnen ein paar Fragen stellen.“

„Warum schreie sie so? Ich bin nett taub. Ich heer nur schlecht.“

Oberkommissar Maier verbiss sich ein Grinsen und Weinert startete einen neuen Versuch, eine Oktave niedriger.

„Herr Richter, ich nehme an, sie haben mitbekommen, dass auf dem Grundstück Ihrer Nachbarn eine Leiche gefunden wurde?“

Sepp Richter brummte irgendetwas von „net blind“.

„Wie mir ihre Tochter sagte, kannten Sie die Häuslers gut. Deshalb können Sie uns…“

„So wie mer halt soi Nachbarn kenne tut“, unterbrach Richter ihn barsch und bedachte Elfi mit einem missmutigen Blick.

„Herr Richter. Sie wohnen fast ein ganzes Menschenalter in dieser Straße. Da kennt man seine Nachbarn mehr als *nur* gut. Besonders in so einem Ka…, eh einer Kleinstadt. Gab es vielleicht Streitigkeiten zwischen Ihnen und den Häuslers, oder weshalb…?“

„Bleedsinn. Wenn des jemand behauptet hot, dann lücht der.“ „Dann haben Sie sich also gut verstanden, mit den Häuslers?“

„Hm“, brummte Josef Richter. „Des jetzt aach widder net. Der Hannes hot nie viel gered.“

„Herr Richter.“ Weinert merkte, wie er langsam die Geduld verlor. „Dort drüben“, Weinert machte eine Handbewegung in die Richtung, in der das Haus der Häuslers gestanden hatte, „wurde vielleicht die Leiche eines amerikanischen Soldaten gefunden.“ Das wollte und durfte Weinert eigentlich gar nicht sagen, aber nun war es heraus. „Es wurde uns mitgeteilt, dass Maria Häusler, die Schwester von Herrn Häusler mit einem Amerikaner befreundet gewesen sein soll. Also, wenn Sie darüber etwas wissen, dann reden Sie.“

Richter fixierte das Muster der gestickten Tischdecke.

„Die Amis lungerte doch üwerall hier rum. Die warn hinner jedem Rockzippel her und die Maria...“ Sepp Richter bemerkte, dass er einen Fehler gemacht hatte. „Ach“, er winkte ab. „Des is doch alles schon so lang her. Wen intressiert des heut noch? Außerdem bin ich en alte Mann und moi Gedächtnis is aach net mehr des beste. Jetzt hab ich Hunger. Elfi, is des Esse schon feddisch?“

Maier und Weinert tauschten Blicke. Beide waren sicher, dass Josef Richter mehr wusste. Außerdem war bekannt, dass das Langzeitgedächtnis bei Leuten in seinem Alter erstaunlich gut funktionierte, während sie Dinge, die in naher Vergangenheit passierten häufig vergaßen. Aber heute würden sie hier nicht viel weiterkommen.

***

„Bratkartoffel! Helenchen, du bist ein Schatz.“

„Gut, dass du das einsiehst.“ Helene lächelte sparsam. „Und, was gibt es Neues?“

„Bitte, bitte, ich habe einen Bärenhunger. Außerdem kann ich mit vollem Magen besser denken.“

„Sag ich doch immer.“ Helene stellte die Schüssel auf den Tisch und reichte Nicole einen Teller mit Bratkartoffeln. „Matjes in Sahnesoße. Lass es dir schmecken, min Deern!“

Nach dem herzhaften Mittagsmahl fühlte Nicole sich ein wenig schläfrig.

„Jetzt erzähl schon. Handelt es sich bei dem Toten um den Amerikaner? “

„Das wissen wir noch nicht und eigentlich dürfte ich gar nicht mit dir darüber reden, aber…“

„Das Essen hat dir doch geschmeckt?“ Helene zeigte demonstrativ auf die leere Schüssel und Nicoles beinahe ausgeleckten Teller.

„Ist ja gut“, seufzte Nicole. „Vielleicht kannst du mir wirklich helfen. Ich meine, was die Charaktere der Nachbarn betrifft und ihr Verhältnis zu den Häuslers“, fügte sie schnell hinzu, als sie Helenes aufgeregten Gesichtsausdruck sah.

„Eine Art Profiling, also?“

„Du schaust definitiv zu viele Krimis.“ Nicole grinste. „Nicht ganz. Mit dem Begriff Profiling bezeichnet allgemein die Erstellung, Aktualisierung und Verwendung von *Profilen*, beispielsweise zum Zweck der Identifikation, Optimierung, Überwachung oder Vorhersage.“ Nicole bemerkte, wie sie besserwisserisch rüberkam, und sagte deshalb: „Na ja, so ungefähr. Ich hole schnell meinen Laptop. Dann kann ich alles was du mir erzählst, gleich eingeben.“

„Gut. Aber beeil dich!“, forderte Helene und wedelte mit den Händen.

„Wieso, hast du noch etwas vor? Oder was soll die Hektik?“

„Na du sagst doch immer, die ersten Stunden sind entscheidend bei der Klärung eines Falles.“

„Schon, aber nur wenn die Leiche frisch ist. Was man hier ja nicht gerade behaupten kann.“

„Stimmt auch wieder“, stimmte Helene zu. „Trotzdem will ich später nochmal zum Tatort. Vielleicht schnappe ich etwas auf, was uns weiterhelfen kann. Bestimmt haben dir die Nachbarn nicht alles erzählt.“

Da war es wieder – dieses UNS. Nicole seufzte erneut, sagte aber nichts weiter und rannte in ihre Wohnung. Als sie mit ihrem Laptop unter dem Arm wieder in Helenes Küche zurückkehrte, rutschte diese unruhig auf ihrem Stuhl herum.

„Ok, also dann“, sagte Nicole. „Beginnen wir mit Johannes Häusler. Erzähl mir alles, was dir über ihn und seine Familie einfällt.“

„Hannes war Richter am Amtsgericht, Vorsitzender im Kirchenbeirat, Organist und Mitglied des Kirchenchors. Aber das weißt du ja schon. Er galt als überaus spendenfreudig. Speziell das hiesige Waisenhaus hat er finanziell unterstützt, aber auch verschiedene Vereine in denen er im Vorstand saß.“

„Das deckt sich mit der Aussage von Herbert Walter“, unterbrach Nicole und tippte die Angaben fleißig in ihren Rechner.

„Ansonsten“, fuhr Helene fort, „war Hannes ein recht griesgrämiger Mensch. Freunde hatte der wohl nicht. Außer vielleicht den Sepp Richter, von gegenüber. Die zwei müssen früher mal ganz dick gewesen sein.“ Helene legte ihre beiden Zeigefinger zusammen. „Aber, nachdem die Maria, also Hannes‘ Schwester, gestorben war, kühlte das gute Verhältnis stark ab, soweit ich das erfahren habe, von meinen Friedel. Er glaubte, es könnte daran gelegen haben, dass der Sepp ein Auge auf die Maria geworfen hatte, bis sie dann mit diesem Ami zusammen war.“

„Aha“, bemerkte Nicole. „Was war mit Frau Häusler?“

„Die Wilhelmine? Die war Hausfrau und im christlichen Verband der katholischen Frauen und Vorbeterin bei

Beerdigungen und anderen kirchlichen Anlässen. Hab ich dir aber auch schon erzählt. Sie lHaHebte sehr zurückgezogen. Hab sie nur ab und an in der Stadt gesehen, beim Einkaufen und da huschte sie durch die Straßen."

„Frau Krämer ließ verlauten, dass Edeltraud, die Tochter der beiden, nicht ganz richtig im Kopf sei. Und Karl Neumann sagte, dass sie seit dem Tot ihrer Eltern, die sollen bei einem Brand ums Leben gekommen sein, in einer betreuten Einrichtung lebt. Weißt du darüber etwas?"

„Mein Friedel erzählte, dass die Maria, die Schwester vom Johannes epileptische Anfälle gehabt hätte und, dass die Edeltraud das wohl geerbt hätte. Die Häuslers hätten dann jedes Mal den Pfarrer gerufen, der die halbe Nacht an ihrem Bett saß und sie gesundbetete. Dass sie geistig nicht ganz auf der Höhe sei, bezweifelte mein Friedel. Er meinte, dass man sie mit den richtigen Medikamenten, bestimmt gut hätte behandeln können. Aber solche Anfälle wurden auch Teufelskrankheit genannt". Helene zeichnete bei dem Ausdruck imaginäre Gänsefüßchen in die Luft. „Du kannst dir vorstellen, was das in einer erzkatholischen Familie, wie die der Häuslers, bedeutete. So durfte rein gar nicht an die Öffentlichkeit. Der Hannes hätte auch schon frühzeitig auf die Vormundschaft von Edeltraud, durch diesen Anwalt, bestanden, sagte mein Friedel."

„Mein Gott, ein Priester, als eine Art Teufelsaustreiber", schlussfolgerte Nicole. „Wo bin ich hier nur hingeraten? Reinstes Mittelalter."

„Keine Angst. Soweit ich weiß wurden hier die letzten Hexen im Mittelalter verbrannt“ Helene grinste.

„Na, da bin ich ja beruhigt.“

„Was hat man damals über die Brandursache herausbekommen?“, fragte Nicole wieder ernst.

„Es hieß, in der Wohnstube wäre wohl ein Holzscheit auf den Teppich gefallen, während der Hannes und die Mine ihren Mittagsschlaf hielten. Jede Hilfe kam zu spät.“

„Und die Tochter, die Edeltraud? Wo war die zur Zeit des Brandes?“

„Ja, das war seltsam. Die Edeltraud hätte im Garten unter dem Apfelbaum gesessen und in einem Buch gelesen.“

„Die las?“, wiederholte Nicole, mit gerunzelter Stirn, „während hinter ihr das Haus brennt?“

„Tja, jedenfalls fand man sie dort. Der Sepp nahm sie nach dem Brand mit zu sich nach Hause, bis sie den Platz in diesem Heim bekam, in dem sie heute noch lebt. Am besten du fragst ihn.“

Helene schaute gebannt zu, wie schnell Nicole die Angaben in ihren Computer tippte. „Nicht schlecht, so ein Ding. Sollte ich mir vielleicht auch anschaffen.“

„Einen Laptop? Wozu?“

„Glaubst du ich bin zu alt dazu?“ Helene schaute leicht pikiert.

„Nein, so habe ich das nicht gemeint. Du und alt? Du bist die flotteste 68-jährige, die ich kenne. Außerdem, man ist nie zu alt um etwas Neues zu lernen.“

„Genau. So bleibe ich fit im Kopf. Könntest du mir beibringen, wie man damit umgeht?“

„Na ja.“ Nicole dachte an die wenige Freizeit, die ihr bei ihrem aufreibenden Job blieb, sagte aber dann. „Klar. Aber um effektiv damit arbeiten zu können brauchst du unbedingt auch einen Internetzugang.“

„Einen was?“

„Eine Verbindung zum weltweiten Web. Das ist so etwas, wie ein großes Lexikon; nur brauchst du kein Buch zur Hand zu nehmen. Alles was du wissen willst, gibst du in eine Suchmaschine ein.“

„Suchmaschine? Oh je.“ Helene seufzte. „Das hört sich doch alles sehr kompliziert an.“

„Gerade sagtest du noch, du willst deinen Geist auf Trab halten.“ Nicole drückte Helenes Hand.

„Ich werde dir helfen, beim Antrag auf Internetanschluss und Virenschutzprogramm und so weiter.“

„Virenschutz?“

Nicole lachte. „Keine Angst. Bei einem Infekt sind bestenfalls alle deine Daten verloren. Deine eigene Gesundheit ist davon nicht betroffen. So, jetzt muss ich aber. Harald und Lars warten bestimmt schon.“

***

„Schorsch, komm mal rüwer“, brüllte Sepp Richter ins Telefon. „Isch muss mit dir redde. Die Polizei war bei mer. Die komme bestimmt noch amol. Mer misse uns abspreche, was mer dene saache.“

„Ja, hab ich gesehe. Mich un de Herbert, de Karl und die Gundel hawe se aach vernomme. Die Gundel konnt natürlich ihrn Mund widder net halte und hat gleich von dene Anfäll von der Edeltraud verzählt. Awer ich bin gleich bei dir. Ich komm durch en Gadde."

Schorsch ging über seine Terrasse durch den Garten und anschließend durch ein schmiedeeisernes Türchen, das zum Grundstück von Josef Richter führte und nie abgeschlossen wurde. Sepp stand am Küchenfenster und warf Schorsch den Schlüssel zu.

„Also, mir derfe nur des verzähle was unbedingt nötisch is." Schorsch Lenz nickte. „Aber mir hawe den doch net um die Eck bracht. Mer hawe doch nur geholfe den im Gadde zu vergrabe."

„Ja un. Moanste die glawe uns? Hawe mer Beweise?" Sepp Richter stöhnte. „Ich will net die nächste fufzeh Johr im Zuchthaus verbringe, aach wenn's heut net mehr so schlimm soi soll, wie des früher war. Die hätte heut sogar Fernseh und derfe ohne Kette im Hof spaziern gehe."

„Ja, moanst de ich will in de Knast?" Schorsch guckte seinen Freund irritiert an. „Wie kommst de jetzt uf fufzeh Johr? Wie lang haste noch vor zu lebe?"

„Na, wenn die Elfi noch kann, dann tät ich schon gern so hunnert wärn."

„Doi Dochter werd sich freue. Meinst de net, dass die aach gern amol mit ihrm Mann alloa wär."

„Warum?" Sepp Richter hob erstaunt den Kopf. Dann sagte er nachdenklich: „Ich tät schon gerne wisse, was domols werklich passiert is und ob der Hannes den Ami umgebracht hat odder ob's en Unfall gewese war. Du net?“

Schorsch nickte. Eine Weile starrten die beiden Löcher in die Luft. Dann sagte Schorsch. „Hast du net amol verzählt, die Maria hätt immer alles in e Buch geschriewe?“

Sepp nickte.

„Wenn mer des hätte“, sinnierte Schorsch. „Moanste des existiert noch?“

„Ja klar. Des hot jetzt die Edeltraud. Ich hab se doch mit dem Buch in de Hand domols im Gadde gefunne.“

„WAS?“ Schorsch sprang von seinem Stuhl hoch, als wäre er von einem großen Insekt gestochen worden. „Ja bist du noch ganz sauwer? Wenn du des die ganze Johr gewusst hast, warum haste net schon längst amol die Edeltraud gefraacht, ob se dich amol do noi gucke lässt?“

„Schlofende Hunde weckt mer net. Außerdem hots bis jetzt koan Grund gewe.“ Sepp griff nach der Flasche Schnaps, die auf dem Tisch stand. Er zitterte, sodass ein Teil der hochprozentigen Flüssigkeit auf der gestickten Tischdecke landete. Schorsch nahm seinem Freund die Flasche ab und goss ihre beiden Gläser randvoll. Sie leerten diese mit einem Schluck.

„Was mache mer jetzt?“, fragte Sepp nach einigen Minuten.

„Mer müsse zur Edeltraud und mer müsse unbedingt in des Buch gucke.“

„Un, wie solle mer do hiekomme? Ich hab schon seit a paar Johr koa Auto mehr un e Taxi bis Nauheim is bestimmt mordsmäßisch doier.“

„Der Herbert“, erwiderte Schorsch. „Der fährt mich ab und zu zum Dokter nooch Offebach. Mer muss sich halt immer anschnalle. Da druff besteht der Herbert. Des wäre Pflicht, seit a paar Johr, sacht er.“

„Awer dann misse mer den einweihe“, entgegnete Sepp mit bedenklicher Mine.

„Och, der Herbert hält schon dicht.“ Schorsch machte eine abwehrende Handbewegung. „Ich geh gleich mal zu dem.“

***

Könnte der Tote tatsächlich der damals vermisste Fliegerpilot sein, mit dem die Maria Häusler eine Affäre gehabt hatte? Es musste so sein. Warum sonst wäre er im Garten der Häuslers vergraben.

Am Tatort hatte Helene nichts mehr in Erfahrung bringen können. Die Polizeifahrzeuge waren abgerückt und die Nachbarn allesamt wieder in ihre Häuser zurückgekehrt. Lediglich ein paar Fußgänger, die durch die Straße liefen, schauten verwundert zu dem Absperrband, auf dem „Polizei“ zu lesen war.

Helene beschloss, zum Friedhof zu gehen. Am Grab ihres Mannes konnte sie immer am besten ihre Gedanken sortieren. Manchmal hatte sie sogar den Eindruck, ihr Friedel gäbe ihr Ratschläge.

Durch die Wolfstraße ging sie zum Marktplatz, ließ diesen links liegen und lenkte ihre Schritte durch die Freihofgasse zum Freihofplatz. Vor ihr ragten die Türme der Basilika auf. Die Glocke schlug gerade vier Uhr. Sie erklomm die ersten sechs Stufen der Sandsteintreppe zur Plattform vor dem

Kirchenportal und die nächsten drei Stufen links des historischen Kirchenbaus aus der Karolinger-Zeit. Über den ehemaligen Schulhofplatz der Hans-Memling-Schule setzte sie ihren Weg rechtsseitig der Klostermauer fort. Einige Meter später trat sie durch die Friedhofspforte. Sie schaute kurz in die Marienkappelle, in der ab und an ältere Frauen vor der Marienstatue knieten und beteten. Jetzt war die Kapelle leer und auch begegneten ihr nur wenige Leute. Das war ihr gerade recht. Die Witwen und Witwer hatten längst ihren alltäglichen Gang zu ihren Lieben und auch ihr Schwätzchen mit den jeweils Hinterbliebenen hinter sich. Vermutlich hielten sie gerade ihren Mittagsschlaf. Hinter dem Grabstein holte Helene eine Plastiktüte hervor, entnahm einen Lappen und wischte damit über den rostbraunen Marmor. Liebevoll blickte sie auf das kleine ovale Foto, das in den Stein eingelassen war. „Die haben einen Toten im Garten vom Häusler gefunden. Aber das weißt du bestimmt schon längst. Was hältst du von der Sache? Traust du dem Hannes einen Mord zu? Ja, du hast schon Recht, dem alten Häusler ging sein guter Ruf über Alles. Das hast du mir selbst immer wieder erzählt. Also, was meinst du, wäre es denkbar?“ Sie beugte sich über das Grab, dicht an das Konterfei von Friedel. Dabei stieß sie gegen das Grablicht. Es wackelte. „Soll das ein JA bedeuten?“

„Tach, Frau Wagner.“

Helene schaute auf. Herbert Walter winkte ihr zu. Sie hatte ihn nicht gesehen. Er stand zwei Reihen entfernt am Grab seiner Mutter. „Geht’s Ihnen net gut?“

Helene bemerkte erst jetzt, dass sie sich noch immer am Grabstein festhielt. „Danke, Herr Walter. Mir war nur grad etwas schummerig. Geht schon wieder.“

Herbert Walter kam auf sie zu. „Da braucht mer sich net zu wundern, bei der ganzen Aufreechung mit dem Tote. Des haut einen schon mal um.“ Zwei Sekunden lang schaute er Helene an, als würde er mit sich ringen. Dann holte er tief Luft. „Derf ich Sie zum e Kaffee einlade. Ich hätt Zeit.“

Helene schmunzelte. Schon seit Jahren bemerkte sie, dass Herbert Walter sich um ihre Aufmerksamkeit bemühte. Immer, wenn sie sich in der Stadt oder wie jetzt auf dem Friedhof begegneten, fing er ein kurzes Gespräch an. Normalerweise täuschte Helene vor, sie müsse schnell nach Hause, weil die Wäsche wartete oder etwas auf dem Herd stünde. Heute jedoch folgte sie einer inneren Eingebung und nahm die Einladung an. „Vielleicht ist ein Kaffee gar keine schlechte Idee, Herr Walter.“ Sie lächelte ihn an. „Bringt die Lebensgeister wieder auf Trab. Vorausgesetzt man hat kein Herzproblem.“

„Ach, da mache Se sich mal keine Gedanke. Mein Herz is so gesund, wie des von em Vierzischjährige.“ Herbert Walter lachte. „Und, wo geh mer hin? Mache Se en Vorschlag.“

„Setzten wir uns doch gleich in das Kaffee am Mainufer.“

Herbert Walter hätte allem zugestimmt. Hauptsache er konnte mit der noch immer recht ansehnlichen Helene Wagner endlich an einem Tisch sitzen. Schade nur, dass jetzt grad kein Bekannter vorbeikam, der sie zusammen sehen konnte. Nur Touristen unterwegs, stellte er enttäuscht fest, als sie an einem Tisch mit Blick über den Main, Platz nahmen.

„Wissen Sie, Herr Walter, die Sache mit dem Toten, das hat mich schon sehr erschüttert“, begann Helene. „Ich dachte immer in diesem Städtchen wäre die Welt noch in Ordnung. Und nun das!“

„Och, Frau Wagner, des is doch schon so lang her. Sie brauche sich wirklich net zu fürchte. Außerdem bin ich doch bei Ihne. Aber, was meine Se, wolle mir uns net duze? Mir kenne uns doch schon seit beinah ner Ewigkeit. Und den Friedel hab ich ja auch gut gekannt.“

Helene schaute Herbert Walter an. „Na gut, Herr Walter, also Herbert. Sie, eh du bist ja ein anständiger und manierlicher Mensch.“ Helene hoffte, dass Herbert Walter ihren versteckten Hinweis richtig deutete.

„Freut mich, Helene.“ Sie reichten sich die Hände.

„Hättest du den Häuslers so etwas zugetraut, Herbert? Ich meine, was ging bloß in der Familie vor?“

Walter machte ein ernstes Gesicht. „Willst du wisse, was ich glaube?“

Sicher wollte Helene das. Nur deshalb hatte sie sich doch auf diese Vertraulichkeiten eingelassen.

Walter beugte sich zu ihr. „Also, es wurd‘ ja immer wieder erzählt, dass die Maria, die Schwester vom Hannes, so um

fünfundvierzig war des, ein Verhältnis mit einem Ami gehabt habe soll, und dass des dem Hannes überhaupt net gepasst hätt. Aber des weißte ja bestimmt vom Friedel.“ Helene nickte. „Aber die Maria hätt sich nix sage lasse“, setzte Herbert seinen vertraulichen Bericht fort. „Und dann, so Knall auf Fall, war der Ami verschwunde, des weißte bestimmt aach. Danach is die Maria monatelang net vor die Tür gegange. Eigentlich hat mer sie überhaupt net mehr gesehe, bis se gestorbe is und da auch net mehr so richtig, weil der Hannes sofort den Sarg hat zumache lasse."

Helene rührte in ihrem Cappuccino. „War es nicht üblich, dass Freunde und Nachbarn sich von einem Toten im offenen Sarg verabschiedet haben – so von Angesicht zu Angesicht."

„Ja", bestätigte Herbert. „Das is es ja. Aber da is noch was. Der Schorsch hat die Maria so zwei Monate vorher mal zufällich im Garte gesehe und der hat mir erzählt, dass se ganz schee zugenomme hätt, so um de Bauch erum, wenn de verstehst?" Herbert Walter nahm einen großen Schluck Kaffee. „Und dann, kurz nachdem die Maria gestorbe war, da war plötzlich die Edeltraud da. Des is schon e bissje komisch, oder?" Walter rückte mit seinem Stuhl noch einige Zentimeter näher an Helene heran. „Also, was ich dir jetzt sag, des wisse nur a Handvoll Leut'", flüsterte er dicht an ihrem Ohr. Für Außenstehende musste es den Anschein haben, als würden die beiden Zärtlichkeiten austauschen. Helene war es unangenehm. „Der Hannes Häusler konnte überhaupt keine Kinner mache. Der soll als Kind Mumms gehabt habe. Des hab ich von meiner Mutter gehört. Deshalb war der auch immer so unleidlich und ist so viel in die Kirch gegange. Vielleicht hat er sich auch deswege so oft im Waisehaus rumgetriebe. Also, was ich damit sage will, die Edeltraud kam grad richtig um die Schandmäuler zu stoppe." Herbert zwinkerte mit einem Auge.

„Oh, mein Gott! Du glaubst…?"

Herbert Walter nickte. „Hundertprozentisch. Die Edeltraud ist des Kind von der Maria und dem Ami. Und ich sag dir noch was, des Gerippe, was die gefunde habe, des is der, also der Ami. Den hat de Hannes ums Eck gebracht." Herbert machte mit seiner rechten Hand eine eindeutige Bewegung über seinem Hals.

„Aber, könnte es nicht auch ein Unfall gewesen sein?", gab Helene zu bedenken.

Walter schüttelte den Kopf. „Glaub ich net. Wenn's so gewese wär, warum hätt der Hannes den in seinem Gadde vergrabe solle. Dem wär bestimmt was eingefalle, wege dem amerikanische Militär. Der konnt doch gut mit dene. Nur, bei em Mord hätt des schon anerst ausgesehe."

Helene nickte nachdenklich. Dann sagte sie plötzlich. „Ich würde ja gerne herausfinden, was damals wirklich passiert ist? Du auch?"

„Du meinst so wie Privatdetektive?"

„Wäre doch interessant." Helenes Augen blitzten erregt.

„Und wie solle mer des anstelle? Die, die mer befrage könnte, die sin doch all schon tot. Da kann dir keiner mehr was erzähle."

„Das ist richtig. Aber wir könnten mit Sepp reden und mit Schorsch. Die beiden kannten die Häuslers am besten. Soweit ich weiß, war der Sepp damals der beste Freund vom Johannes. Also wenn der nix weiß…"

„Naja, ich glaub net, dass die was sage, selbst wenn se was wisse täte.“ Herbert grinste. „Awer versuche könne mir des.“

***

Lars Hansen beschriftete die Ermittlungstafel mit den zurzeit dürftigen Infos, während Harald Weinert mittels des Internets versuchte etwas über Henry Godman, Staff Sergeant der US Air Force in Erfahrung zu bringen.

„Ich krieg gleich die Krise. Es gibt hunderte, wenn nicht tausende Henry Godmans. Aber keiner passt in unser Profil.“

„Welches Profil? Wir haben gerade mal den Namen und den Rang des Amis“, lästerte Hansen. „Außerdem gab es zu der Zeit noch keinen Computer, geschweige denn ein Internet – ergo keine Daten. Versuchs doch mal bei der NSA.“ Hansen grinste und Weinert riss die Arme hoch. „Danke für die Hilfe. Bring mir besser einen Kaffee, anstatt solche Sprüche zu klopfen.“

„Was? Bin ich deine Sekretärin?“

„Für mich einen Cappuccino. Aber bitte aus der Kantine, nicht aus dem Automaten.“

Beide Kommissare fuhren herum. „Verdammt, Nicole warum musst du dich immer so anschleichen?“ Lars Hansen fiel der Stift aus der Hand.

„Macht Spaß euch zu erschrecken. Außerdem höre ich, was ihr über mich erzählt, wenn ich nicht hier bin. Du kommst nicht weiter, stimmt's?“

Weinert schüttelte den Kopf. „Ehrlich gesagt, mir fällt nur noch US Air Force ein. Schließlich war der Tote einer der Ihrigen, wenn auch schon lange her. Die sollten zumindest noch Unterlagen besitzen. Das Problem dabei ist nur, damit wecken wir schlafende Hunde. Kann sein, dass unsere Freunde aus USA sich in unseren Fall einmischen."

„Wow, du meinst das FBI oder CSI taucht bei uns auf?"

„Idiot."

Hansen lehnte sich an Weinerts Schreibtisch, wobei er beide Hände in die Taschen seiner Jeans steckte. „Und wie gehen wir nun weiter vor?"

„Ich habe da eine andere Idee", antwortete Nicole. „Wir werden um Amtshilfe bitten."

„Kennst du etwa jemanden bei der CIA?"

„Das nicht, aber ich kenne einen besonders versierten Computerspezialisten im Frankfurter Polizeipräsidium." Sie griff zum Telefon. „Wo bleibt mein Cappuccino?"

„Ach Herbert. Ich wollt grad zu dir. Eh…Tach, Helene." Die Überraschung, Herbert mit Helene anzutreffen, stand Schorsch Lenz regelrecht ins Gesicht geschrieben.

„Mir hawe uns auf em Friedhof getroffe." Von dem anschließenden Plausch in dem Kaffee sagte er nichts. „Mir wollte mal mit euch rede, also mit em Sepp und dir."

„Ach, un warum?"

„Na weche dem Tote. Mer hat ja net jeden Tag e Leiche vor de Haustür", tastete Herbert Walter sich langsam vor. „Mer wollte halt nur wisse, was ihr davon halte tut. Awer wenn's jetzt net passt, könne mer ja aach a anner Mal komme."

Schorsch trat von einem Fuß auf den anderen. Soeben hatten er und der Sepp über die Angelegenheit gesprochen und nun lief ihm der Herbert geradewegs vor die Füße, allerdings mit der Helene. Andererseits, sie besaß einen scharfen Verstand und war mit dem Friedel verheiratet gewesen, dem härtesten Hund, damals bei der Stadtpolizei und diese Kriminalkommissarin wohnte bei ihr. Helene war also gewissermaßen vom Fach, weshalb Schorsch den beiden gestikulierte, ihm folgen sollten. Er wollte gerade bei Sepp Richter klingeln, als er den Schlüssel in seiner Hosentasche fühlte und schloss die Haustür auf.

„Sepp, ich bin's nochemol", schrie er, während sie die Treppe hinaufgingen. „Ich hab Besuch dabei."

Sepp Richter schaute ebenfalls verblüfft, als er Helene hinter Herbert die Treppe hochkommen sah. Zugleich schielte er auf die Flasche Schnaps, die auf dem Küchentisch stand.

„Sie wolle mit uns üwer den Tote rede", erklärte Schorsch.

„Wieso mit uns?", fragte Sepp laut. „Mir hawe damit nix zu tun. Des hab ich der Polizei aach schon gesacht."

Herbert trat dicht an Sepp heran. „Die Helene und ich. Mir hawe uns gefraacht, wie der tote Ami in den Garte vom Hannes gekomme ist und ob des der Freund von der Maria gewese sein könnt. Die hat doch damals mit so em Ami rumgemacht." Herbert hob beide Hände, als Sepp protestieren wolle. „Des weiß jeder bei uns in de Straß. Der Hannes und du, ihr ward doch die beste Freund. Kann des sein, dass der Hannes den Ami abgemurkst hat?"

„Ehrlich gesacht". Sepp warf einen Blick zu Schorsch. „Mer täte aach gern wisse, was domols gewese is. Vielleicht is es grad so a Zeiche vom Himmel, dass du jetzt do bist. Du kennst uns vielleicht helfe, Helene", plapperte Sepp aufgeregt weiter. „Du bist doch sozusaache vom Fach, schon weeche dem Friedel und wo doch die Kriminelle bei dir wohnt."

„Kriminalkommissarin", berichtigte Helene.

„Hm", machte Sepp, ohne auf Helenes Einwand einzugehen. „Also hockt euch her. Mer hawe euch was zu verzähle. Wollt ihr en Schnaps?"

„Danke, nicht so früh am Tag", lehnte Helene freundlich ab. Auch Herbert enthielt sich, sagte aber: „Keine Angst, mer saache der Elfi nix". Er wusste, dass Sepps Tochter es nicht gerne sah, wenn ihr Vater vor dem Abend Alkohol trank.

„Na dann", sagte Sepp und goss sein Glas voll. „Ich brauch des fer moi alte Knoche. Sonst krieg ich es Reiße."

„Awer mir kannst de aan oischenke. Bei mir zwickts aach dauernd ", erklärte Schorsch sich solidarisch.

Nachdem die beiden ihre Gläser in einem Zug geleert hatten, erzählten sie, zuerst zögernd, dann immer schneller, dass sie von Johannes Häusler dazu genötigt worden waren, den toten Soldaten in seinem Garten zu vergraben.

„Awer der war schon mausetot", versicherte Schorsch nochmals. „Des müsst ihr uns glawe. Mir hawe den nur unner dem Appelbaum verbuddelt."

Sepp nickte zustimmend. „Mer nemme an, dass der Hannes dem des Licht ausgeblase hot. Awer was Genaues wisse mer net. Und mer wollte des aach gar net wisse. Awer mer hawe Angst, dass mer deswesche jetzt doch noch ins Gefängnis komme könnte."

„Deshalb bräuchte mer jetzt doi Hilfe", wandte Schorsch sich an Herbert. „Mir wisse, wer des Buch hat, da wo alles drin stehe tut. Dann kennte mer unser Unschuld beweise. Du misst uns nur irschendwo hinfahrn."

Herbert runzelte die Stirn. „Aber den Ort Irschendwo kenn ich net. Geht's e bissje genauer?"

„Naja, mer müsste halt die Edeltraud mal besuche." Sepp tauschte einen kurzen Blick mit Schorsch.

„Die Edeltraud? Bedeutet das, die Edeltraud besitzt das Buch?", fragte Helene angespannt.

Sepp und Schorsch nickten unisono. „Vielleicht freut se sich sogar, wenn se uns widdersieht."

„Aber, soweit ich weiß, spricht die Edeltraud mit niemanden mehr", gab Helene zu bedenken.

„Da rede mer halt aach nix", entgegnete Schorsch. „Müsse mer ja net. Die soll uns ja aach bloß mol in des Buch gucke losse."

„Kein Problem", sagte Herbert. „Natürlich fahr ich euch. Wann wolle mer los?"

„Ja, was meinst de? Heut is es schon zu spät. Awer vielleicht gleich moje früh so um acht?", schlug Schorsch vor.

„Des is es bissje zu früh", wandte Sepp ein. „Was soll ich der Elfi saache, wieso ich in aller Herrgottsfrüh aufstehe will. Die brauch davon ja nix wisse."

„Also gut, dann fahrn mer um neun los", entschied Herbert. „Aber die Helene kommt mit. Mache mer halt en Ausflug. In meinem Mercedes habe mer locker zu viert Platz, net so wie in dene neue Schlitte, wo du nur noch mit em Schuhlöffel einsteige kannst un dir hinnerher alle Knoche weh tue und du blaue Flecke hast."

„Mer dürfe awer keinem a Wort davon saache, bevor mer net in des Buch gesehe hawe.“ Eindringlich sah Sepp zu Schorsch und dann zu Helene und Herbert.

„Mache mers doch so, wie die des im Film immer mache“, schlug Schorsch vor und legte eine Hand auf die Tischplatte. „Einer für alle und alle für einen.“

„Jetzt werd net kindisch.“ Herbert erhob sich. „Komm, Helene, mer gehe, bevor die noch Brüderschaft trinke wolle. Bis moje, um Neun, pünktlich.“

***

„Moment, ich komme“, drang Helenes Stimme durch die Tür. Während Nicole eintrat, sah Helene auf die Uhr. „Oh, schon so spät“, sagte Helene mit Blick auf die Uhr.

„Komme ich ungelegen? Hast du einen Liebhaber im Schrank versteckt?“, fragte sie schmunzelnd.

„Döspaddel.“

An der Tür zum Wohnzimmer blieb Nicole verdutzt stehen. Anstatt der Häkeldeckchen und dem gewohnten Nippes, bedeckte eine Menge Papier den Wohnzimmertisch. „Was treibt du da?“

„Ooch, ich sortiere nur.“

Neugierig näherte sich Nicole. „Du sortierst? Aha. Das sind Infos über die Nachbarn der Häuslers. Helene! Du spielst doch nicht etwa Miss Marple?“

„Also, wenn das jetzt ein polizeiliches Verhör werden soll, will ich einen Anwalt“, erwiderte sie mit gespieltem ernstem Gesichtsausdruck.

„Ich sollte dir nicht zu viel Einblick in meine Arbeit gewähren. Du redest schon wie der ausgebuffteste Gauner."

„Es ging mir nur so Einiges durch den Kopf. Weißt du, heute auf dem Friedhof traf ich auf Herbert Walter. Du erinnerst dich? Er wohnt in der Straße gegenüber, wo der Tote gefunden wurde. Also der hat mir Einiges über die Häuslers erzählt. Willst du wissen, was?" Helene schielte zu Nicole.

„Immer, wenn's zum Fall gehört und Licht in die Sache bringt."

In knappen Worten erzählte Helene von den Gerüchten um Häuslers Unfähigkeit Kinder zu zeugen und, dass gemunkelt wurde, Edeltraud sei das Kind von Maria und ihrem Ami. Von dem Buch und von dem Gespräch mit Sepp, Schorsch und Herbert sagte sie nichts. Sie hatte es versprochen.

„Alles hochinteressant. Aber wie steht's mit Beweisen?", fragte Nicole, ganz Kommissarin.

Helene schüttelte den Kopf. „Keine. Aber an jedem Gerücht hängt ein Fünkchen Wahrheit, oder?"

„Na gut." Nicole stellte ihren alten Laptop auf den Tisch. „Schau mal, was ich dir mitgebracht habe. Ich dachte, so für den Anfang reicht der, oder?"

„Großartig." Helene lachte spitzbübisch. „Zeigst du mir, wie der funktioniert?"

Dienstag, 18. Juni - 2. Tag der Ermittlungen

„Ich denke, wir sollten als erstes mit dem Vogel reden."

Harald Weinert fuhr mit der Hand durch seine Lockenpracht. „Als Anwalt der Familie und Vormund von Edeltraud Häusler, müsste er uns am ehesten weiterhelfen können. Jetzt wissen wir ja ein bisschen mehr, dank den örtlichen Gerüchten mehr über die Häuslers." Er warf Nicole, die ihre Kollegen von dem nachbarschaftlichen Gemunkel in Kenntnis gesetzt hatte, einen amüsierten Blick zu.

„Keine schlechte Idee", stimmte Nicole zu. „Fahrt ihr zum Vogel. Ich warte hier auf den Kollegen aus Frankfurt."

„Hoffentlich nimmt er den Hintereingang", feixte Hansen.

Nicole verzog das Gesicht. „Diese angebliche Fehde zwischen Offenbach und Frankfurt bekommt langsam aber sicher Spinnweben am Zopf. Ich ruf mal bei unserem Doc an. Vielleicht hat er schon etwas…"

In der gleichen Sekunde klingelte Nicoles Telefon. „Hey, Doc, ich wollte dich gerade anrufen."

„Dacht ich mir. Und weil ich jetzt nach Hause gehe um eine gehörige Mütze Schlaf nachzuholen, hier die ersten Ergebnisse von eurem Skelett."

„Augenblick, Weinert und Hansen sind auch hier." Nicole stellte das Telefon auf *Laut*.

„Also, dann hört die Botschaft. Der Tote weist eine Fraktur an der hinteren Schädeldecke auf. Er wurde mit einem stumpfen Gegenstand geschlagen, der aus Holz bestand. Einige winzige Holzteilchen befinden sich noch im Inneren seines Schädels. Ob diese Verletzung zu seinem Tod geführt hat, kann ich leider nicht mit Bestimmtheit sagen. Genaueres könnte ein Anthropologe feststellen. Werde mal sehen, was ich da tun kann. Der Verwesung nach zu urteilen, könnte der Mann vor etwa 50 bis 60 Jahren verstorben und zwischen 20 und 25 Jahre alt gewesen sein. Die Marke, die er um den Hals trug und auch die Reste der Kappe sprechen dafür, dass es sich tatsächlich um einen hier stationierten US-Soldaten, besser gesagt, um einen Piloten handelt. Und nun zum interessanten Teil. Die Kette, die um seinen Hals hing hat eine Länge von 10 cm."

„Ja und, was ist daran so interessant?", warf Hansen ein.

„Immer mit der Ruhe Kollege. Soldaten der amerikanischen Armee tragen, im Gegensatz zu unseren europäischen Kriegern, immer zwei Ketten mit identischen Erkennungsmarken; eine von etwa 60-70 cm Länge, die andere ist 8-10 cm lang. Die kürzere wird im Todesfall zur Identifizierung abgenommen, die längere verbleibt beim Toten. Eure Leiche aber trägt die kürzere Kette. Aber, bevor ihr mir anerkennend auf die Schulter klopft, diese großartige Erkenntnis kommt von unserem allwissenden Viktor. Also gut, Mädel, Jungs, das war's vorläufig. Macht was draus. Ich habe eine Verabredung mit meiner Matratze." Der Gerichtsmediziner legte auf und ließ drei grübelnde Kommissare zurück.

„Demnach war der Mörder nicht mit den amerikanischen Militärvorschriften vertraut“, sagte Hansen.

„Oder, es war ihm egal“, warf Weinert ein. „So wie es aussieht, könnte der Tote tatsächlich der Geliebte von Häuslers Schwester Maria sein. Nur weshalb hat der Mörder die Erkennungsmarke an sich genommen?“

„Ihr habt den Doc gehört“, bremste Nicole ihre Kollegen. „Ob Mord oder Unfall steht noch nicht zu 100 % fest.“

„Tja. Deshalb schlage ich vor, wir fahren zu dem Anwalt.“ Hansen schnappte sich die Schlüssel für den Mercedes aus seiner Schublade.

Nicole glaubte, ihren Augen nicht zu trauen. „Hatte ich mich nicht klar ausgedrückt?“

„Sorry. Die Werkstatt hatte gestern Abend schon geschlossen. Sofort, nachdem wir zurückkommen, kümmere ich mich darum. Versprochen.“

***

Hansen drehte vergebliche zwei Runden auf dem Parkplatz in Dietzenbach am Stadtbrunnen, der Adresse von Rechtsanwalt Günther Vogel. „Verdammt, will denn niemand hier mal wegfahren?“ Verärgert schlug er auf das Lenkrad. „Jetzt frag ich doch bei unseren Kollegen nach, ob wir nicht mal für eine halbe Stunde dort parken dürfen.“ Er fuhr vom Parkplatz und ein kurzes Stück die Straße entlang zum Polizeirevier. „Geh du rein, ich bleib so lange im Wagen. Nicht, dass wir noch ein Knöllchen bekommen.“

„Ach, jetzt soll ich auf einmal?“ Hansen schnaubte unwillig und Weinert löste den Sicherheitsgurt. „Ok, ok.“ Mit langen

Schritten ging er auf den Eingang der Polizeistation zu. Ein junger Polizist in Uniform, der gerade am Gebäude ankam, beäugte argwöhnisch den Mercedes, der mit laufendem Motor vor der Polizeistation stand. Er zückte Block und Stift und näherte sich dem Wagen, überlegte es sich dann aber und ging ins Polizeigebäude. Dabei stieß er fast mit Weinert zusammen, der Hansen mit einer Geste durch das Tor auf die hintere Hofseite winkte. Hansen stieg aus, nachdem er den Wagen ordnungsgemäß auf einen eingezeichneten Parkplatz abgestellt hatte. „Na, geht doch."

„Die Kollegen haben sich das Kennzeichen notiert und glauben nun, dass der Alte selbst am Steuer sitzt. Trotzdem, mehr als eine halbe Stunde war nicht drin."

„Und was wollen die machen, wenn's zehn Minuten länger dauert? Uns einen Strafzettel verpassen oder Abschleppen?" Hansen lachte.

„Du willst es hoffentlich nicht drauf ankommen lassen?"

Hansen schnaubte. „Jetzt mach mal halblang. Wir sind auf dem Weg zu einer Befragung und nicht zur Frittenbude." Er war jetzt richtig sauer, allerdings mehr auf sich, als auf Weinert. Gerade wurden ihm die Konsequenzen klar, die sein kleiner Streich nach sich ziehen könnte, falls mit dem Wagen seines Vorgesetzten tatsächlich etwas Unvorhergesehenes geschehen sollte. „Wo ist diese Kanzlei eigentlich? Das ist doch die richtige Hausnummer, oder?"

Sie standen vor einem Mehrparteienblock. Weinert spazierte mit dem Zeigefinger über die Namensschilder. „Hier ist es. Dr. Günther Vogel." Er klingelte und einige Sekunden später ertönte aus dem Lautsprecher eine Stimme. „Vogel, ja bitte?"

„Guten Tag, Herr Dr. Vogel. Kripo Offenbach. Können wir Sie mal sprechen?"

„Eh, ja, natürlich. Um was geht es denn?"

„Können wir das vielleicht drinnen…?"

„Ja, ja, natürlich. Kommen Sie hoch, erster Stock." Der Türöffner summte. Der Anwalt, ein untersetzter, etwas über einen siebzig kleinen Mann mit grauweißem Haarkranz, erwartete die Beamten an der Eingangstür. Er trug eine anthrazitfarbene Hose, weißes Hemd, eine schwarze Strickjacke und schwarz-weiße Lackschuhe. Hansens Kopfkino ordnete die vor ihm stehende Person sofort in die Reihen der Mafia ein. Er und Weinert zückten ihre Ausweise, stellten sich kurz vor und betraten die Wohnung.

„An Ihrem Gesichtsausdruck erkenne ich, dass Sie eine Kanzlei erwartet haben." Vogel lächelte. „Früher waren das auch meine Büroräume und vor mir, die meines Vaters. Aber ich praktiziere schon seit einigen Jahren nicht mehr. Irgendwann muss halt mal Schluss sein; immerhin bin ich schon fast siebzig. Aber ich fühle mich hier wohl. Ich bin hier mitten im Zentrum, keine weiten Wege und so. Deshalb habe ich die ehemalige Kanzlei zu meiner Wohnung umbauen lassen." Vogel machte eine kurze Pause, als erwartete er eine Antwort. Als diese nicht kam, fuhr er fort. „Aber das wird sie kaum interessieren. Bitte, kommen Sie." Vogel öffnete die Tür zu einem etwa 20 qm großen Zimmer. Der große dunkle Eichenholzschreibtisch vor dem Fenster fiel direkt ins Auge.

Darauf ein schwarzes Ungetüm von einem Telefon, wie es wohl nur noch in Museen zu finden war oder ein Requisit für einen Hitchcock-Film hätte sein können. Daneben stand eine ebenso altmodische Briefwaage, neben einem großen schwarzen Locher mit einer Schiebeskala - die Farbe war an vielen Stellen abgeblättert, genauso wie auf dem schwarzen abgegriffenes Stempelkarussell. Der schwarze Füllfederhalter mit Goldrand in schwarzer Halterung vervollständigte das Bild einer Kanzlei aus dem frühen zwanzigsten Jahrhundert. Vor dem Schreibtisch behaupteten sich zwei wuchtige, abgewetzte, dunkelbraune Ledersessel, und ein sensationell gesund aussehender Gummibaum schmückte eine Ecke am Fenster und eine Stehlampe mit einem achteckigen beigefarbenen Schirm, die andere. Regale aus dunklem poliertem Holz zierten zwei der Wände, bis unter die Decke, die, wie sollte es anders sein, aus dunklen Holzkassetten bestand. Eine Regalwand beinhaltete Gesetzesliteratur und Fachbücher der Numismatik, sowie etliche Fachliteratur über Segelschiffe und Schifffahrtskunde. Die zweite Bücherwand zeigte ausschließlich in Leder gebundenes anspruchsvolles Schriftgut, Romane, Dramen und Poetik.

Günter Vogel deutete auf die Sessel und nahm selbst in einem mächtigen Ledersessel hinter seinem Schreibtisch Platz. „Das Büro benutze ich nur noch selten. Etwa ein duzend meiner Klienten wollen sich partout nicht von mir trennen. Aber das wird sich mit der Zeit von selbst erledigen, nicht wahr?“ Er kicherte. Dann wurde er wieder ernst. „Meine Herren, wie kann ich Ihnen helfen?“

Hansen ergriff das Wort. „Herr Dr. Vogel, wir…“

„Ach bitte, lassen Sie den Doktor. Herr Vogel genügt.“

„Also gut. Herr Vogel. Wir haben erfahren, dass Sie der Anwalt der Familie Häusler aus Seligenstadt waren und jetzt der Vormund von Edeltraud Häusler.“

„Nun das stimmt nur zum Teil.“ Vogel lehnte sich in seinem Sessel zurück. „Mein Vater, Hans Vogel, beriet die Familie Häusler in Rechtsangelegenheiten. Ich habe diese, nennen wir es Tradition, als er starb, auf Wunsch von Johannes Häusler fortgesetzt. Herr Häusler wollte sich nicht um einen anderen Anwalt bemühen und bat mich seine Angelegenheiten weiterhin zu regeln. Aber da war nicht mehr allzu viel zu regeln. Mein Zutun bestand lediglich darin, mich um Edeltraud Häusler zu kümmern, wenn ihre Eltern mal nicht mehr wären. Nun, das trat dann leider schneller ein, als es die beiden wohl erwartet hatten. Sie haben gewiss von dem Brand gehört?“ Hansen und Weinert nickten einträchtig. „Nun, nach dem Brand, habe ich, zusammen mit Herrn Josef Richter, für Edeltraud eine geeignete Unterkunft gesucht.“

„Zusammen mit Herrn Richter?“, wiederholte Weinert.

Vogel nickte. „Herr Richter fand Edeltraud damals im Garten unter einem Baum sitzend, während einige Meter entfernt das Haus brannte. Sie wäre völlig geistesabwesend gewesen. Und, als ich sie kennen lernte, musste ich feststellen, dass sich daran wohl nichts geändert hatte. Edeltraud lebte und lebt teils heute noch in ihrer eigenen Welt. Da ist kaum Platz für die Realität. Deshalb war es auch so wichtig, eine gute betreute Unterkunft für sie zu finden;

keine Anstalt im gemeinen Sinne, sondern ein Heim in dem sie sich wohl fühlt, aber eben unter einer gewissen Aufsicht. Herr Richter nahm Edeltraud für die ersten Tage bei sich auf und ja, es bot sich an und ich fand es auch nur fair, dass wir beide eine geeignete Unterkunft für sie suchten. Schließlich kannte er Edeltraud seit sie auf der Welt war." Vogel setzte sich wieder gerade. „Aber wollen Sie mir nicht endlich sagen, warum Sie hier sind?"

Nun ergriff Weinert das Wort. „Sie haben das Grundstück von Frau Häusler an einen Bauträger verkauft. Dürfen wir wissen weshalb und warum jetzt?"

„Nun." Vogel beugte sich vor und faltete die Hände auf dem Schreibtisch. „So eine Einrichtung, wie der *Sonnenhof*, in dem Edeltraud wohnt, kostet viel Geld. Der Finanzmarkt steht im Moment auf etwas wackeligen Füßen und Anlagen die vor zehn oder fünfzehn Jahren getätigt wurden, laufen aus. Die Zinsen die eine neue Anlage heute bringen, machen ja nicht wirklich Freude. Deshalb habe ich Edeltraud nahe gelegt das Grundstück zu verkaufen, wenn sie weiterhin angenehm im *Sonnenhof* leben möchte. Aber jetzt möchte ich Sie doch bitten, mir zu sagen, weshalb Sie hier sind."

„Auf dem Grundstück der Häuslers wurde heute Morgen bei den Erdaushubarbeiten eine Leiche entdeckt."

„Eine Leiche? Um Gottes Willen." Vogel ließ sich in seinen Sessel zurückfallen. „Wer, ich meine, wissen Sie schon um wen es sich handelt?"

„Wir hofften, dass Sie uns da weiterhelfen können."

„Ich? Wie sollte ich Ihnen helfen können? Ich habe sie dort jedenfalls nicht vergraben, wenn Sie das mutmaßen.“ Vogel grinste selbstgefällig.

Weinert schaute kurz zu Hansen, der nickte. „Nach dem vorläufigen Stand unserer Ermittlungen liegt der Tote seit etwa über sechzig Jahren dort. Es könnte sich um einen amerikanischen Soldaten aus dem zweiten Weltkrieg handeln. Der Tote trug eine Erkennungsmarke der US-Armee um den Hals. Wir haben erfahren, dass Maria Häusler, die Schwester von Herrn Häusler eine Liebesbeziehung zu einem amerikanischen Soldaten gehabt haben soll? Was können Sie uns darüber berichten?“

Bevor Vogel antwortete, blickte er von Weinert zu Hansen, als wolle er in deren Gesichtern die noch folgenden Fragen ablesen. Völlig gleichmütig antwortete er. „Natürlich hielten sich kurz nach Kriegsende viele Amerikaner in unserer Gegend auf. Aber, ob die Häuslers mit solchen Leuten Kontakt pflegten, das kann ich Ihnen wirklich nicht sagen. Ich war damals ja noch ein Kind.“

„Sagt Ihnen der Name, Henry Godman etwas? Vielleicht hat Ihr Vater ihn einmal erwähnt.“

„Ist das der Name des Toten?“ Als die Kommissare nicht antworteten, sagte Vogel: „Nein. Der Name sagt mir nichts und mein Vater sprach nie über seine Arbeit und seine Klienten, ein ungeschriebenes Gesetz. Keine beruflichen Dinge in den heimischen vier Wänden. Ich habe das übrigens genauso gehandhabt. Meine Herren.“ Vogel erhob sich. „Ich fürchte ich kann Ihnen nicht helfen.“

Hansen und Weinert standen ebenfalls auf. Hansen sagte: „Vielen Dank, Herr Vogel, dass Sie Zeit für uns hatten. Sollte Ihnen doch noch etwas einfallen…“

„dann melde ich mich bei Ihnen“, vervollständigte Vogel den Satz und nahm schmunzelnd die Visitenkarte entgegen, die Hansen ihm reichte.

Im Rausgehen dreht Weinert sich um. „Geben Sie uns doch die Adresse von dieser Einrichtung *Sonnenhof*, wo Edeltraud Häusler untergebracht ist.“

„Was, wieso? Was hat Edeltraud mit der Sache zu tun?“

„Wahrscheinlich nichts“ erwiderte Weinert. „Aber wir möchten trotzdem mit ihr sprechen. Also bitte die Adresse.“

Sichtlich nervös fingerte Vogel einen Notizzettel aus dem Zettelkästchen und notierte die Adresse.

***

Günter Vogel sah den Kommissaren nach, wie sie über den angrenzenden Parkplatz gingen und aus seinem Sichtfeld verschwanden. Er hob den Hörer des Telefons ab, drehte die Wählscheibe. Nach fünfmaligem Läuten wurde abgehoben.

„Ja, bitte?“, meldete sich eine Männerstimme.

„Gerade war die Polizei bei mir. Es ging um die Leiche, die auf dem Grundstück gefunden wurde. Wieso haben Sie mich nicht informiert?“

„Warum sollte ich? Haben Sie etwas mit dem Toten zu tun?“

„Natürlich nicht.“ Vogel stieß ärgerlich die Luft durch die Nase. Dann sagte er: „Edeltraud will Sie sehen. Ich bekam einen Brief von ihr. Ich konnte Sie bis jetzt noch nicht erreichen. Was kann Sie von Ihnen wollen? Spricht sie wieder?“ In Vogels Stimme klang eine leichte Unsicherheit. Der Mann am anderen Ende des Telefons nahm es mit Befriedigung zur Kenntnis. „Keine Ahnung.“

***

Gegen elf Uhr traf Arthur Kern, Kriminalhauptkommissar von der Frankfurter Kripo im Polizeipräsidium Offenbach ein. Nicole holte ihn im Foyer ab, nachdem man sie informiert hatte. „Herr Kern, danke, dass Sie kommen konnten.“ Sie zwinkerte und reichte ihm die Hand. Arthur Kern verstand sofort. Misstrauische Blicke mehrerer Beamter in Zivil und noch skeptischere derer in Uniform begleiteten die beiden zum Fahrstuhl.

„Alarmstufe ROT“, flüsterte Kern. „Frankfurter Eindringling in Offenbacher Präsidium. Deine Kollegen holen aber jetzt nicht den Bundesgrenzschutz, oder?“

„Keine Sorge“, murmelte Nicole ebenso leise. „Zumindest das haben sie sich abgewöhnt.“ Sie lachte. „Kaffee oder Tee?“, fragte sie, nachdem sie die Tür zu ihrem Büro hinter sich geschlossen hatte.

„Kaffee, wenn es der ist, den ich rieche?“Arthur Kern schloss die Augen und sog tief den aromatischen Duft ein. Nicole deutete auf die blubbernde Maschine in der Ecke. „Hab noch extra deine Lieblingssorte gekauft.“

„Mit Speck fängt man Mäuse, was?“

„Speck wäre billiger gewesen.“ Nicole goss Arthur die dampfende braune Flüssigkeit in eine hohe Tasse.

„Alleine das hier“, er deutete auf die Tasse, „ist es wert, mich in Feindesland zu begeben.“ Nach dem ersten Schluck setzte er behutsam die Tasse ab. „So, und nun erzähle, wie ich dir helfen kann. Es klangst sehr geheimnisvoll am Telefon.“

In kurzen knappen Worten berichtete Nicole ihrem ehemaligen Kollegen was bisher über die Leiche bekannt war und welche Hilfe sie sich von ihm erhoffte. „Wir kommen hier auf normalem Weg nicht weiter und müssten uns an die US- Army wenden. Du verstehst, dass ich das vermeiden will, jedenfalls so lange es irgend möglich ist.“

„Das heißt es eilt und für mich bedeutet das Nachtschicht. Also werde ich mich mit Pizza und Cola eindecken. Morgen früh melde ich mich. Deine Handynummer ist noch die gleiche?“

Nicole nickte.

Arthur hob die Hand zum Gruß und ging zur Tür, drehte sich aber nochmals um. „Hättest du nicht Lust mit mir eine Kleinigkeit zu essen? Mir knurrt der Magen. Existiert eigentlich das kleine italienische Lokal noch?“

Nicole entging nicht der traurige Unterton in Arthurs Stimme.

Im Laufe ihrer gemeinsamen Ermittlungsarbeit bei der Offenbacher Kriminalpolizei hatte sich zwischen ihnen mehr als eine partnerschaftliche Beziehung entwickelt. Genau das war einer der Gründe, warum Nicole nicht mit Arthur zusammen nach Frankfurt gewechselt war. Heute glaubte sie, vielleicht einen Fehler gemacht zu haben.

„So eine Portion Spaghetti täte mir jetzt auch gut", stimmte sie zu.

***

Die Gebäude der Einrichtung *Sonnenhof* standen auf einem parkähnlichen Grundstück, außerhalb von Bad Nauheim. Eine übermannshohe, penibel geschnittene Hecke umsäumte das Gelände an drei Seiten. An der hinteren Seite grenzte ein Tannenwald an. Kieswege zwischen gepflegten grünen Rasenflächen führten zu drei, in hellem Gelb angelegten Häusern.

„Sieht eher aus, wie ein Wellnesshotel."

„Wellnesshotel? Kennst dich wohl in so etwas aus?" Hansen sah seinen Kollegen spöttisch von der Seite an.

„Das Hotel an der Mosel, in dem ich im letzten Jahr meinen Urlaub verbracht habe, war ein Wellnesshotel." Und wie eine Entschuldigung fügte Weinert hinzu. „Hab ich vorher nicht gewusst. Aber, ich muss sagen, gar nicht so schlecht, was einem dort geboten wird, Schwimmbad, diverse Saunen, verschiedene Arten von Massagen und nicht zu vergessen, gewissermaßen eine Gourmetküche."

„Hört sich eher nach Rentneroase an. Nichts für mich."

„Oh, du würdest dich wundern, welch hübsche junge Damen dort anzutreffen sind." Weinert pfiff durch die Zähne.

Die Kommissare spazierten durch die offene Tür ins Foyer. Zarte Klänge aus Mozarts *Zauberflöte* rieselten leise aus unsichtbaren Lautsprechern. Ein cognacfarbener Läufer führte richtungweisend über helle Steinfliesen zum hochglänzenden braunmarmorierten Tresen, hinter dem eine dunkelblonde

Mittdreißigerin die Ankömmlinge mit einem warmen Lächeln empfing. Ansonsten befand sich keine Menschenseele in der Halle.

„Guten Tag. Was kann ich für Sie tun?“

„Kriminalpolizei Offenbach“, sagte Hansen und zückte seinen Ausweis. „Das ist mein Kollege, Weinert. Wir möchten zu Edeltraud Häusler.“

„Oh, Kriminalpolizei? Was hat Frau Häusler mit der Kripo zu tun?“ Auf ihre theoretisch gestellte Frage erhielt sie keine Antwort. „Ich werde Dr. Haus verständigen. Nehmen Sie bitte dort Platz.“ Sie deutete auf eine Sitzgruppe und hob gleichzeitig den Telefonhörer ab.

„Hoffentlich nicht *der Dr. House*?“ Weinert grinste, während er es sich in einem Sessel bequem machte.

„Wieso? Kennst du hier einen Dr. Haus?“ Hansen sah seinen Kollegen misstrauisch an.

„Sag bloß, du kennst nicht die Kultserie *Dr. House*, die mit dem exzentrischen Arzt?“

„Hä, was?“

„Bildungslücke. Ach vergiss es.“ Weinert winkte ab.

Einige Minuten später hörten sie das Klappern von Absätzen. Eine etwa ein Meter fünfundsechzig große Frau mit glatten schulterlangen blonden Haaren, graublauen Augen und einem Vertrauen erweckenden Gesichtsausdruck kam auf sie zu.

„Wow”, formten Weinerts Lippen lautlos. Er schätzte die Dame auf Mitte bis Ende dreißig.

„Kriminalpolizei? Sie möchten zu Frau Häusler?“

Hansen und Weinert nickten.

„Sagen Sie mir bitte um was es geht. Ich bin ihre betreuende Ärztin, Dr. Marion Haus."

„Es handelt sich um eine Familienangelegenheit. Wir wollen Frau Häusler lediglich ein paar Fragen stellen", erwiderte Hansen.

Die Ärztin runzelte die Stirn. „Soweit ich weiß, hat Frau Häusler keine Familie mehr. Außerdem dürfte sich ein Gespräch schwierig gestalten. Frau Häusler spricht seit einigen Monaten nicht mehr."

Hansen und Weinert schauten überrascht und Weinert fragte: „Hatte sie einen Schlaganfall oder so etwas in der Art?"

„Nein das nicht." Die Ärztin setzte sich in einen Sessel und die Kommissare taten es ihr notgedrungen nach. „Sie spricht einfach nicht mehr. Genauer gesagt, seit dem Tag an dem Herr Vogel, ihr Anwalt und Vormund, sie das letzte Mal besuchte. Mehr kann ich Ihnen nicht sagen. Den genauen Auslöser kenne ich nicht."

Hansen und Weinert schauten sich an. „Wir möchten es trotzdem versuchen", sagte Hansen.

„Wenn *Sie* darauf bestehen, muss *ich* darauf bestehen, dabei zu sein. Frau Häusler lebt sehr zurückgezogen. Sie bekommt nicht oft Besuch. Auf Fremde reagiert sie leicht panisch."

„Es spricht nichts dagegen", erwiderte Hansen ungerührt.

„Na gut. Dann folgen Sie mir." Marion Haus erhob sich und ging auf eine gläserne Tür zu. Die Beamten folgten. „Aber wie gesagt, gehen Sie bitte behutsam mit ihr um. Jede Aufregung kann zu Lasten ihrer Gesundheit gehen."

„Uns wurde gesagt, sie sei geistig etwas zurückgeblieben", sagte Hansen.

„Wer sagt denn so was? Frau Häusler leidet unter einer geistigen Instabilität. Wohl Folge eines traumatischen Ereignisses, entweder in ihrer Kindheit oder es kann natürlich auch schon vor ihrer Geburt passiert sein, leider…"

„Vor ihrer Geburt?", unterbrach Weinert die Ärztin. „Ich habe schon mal darüber gelesen. Aber ist so etwas denn tatsächlich möglich?"

„Aber ja. Bereits ein Kind im Mutterleib bemerkt, wenn es unerwünscht ist und reagiert entsprechend. Meist verhält sich der Fötus dann sehr ruhig, so, als wolle er nicht auf sich aufmerksam machen. Auch später versuchen diese Menschen ein annähernd unsichtbares Leben zu führen oder sie ziehen sich in ihre eigene Welt zurück, wie dies bei Frau Häusler der Fall ist."

Durch einen mit Glas überdachten Gang, erreichten Sie eines der Nebengebäude. Weinert konnte seinen Blick nicht von den wohlgeformten Beinen der Ärztin lassen.

Nachdem Frau Dr. Haus geklopft und die Tür zu Edeltraud Häuslers Wohnraum öffnete, mussten sich die Augen der Kommissare erst an die Dunkelheit gewöhnen. Ein einziger Lichtstrahl kam durch die nicht ganz zugezogenen Vorhänge. Auch hatten sie den Eindruck eines Déjà-vus.

Wuchtige Möbel dominierten den Raum. Eine Seite wurde fast vollständig von einem, etwa zwei Meter hohen und drei

Meter breiten Schrank aus dunklem, fast schwarzen Holz eingenommen, dessen obere Hälfte von zwei jeweils an den Ecken gedrehten Säulen gestützt wurde. Ein runder Tisch mit vier Stühlen aus dem gleichen dunklen Holz stand in der Mitte des Zimmers. Alles wirkte düster und beklemmend. Das einzig Moderne in dem Raum war ein Flachbildschirm, auf dem ein Film aus den Vierzigern flimmerte, allerdings in Schwarz-Weiß und ohne Ton.

„Edeltraud." Die Ärztin ging zu einem Ohrensessel. „Da sind zwei Herren von der Polizei. Sie möchten mit Ihnen reden. Ist das für Sie in Ordnung?"

Erstaunt sah Edeltraud Häusler ihre Ärztin an und zeigte mit einer fast majestätischen Bewegung zum Tisch.

„Sie sollen Platz nehmen", übersetzte Dr. Haus die tonlose aber eindeutige Geste.

„Dürfen wir etwas mehr Licht hereinlassen?" Weinert trat ans Fenster.

„Aber ja, natürlich. Es ist nur wegen des Fernsehers." Weinert zog zaghaft an einer der schweren Gardinen, als hätte er Angst, dass sich anstatt des erwarteten Tageslichts eine gemauerte Wand zeigte, die lediglich von einer Lampe angestrahlt wurde.

Edeltraud Häusler stand auf und schritt würdevoll zum Tisch. Sie trug ein dunkles, hochgeschlossenes Kleid, das ihre magere Gestalt noch zerbrechlicher erscheinen ließ und vor gefühlten hundert Jahren möglicherweise als modisch bezeichnet werden konnte. In kerzengerader Haltung setzte sie sich den Kommissaren gegenüber. Große, dunkle Augen blickten aus einem hageren, dennoch beinahe faltenlosen Gesicht. Die weißgrauen Haare waren zu einem strengen Dutt frisiert.

Hansen räusperte sich. „Frau Häusler, wir sind von der Kriminalpolizei in Offenbach. Es geht um das Grundstück ihrer Eltern, das Herr Vogel, Ihr Anwalt, vor einigen Monaten für Sie verkauft hat. Gestern wurde mit den Aushubarbeiten begonnen und…eh…dabei wurde eine Leiche gefunden.“

Unbeeindruckt nahm Edeltraud Häusler die Nachricht auf.

„Frau Häusler, haben Sie verstanden, was ich gerade gesagt habe?“ Edeltraud Häusler nickte. „Wir nehmen an“, fuhr Weinert fort, „dass es sich bei dem Toten um einen Piloten der US-Armee, aus dem zweiten Weltkrieg handeln könnte.“

Noch immer zeigte Edeltraud Häusler keine Reaktion.

„Es ist uns bekannt, dass ihre Tante Maria ein Verhältnis hatte mit einem Amerikaner“, setzte Hansen nach, „Der aber verschwunden ist. Könnte es die Leiche dieses Mannes sein, der auf dem Grundstück gefunden wurde? Und wenn ja, fragen wir uns natürlich, wie kommt sie dorthin? Vielleicht können Sie etwas Licht in die Geschichte bringen?“

Edeltraud Häusler zuckte einen Augenblick zusammen, so jedenfalls kam es Weinert vor. Dann schüttelte sie energisch den Kopf.

„Wie soll ich Ihr Kopfschütteln verstehen? Wissen Sie nicht ob es sich um besagten Mann handelt oder wissen Sie nicht wie er in ihren Garten kam? Frau Häusler, wenn Sie uns nicht sagen was Sie wissen, machen Sie sich strafbar. Ist Ihnen das klar?“ Hansen verlor langsam die Geduld, deshalb lenkte

Weinert ein. „Also gut, Frau Häusler. Versuchen wir es anders. Haben Sie irgendwann etwas von dieser Affäre erfahren? Haben vielleicht Ihre Eltern mal darüber gesprochen? Wenn ja, dann nicken Sie bitte oder schütteln mit dem Kopf."

Erneut sprangen Elisabeth Häuslers dunkle Augen zwischen Hansen und Weinert hin und her. Plötzlich presste sie ihre Hände gegen die Schläfen und ein klagender Laut entschlüpfte ihren Lippen.

Sofort war Frau Dr. Haus zur Stelle. Sie legte ihre Hände auf die Schultern ihrer Patientin. „Alles gut Edeltraud, alles gut", flüsterte sie. „Sie brauchen sich nicht zu ängstigen. Ich bin bei Ihnen."

An die Kommissare gewandt sagte sie: „Ich denke, sie sollten jetzt gehen. Ich begleite Sie hinaus."

Die Kommissare hatten Mühe, den schnellen Schritten der Ärztin zurück in die Empfangshalle zu folgen. „Ich hatte Sie gebeten auf den Zustand von Frau Häusler Rücksicht zu nehmen."

„Frau Dr. Haus. Wir haben aller Wahrscheinlichkeit nach, einen Mord aufzuklären, auch wenn dieser schon Jahrzehnte zurückliegt", schnaubte Hansen. „Da kann es schon mal passieren, dass wir unangenehme Fragen stellen müssen."

„Das verstehe ich, Herr Kommissar. Aber Edeltraud kann mit dem Tod dieses Menschen nichts zu tun haben. Wenn ich Sie richtig verstanden habe, liegt die Sache schon mehr als sechzig Jahre zurück. Edeltraud wird nächsten Monat Fünfundsechzig."

„Das ist uns auch bekannt", erwiderte Hansen, nun in einem moderaten Tonfall. „Das bedeutet aber nicht, dass sie nichts darüber weiß."

Mittlerweile waren sie in der Empfangshalle angekommen.

„Ich sehe ein, dass Sie nur Ihre Arbeit machen. Ich war wohl etwas zu forsch." Dr. Marion Haus schenkte Weinert ein entschuldigendes Lächeln. „Aber das Wohl meiner Patienten liegt mir am Herzen."

„Das verstehen wir natürlich", versicherte Weinert und warf Hansen einen vorwurfsvollen Blick zu. „Eine Frage, hätte ich doch noch. Hatte Frau Häusler, außer ihrem Vormund, Herrn Vogel, noch andere Besucher?"

„Nur Herr Neumann, ein ehemaliger Nachbar, besuchte sie mindestens einmal im Monat. Nur in der letzten Zeit nicht mehr. Soweit ich mich erinnern kann, habe ich ihn vor etwa vier Monaten das letzte Mal gesehen. Er lief mir, hier in der Halle, zufällig über den Weg und er machte einen sehr traurigen Eindruck. Aber fragen Sie mich nicht weswegen. Ach ja, da ist noch Herr Krüger, ein jüngerer Mann, so um die Dreißig, schätze ich. Er besucht Edeltraud seit ungefähr zwei Jahren in mehr oder weniger regelmäßigen Abständen. Beim ersten Mal war sie darüber furchtbar aufgeregt aber danach freute sie sich jedes Mal, wenn er kam. Er kommt auch heute noch."

„Ist er ein Verwandter oder ein Freund?", fragte Hansen.

„Das kann ich Ihnen nicht beantworten. Edeltraud wollte sich darüber nicht äußern."

„Haben Sie seine Adresse?"

„Ja, sicher. Wir lassen uns von jedem Besucher, der zum ersten Mal unser Haus betritt, den Ausweis zeigen und kopieren diesen. Schließlich wollen wir wissen, wer hier ein und ausgeht. Das gilt übrigens auch für die Polizei. Wir machen da keine Ausnahme.“ Die Ärztin wandte sich an die junge Frau hinter dem Tresen. „Sandra, suchen Sie bitte die Adresse von Herrn Krüger heraus, dem jungen Mann, der Frau Häusler öfters besucht. Und vergessen Sie nicht die Ausweise dieser beiden netten Herren zu kopieren.“ Frau Dr. Haus reichte den Kommissaren, mit einem charmanten Lächeln die Hand.

„Die ist ja voll auf dich abgefahren“, platzte Hansen auf dem Weg zum Parkplatz heraus.

„Und du musstest mal wieder den Kriminaloberkommissar heraushängen lassen.“

„Seid doch froh“, grinste Hansen. „Dafür hast du die Lorbeeren eingeheimst.“

„Idiot. Aber im Ernst, das war echt gruselig, bei der Häusler. Ich hatte ständig die Befürchtung, dass Percy Steward, bewaffnet mit einem Messer aus einer dunklen Ecke stürmt und sich auf uns stürzt.“

Hansen lachte, wurde aber sofort wieder ernst. „Schon eine eigenartige Frau. Trotzdem wette ich mit dir, dass die weiß wer der Tote ist und was damals geschehen ist.“

„Hab das gleiche Gefühl. Aber wie willst du die Psycho Lady zum Sprechen bringen?“

„Weiß noch nicht.“ Hansen drückte auf die Fernbedienung des Mercedes und öffnete die Fahrertür. „Willst du auch mal?“ Er wedelte mit dem Autoschlüssel.

„Danke“, lehnte Weinert mit einer Handbewegung ab. „Mir reicht es der Mitwisserschaft bezichtigt zu werden.“ Sein Handy klingelte. „Hi, Nicole. Wie lief es mit dem Kollegen aus Frankfurt? - Ja, danke, wir hatten auch einen aufregenden Nachmittag. Echt spooky, würde ich sagen, erzählen wir nachher. - Ach, du bist auf dem Weg nach Hause? Gut, wir schicken dir ne Mail. Ok, Dann bis morgen. Tschau.“

„Habe ich richtig verstanden? Unsere Chefin fährt jetzt nach Hause?“

„Ja“, bestätigte Weinert. „Sie will noch eine gewisse Gundula Krämer aufsuchen, eine Nachbarin der Häuslers. Es soll sich um eine äußerst gesprächige Dame handeln.“

„Super, dann könnten wir zwei Hübschen doch eine kleine Spritztour unternehmen.“ Hansen schmunzelte spitzbübisch.

„Nix da. Wir Hübschen fahren jetzt auf direktem Weg in die Werkstatt und zwar pronto. Es ist kurz vor vier. Nicht, dass die Autoschrauber wieder Feierabend haben, bevor wir dort ankommen.“

***

Es war beinahe wie in alten Zeiten. Nur, dass Nicole jetzt Wasser zur Pasta trank, anstatt Rotwein. Früher, als sie noch in ihrer kleinen Einzimmerwohnung im Stadtteil Bieber wohnte, konnte sie sich ein bis zwei Gläser Rotwein zum Essen gönnen. Anschließend fuhr sie, entweder mit dem Bus oder der Straßenbahn nach Hause. Seit sie ins zwanzig

Kilometer entfernte Seligenstadt gezogen war und einen roten MX-5 ihr Eigen nannte, ließ sie den Alkohol lieber bleiben, wenn sie fuhr. Manche Kollegen von der Schutzpolizei waren ganz erpicht darauf, ihre *Amtsgenossen* von der Kripo ins Röhrchen pusten zu lassen und ein Knöllchen zu schreiben.

Arthur bevorzugte noch immer Cola zur Pizza. Er machte sich nicht viel aus Alkohol. Nur wenn er hin und wieder bei Nicole übernachtete, trank er ein bis zwei Gläser Wein, ihr zuliebe. Es waren schöne Abende und noch wundervollere Nächte.

All diese Dinge gingen Nicole im Kopf herum auf ihrem Nachhauseweg, und fast hätte sie die Abfahrt verpasst. Im letzten Moment riss sie das Steuer nach rechts und hoffte, dass niemand der Nachfahrenden ihr Kennzeichen notierte.

Zuhause angekommen, stellte sie ihren roten Flitzer auf dem nahe gelegenen Parkplatz ab und machte sich zu Fuß auf den Weg zu Gundula Krämer. Eigentlich war Nicole Getratsche jedweder Art zuwider, aber wenn jemand pikante Details über die Häuslers wusste, dann mit Gewissheit diese Frau.

Nicole warf einen Blick auf das Grundstück der Häuslers, auf dem schon wieder mit Volldampf gearbeitet wurde. Ein mit schwarzer Erde beladener LKW fuhr gerade ab und ein anderer nahm sofort seinen Platz ein.

Sie klingelte am Haus von Gundula Krämer und, als hätte diese die Kriminalbeamtin erwartet, ertönte sogleich ihre laute Stimme in der Sprechanlage. Ebenso rasch summte der Türöffner.

„Frau Wegener, das ist aber schön, dass Sie mich besuchen. Bitte, kommen Sie ins Wohnzimmer.“ Gundula Krämer trippelte voraus und bat Nicole auf einem dunkelroten Veloursofa Platz zu nehmen. „Kann ich Ihnen einen Kaffee anbieten oder einen Wein?“

Nicole lehnte dankend ab. „Ich bin dienstlich hier, wie Sie sich denken können, Frau Krämer.“

„Aber natürlich. Kommen Sie voran? Wissen Sie schon wer den Ärmsten umgebracht hat?“

„Über die laufenden Ermittlungen darf ich Ihnen nichts sagen. Allerdings hätte ich noch einige Fragen. Vielleicht können Sie mir da weiterhelfen?“

Gundula Krämer setzte sich gegenüber Nicole in einen Sessel. „Natürlich helfe ich gerne. Aber mehr als ich Ihnen heute Morgen gesagt habe weiß ich nicht.“

„Erzählen Sie doch einfach, was Ihnen zu der Familie Häusler einfällt.“

Gundel Krämer überlegte. „Tja, was soll ich da sagen? Die Häuslers lebten sehr zurückgezogen. Mehr als *Wie geht's? und Schönen Tag*, kam mit der Mine nicht zustande. Mit IHM hatte ich überhaupt keinen Kontakt.“

„Was ist mit der Tochter der beiden?“, wollte Nicole wissen.

„Nun, wie ich Ihnen ja bereits gesagt habe, war die Edeltraud geistig nicht ganz auf der Höhe und ich denke, daran hat sich bis heute nichts geändert. Auch wenn der Karl“, sie zeigte mit dem Finger in die Richtung von Karl Neumanns Haus, „das nicht wahrhaben will.“

Nach knapp einer halben Stunde machte Nicole sich auf den Heimweg. Viel Neues hatte das Gespräch wirklich nicht gebracht. Allerdings wurde sie das Gefühl nicht los, das die Krämers Gundel noch mehr wusste, als sie preisgab.

In ihrer Wohnung öffnete Nicole zuerst die Balkontür, um die gestaute Wärme hinauszulassen, dabei schaute sie, über das Geländer hinunter in den gepflegten Garten von Helene, mit den zwei Bäumen, Apfel und Pflaume, und dann über die Dächer der Altstadt. Eine solche Wohnung hatte sie sich schon immer gewünscht, als sie noch in Offenbach wohnte. Ein ruhiges Plätzchen, fernab vom Trubel und der stetig steigenden Kriminalität, wohin sie sich nach einem harten Tag zurückziehen konnte. Nun hatte das Verbrechen auch diese Idylle eingeholt. Obwohl, zählte der Mord, der Jahrzehnte zurücklag? Wenn es überhaupt Mord war, das stand ja immer noch nicht fest.

Der Blick in den Kühlschrank war wenig erheiternd. Sie musste unbedingt einkaufen. Warum eigentlich nicht gleich, überlegte sie. Und warum nicht mal wieder Helene mit ihren überragenden Kochkünsten beglücken? Die beschränkten sich zwar nur auf Steaks und Pommes sowie Pasta mit diversen Soßen, aber was soll's? Allerdings hatte sie heute schon Pasta, also blieb nur die Alternative - Steaks.

Zehn Minuten später stand Nicole in einem Metzgerladen und erstand zwei erstklassige argentinische Rindersteaks, dazu in Kräuter eingelegte Oliven und Tomaten gefüllt mit Frischkäse, sowie Peperoni. Sogar ein Baguette, frisch aus dem Ofen, konnte sie noch erwerben. Anschließend kaufte sie noch frische Tomaten und eine Mango im Biogeschäft.

Gerade als sie vor ihrer Wohnung ankam, klingelte ihr Handy - unbekannte Nummer.

„Oh, Herr Maier. - Was? Geben Sie mir zehn Minuten." Nicole drückte die „Beenden-Taste", spurtete die Treppe hinauf und packte ihre Einkäufe in den Kühlschrank. „Habt noch Galgenfrist", sagte sie und schlug die Tür zu.

***

Ihre Hände waren kalt und zitterten, als sie das abgegriffene schwarze Buch und den alten schwarzen Federhalter aus der Schublade nahm. Daneben lag eine Blechmarke an einer Kette. Sie setzte sich an den Tisch, überlegte kurz und überblätterte die Seiten, die sie schon tausend Mal gelesen hatte und mittlerweile auswendig kannte. Liebe und Leid zweier Generationen. Zärtliche und liebevolle Erlebnisse neben einer entsetzlichen, grauenhaften Wirklichkeit, präzise und peinlich genau festgehalten, in einer steilen kleinen Handschrift, die sich, etwa ab der Hälfte des Buches änderte, nicht so die Lebenssituation.

Dies würde ihre letzte Eintragung sein. Sie streckte den Rücken, bevor sie die übrig gebliebenen leeren Seiten mit schwarzer Tinte ausfüllte. Schließlich hatte *er* mehr als nur ein Recht darauf, die ganze Wahrheit zu erfahren. Zum wiederholten Mal machte sie sich Vorwürfe ihm nicht schon vor Jahren die Wahrheit gesagt zu haben. Aber mehr noch nagte die Schuld an ihr, nicht für die Menschen da gewesen zu sein, die vielleicht – nein ganz sicher - zu ihr gestanden und sie geliebt hätten. Warum war sie zu feige und zu schwach gewesen, um ihr Glück zu kämpfen? Hoffentlich würde er ihr verzeihen, irgendwann. Ebenso wie Gerhard.

Edeltraud Häusler schlug das Tagebuch zu und legte den Federhalter akkurat daneben. Dann ging sie erneut an den alten Sekretär. Ihre Finger glitten seitlich an der geschnitzten Dekorleiste entlang, bis sie die Eindellung fanden. Lautlos fuhr eine schmale vertikale Schublade heraus. Edeltraud entnahm das Leinensäckchen. Es war nicht größer als eine Streichholzschachtel. Der Inhalt – eine getrocknete violette Blüte – zerfiel in ihren Händen zu ascheähnlichem Staub.

***

„Deine Abkürzung." Wütend trat Weinert gegen das aufgesetzte Meterholz am Wegrand eines asphaltierten Waldwegs in der Nähe von Bad Vilbel. „Schaust du nicht mal auf die Tankuhr?"

Hansen enthielt sich eines Kommentars. Er hatte doch nur die Anweisung seines Kollegen befolgt, die da lautete: *Auf direktem Weg, quasi Luftlinie, zur Werkstatt.* Stattdessen kramte er jetzt im Kofferraum des Mercedes. „Alles Paletti. Hier ist ein Reservekanister." Seine Euphorie ließ schlagartig nach, als er durch Schütteln desselben feststellte, dass hier die gleiche Leere herrschte wie im Tank. „Scheiße!" Er zog sein Handy aus der Tasche. Kein Netz. Ein weiterer Kraftausdruck erfüllte die feuchtwarme Waldluft. Er erklomm den Holzstapel und hielt das Mobiltelefon in die Höhe. Doch auch diese Bemühung war nicht von Erfolg gekrönt.

„Wie lange willst du hier noch rumhängen? Schnapp den Kanister und mach dich auf den Weg, zu einer Tankstelle.“

„Und du?“

„Ich mache es mir hier gemütlich. Falls ein Hirsch vorbeikommt, nehme ich dessen Beschwerde wegen Hausfriedensbruch auf.“ Weinert lehnte sich an den Holzstapel. Seine Stimmung hob sich schlagartig, als ihm bewusst wurde, dass sein Kollege einen Marsch von mindestens fünf Kilometer zurücklegen musste, um eine Tankstelle zu finden. Er erinnerte sich an einen Werbespot, der vor einigen Jahren im Fernsehen lief und trällerte.

„I 'm walking, da, di, da, da. “

Mit weitausholenden Schritten stapfte Hansen davon.

***

Polizeihauptkommissar Maier kam rasch auf Nicole zu. „Machen Sie sich auf Einiges gefasst.“

„Noch eine Leiche?“

„Schlimmer. Wir dachten zuerst es handele sich um eine Puppe. Aber es ist ein Kind, ein Baby.“ Maier schluckte. Nicole lief es eiskalt den Rücken herab. „Ein Baby?“, wiederholte sie mit belegter Stimme. „Wo hat…?“

„Unter dem ehemaligen Haus gab es einen Kellerraum, der zuvor nicht bekannt war. Die Baggerschaufel schlug dagegen. Ich habe die Leute sofort von der Baustelle abgezogen. Denke, das war in Ihrem Sinne?“

Nicole nickte. „Wurde die Spurensicherung schon verständigt?“

Maier schüttelte den Kopf. Nicole zückte ihr Handy und rief die Kollegen von der SpuSi an. Dann ging sie hinter Maier her, bis zum Ende des Aushubs.

„Dort, sehen Sie?“ Er zeigte auf eine ehemalige Kellerwand, in ein helles Bündel in einer Art Nische lag. Von Weitem sah es aus wie eine große Raupe in einem Kokon. Einer der Arbeiter wollte schauen, um was es sich handelt und… er hat einen Schock und sitzt im Krankenwagen.

„Seine Personalien habe ich aufgenommen.“

„Danke, Herr Maier.“ Nicole straffte die Schultern.

Sie gingen zurück, zur Straße, wo sich die gleichen Nachbarn eingefunden hatten, wie schon einen Tag zuvor. Zusätzlich drängelten sich neugierige Passanten an der Absperrung.

Nach gut zwanzig Minuten traf endlich die Spurensicherung ein. Kurz danach der Gerichtsmediziner.

„Hallo, Nicole. Ein Baby?“, fragte Dr. Lindner knapp.

Nicole nickte. „Dort hinten, Doc.“

Mit müdem Gesichtsausdruck schritt der Gerichtsmediziner in die angezeigte Richtung. Nicole und Maier folgten.

„Wer macht so etwas, ein Baby im Keller verscharren?“

„Nun, ich glaube nicht, dass man das Kind einfach so verscharrt hat, Herr Maier.“ Nicole deutete auf den Hohlraum in der Kellerwand. „Ich würde eher sagen, das Kind wurde bestattet. Zwar nicht in der üblichen Form und auf dem Friedhof, aber doch in gewisser Weise würdig.“

„Da stimme ich Frau Wegener zu. Das Kleine ist, ähnlich einer Mumie in Leinentüchern eingewickelt. Außerdem das hier.“ Vorsichtig zog Dr. Lindner mit den Fingerspitzen einen kleinen silbernen Gegenstand hervor.

„Was ist das?“

„Ein Kreuz.“ Der Doc packte es in einen Plastikbeutel und reichte ihn Nicole. „Ich mache mich sofort an die Arbeit und rufe dich an, sobald ich etwas weiß.“

Nicole bedankte sich und tippte die Kurzwahl von Weinert in ihr Handy. Sie wiederholte das Gleiche bei Hansen. Doch sie erreichte keinen ihrer Kollegen. Stattdessen schnarrte in beiden Mobiltelefonen eine Stimme: *Der Teilnehmer ist momentan nicht erreichbar.*

Was soll das? Nicole versuchte es im Präsidium. Nach sechsmaligem Klingeln und Rufumleitung meldete sich die Zentrale. Nein, die Kollegen wären nicht im Haus, wurde ihr mitgeteilt und hätten auch keine Nachricht hinterlassen.

***

In ihrer zehnjährigen Tätigkeit bei der Mordkommission hatte Nicole Tote in den verschiedensten Zuständen gesehen; von der Wasserleiche bis hin zum Selbstmörder, der von einem zehnstöckigen Hochhaus gesprungen war und der mehr oder weniger vom Asphalt gekratzt werden musste. Aber bis jetzt, hatte sie es noch nicht mit einer skelettierten Leiche zu tun und schon gar nicht mit einem mumifizierten Baby.

Auch Helene war sehr still. Zum einen war sie ebenso entsetzt, zum anderen hatte sie gegenüber Nicole ein schlechtes Gewissen, weil sie ihr über die bevorstehende Fahrt zu Edeltraud nichts sagen konnte. Entsprechend hatte sie dem Wein mehr zugesprochen, als es ihre Art war, während sie mit mäßigem Appetit das saftige Steak verzehrte. Sie schob ihren Teller zur Seite. „Sag mal, durch so eine DNA-Untersuchung kann man doch feststellen, wer zu wem gehört? Ich meine, das Kind zu seinen leiblichen Eltern?“

„Ja sicher“, antwortete Nicole. „Solange noch Haut oder Knochen vorhanden sind und seien es nur Fragmente, ist es möglich. Schon ein Haar würde genügen. Wieso fragst du?“

Helene drehte ihr Glas zwischen Daumen und Zeigefinger. „Mir ging gerade so durch den Kopf. Wenn es stimmt, dass die Edeltraud nicht die leibliche Tochter der Häuslers ist, weil… du weißt schon, der Häusler keine Kinder zeugen konnte – ist das Baby bestimmt auch nicht von ihm.“

„Anzunehmen. Aber wir müssten wenigsten einen Anhaltspunkt haben, wer die Eltern gewesen sein könnten. Der Staatsanwalt gibt garantiert keine Erlaubnis zu einer Exhumierung der Häuslers, nur um auszuschließen, dass sie nicht die Eltern waren.“

„Trotzdem muss das Kind unmittelbar mit den Häuslers zu tun gehabt haben“, sinnierte Helene weiter, ohne auf Nicoles Anmerkung einzugehen. „Weshalb sonst wurde es im Keller, wie in einer Art Gruft beigesetzt? Was wäre wenn…?“

„Wenn was? Helene, jetzt spuck‘s schon aus.“

„Wisst ihr denn, seit wann das Kind dort gelegen hat?“

„Noch nicht. Wieso fragst du?“

Helene holte tief Luft. „Ich getraue mich gar nicht es auszusprechen. Was wäre wenn das Kind von der Edeltraud wäre?“

„Edeltraud Häusler? Die graue Maus, wie du sie bezeichnet hast? Die war doch nicht verheiratet, oder?“

Helene schmunzelte gequält. „Soweit ich mich erinnern kann, schließt das eine das andere nicht aus. Und auch eine graue Maus findet einen Mäuserich.“

„Ja und zu jedem Topf findet sich der passende Deckel. Sagte meine Mutter auch immer.“

„War eine kluge Frau, deine Mutter.“

Nicole stand auf und gähnte. „Ich bin müde.“

Die Kirchturmuhr schlug elfmal. „Ich auch“, sagte Helene und drückte Nicoles Hand. „Gehen wir ins Bett.“

Kurz nachdem Nicole in ihre Wohnung gegangen war, holte Helene ihre Neuerrungenschaft hervor. Sie setzte sich an ihren Wohnzimmertisch und fuhr den Rechner hoch, wie Nicole es ihr gezeigt hatte. Dann tippte sie auf den Ordner – Personenbezogene Informationen – den sie am Nachmittag noch angelegt hatte und sodann auf den Namen Edeltraud Häusler und scrollte über die *Angaben zur Person* bis zu dem Absatz, *Lebensumstände.* Sie fügte ihre neuen Überlegungen hinzu.

Mittwoch, 19. Juni - 3. Tag der Ermittlungen

Bereits kurz nach sieben Uhr saß Nicole an Ihrem Schreibtisch im Polizeipräsidium Offenbach. Sie hatte von grauen Mäusen, eingewickelt in einen weißen Kokon geträumt. Erholsamer Schlaf stellte sich anders dar.

Zehn Minuten vor acht streckten Hansen und Weinert vorsichtig ihre Köpfe in Nicoles Büro. Auf den Gesichtern zeichnete sich deutlich das schlechte Gewissen ab. In einer weniger prekären Situation hätte Nicole gelacht. Aber jetzt war sie stinksauer. „Setzen!“ Sie zeigte auf die Stühle vor ihrem Schreibtisch. „Wir haben eine weitere Leiche.“

„Was? Wo?“, fragten Weinert und Hansen synchron.

„Auf dem gleichen Grundstück. Es handelt sich um ein Kind, genauer gesagt um ein Baby. Es wurde, ähnlich wie eine Mumie in Tücher eingewickelt, im Keller des Hauses der Häuslers gefunden. Der Doc begann noch gestern Nachmittag mit der Autopsie.“ Nicole betonte besonders die Wörter *gestern* und *Nachmittag*. „Die vorläufigen Ergebnisse schickte er mir bereits heute Morgen, per Mail. Er schätzt, dass das Kind nicht älter als einen Tag alt gewesen sein muss und vor etwa 40 Jahren gestorben ist, übrigens ein Mädchen. Zur Todesursache konnte er noch nichts sagen. Äußere Verletzungen waren nicht zu erkennen. Eine toxikologische Untersuchung will er noch veranlassen. Ach ja, das Baby trug ein silbernes Kreuz um den Hals, ist bereits in der KTU.

Zusätzlich hat der Doc einen Spezialisten angefordert. Der wird sich auch die Überreste unseres US-Soldaten anschauen und Kollege Kern, aus Frankfurt ruft an, wenn er Infos hat, was die Angehörigen des Soldaten betrifft.“ Nicole reichte ihren Kollegen einen Klappordner, in den beide ihre Köpfe versenkten. „Das bedeutet“, fuhr Nicole fort. „Wir müssen uns nochmals die Nachbarn und besonders diesen Karl Neumann vornehmen. Er war der Freund und Liebhaber von Edeltraud Häusler, wie mir Helene und Gundula Krämer versicherten. Der *sollte irgendetwas* wissen. Vielleicht ist sogar er der Vater des Babys. Ist aber nur reine Spekulation“, fügte sie hierzu. „Gundula Krämer könnt ihr außen vor lassen. Die habe ich gestern schon befragt. Und was habt ihr gestern so getrieben?“, fragte Nicole mit spitzem Unterton.

Hansen räusperte sich und schilderte das Gespräch mit Vogel. Anschließend berichtete Weinert über den Besuch bei Edeltraud Häusler.

„Leider haben wir so gut wie nichts herausbekommen, weil, wie schon gesagt, die Dame spricht nicht. Aber ihre Ärztin, eine Frau Dr. Marion Haus, erzählte uns, dass die Häusler regelmäßig Besuch von eben erwähntem Karl Neumann bekam. Scheint wirklich ein langjähriger Freund von ihr zu sein. Außerdem soll ein Gerhard Krüger ebenfalls öfter bei der Häusler aufgetaucht sein, allerdings erst seit etwa zwei Jahren. Er wohnt in Neu-Isenburg.“ Weinert reichte Nicole einen Zettel. „Also das bei der Häusler war schon eine Nummer. Als wir in das Zimmer kamen war alles dunkel, nur der Fernseher lief, allerdings ohne Ton und der Film in schwarz-weiß. Und erst die Häusler, groß, hager, in einem schwarzen hochgeschlossenen Kleid und mit strengem Dutt, knochigen Fingern und großen dunklen stechenden Augen. Echt spooky. Und überhaupt…“

„Lasst mich raten“, unterbrach Nicole zynisch die detailgetreue Beschreibung. „Nach diesem besonders traumatischen Erlebnis brauchtet ihr eine Auszeit oder wie soll ich mir eure Funkstille erklären?“

„Eh…also, mit der Funkstille, da liegst du gar nicht so verkehrt“, sagte Hansen. „Wir befanden uns tatsächlich in einem Funkloch. Das war so zwischen…“

Nicole hob abwehrend die Arme. „Lars, bitte, ich will keine Einzelheiten hören und schon gar keine Ausflüchte. Ich möchte nur daran erinnern, dass wir ein Team sind. Und in einem Team ist es üblich, dass Informationen ausgetauscht werden, und zwar so schnell wie irgend möglich. Nur so ist unsere Arbeit erfolgreich. Ich weiß nicht, warum ich das noch erklären muss. Und da wir nicht im brasilianischen Busch herumirren, gibt es verschiedene Möglichkeiten der Kommunikation. Letztlich sogar das gute alte Festnetz.“

„Hör zu, es war meine Schuld und…“

„Kein Wort mehr darüber, Lars, ok? Du fährst jetzt nach Seligenstadt und befragst die Nachbarn der Häuslers. Und du, Harald fährst noch mal zur Häusler und besorgst mir ein Haar, eine Speichelprobe oder sonst etwas, das für eine DNA Probe herhalten kann. Wie du das anstellst ist mir egal. Und ja, mir ist klar, dass wir dafür keine Grundlage haben und auch keine richterliche Erlaubnis. Aber bis jetzt ist es auch nur so eine

Ahnung. Also, tu es einfach! Ich kümmere mich um diesen Krüger. Wir treffen uns hier spätestens um sechzehn Uhr wieder, pünktlich. Sollte euch etwas dazwischen kommen…“ Nicole winkte mit ihrem Handy.

***

Noch hatten Helenes Finger den Klingelknopf nicht berührt, da rief Gundel hinter der Hecke. „Morgen, Helene. Komm doch rein. Ach Gott, ich habe die ganze Nacht kein Auge zugetan. Mich gruselt jetzt noch. Gell, dir ging’s genauso? Siehst jedenfalls so aus. Ist das nicht furchtbar? Da meint man seine Nachbarn zu kennen und dann das. Ich habe mir grad einen Baldriantee aufgebrüht. Willst du auch einen?“

„Nein, danke. Aber ein Glas Wasser wäre nicht schlecht.“

„Ja, ja. Setzt dich.“ Sie deutete auf einen der Terrassenstühle. „Bin gleich wieder da.“ Mit schenkenden Armen lief Gundel in die Küche. Einige Augenblicke später kam sie mit einer Wasserflasche und einem Glas zurück und goss Helene ein. Sie ergriff ihre Tasse mit dem Beruhigungstee und ließ sich auf die dicken Polster der schmiedeeisernen Bank plumpsen. „Hättest du das den Häuslers zugetraut? Also, das mit dem Ami, das war ja schon so eine Sache, aber jetzt auch noch die Kinder. Übrigens die Frau Wegener war gestern auch schon deshalb bei mir. Aber das war bevor sie die Kinderleichen fanden.“ Ohne auf eine Reaktion seitens Helene zu warten, fuhr sie fort. „Dass ich aber auch nichts bemerkt habe. Na ja, so ganz stimmt das nicht.“ Sie beugte sich über den Tisch und raunte Helene zu: „Bemerkt habe ich schon etwas. Aber das war so…wie soll ich sagen, so abartig. Das konnte ich deiner Frau Wegener wirklich nicht erzählen.“

„Ach, und was?“

„Ich habe etwas gesehen und deshalb bin ich jetzt fest davon überzeugt, dass das Kindchen von der Edeltraud ist.“

„Aha! Und du kennst auch den Vater?“ Helene nahm die Aussage nicht sehr ernst.

Gundel guckte pikiert. „Na, klar. Und du auch. Jetzt tu nicht so, als ob du von dem Verhältnis der beiden nichts gewusst hast. Du warst doch oft bei der Trudi zuhause. Ihr wart doch früher immer so.“ Sie legte ihre beiden Zeigefinger überkreuzt zusammen.

„Gundel, ich kann dir nicht folgen. Welches Verhältnis? Und was hat die Trudi mit all dem zu tun?“

„Helene! Jetzt halt mich bitte nicht für beschränkt.“ Mit beleidigter Mine zeigte Gundel zum Grundstück der Häuslers. „Dort drüben, wo der Apfelbaum stand haben sie es getrieben, meist im Sommer und mitten in der Nacht.“

„Die Trudi?“, platzte Helene heraus.

„Quatsch, nicht die Trudi, die Edeltraud. Ich war damals schwanger mit unserer Ursula und konnte nicht schlafen. Im langen weißen Nachthemd tanzte sie um ihn herum, und sie hatte nichts drunter. Das konnte ich im Mondlicht deutlich sehen. Dann fielen sie übereinander her wie die Tiere, sag ich dir. So haben wir, mein Josef und ich, uns nie…, und wir waren verheiratet. Ich krieg jetzt noch Gänsehaut.“ Sie fuhr sich mit den Händen über beide Arme. „Ich hab nur nichts gesagt, weil ich kein Risiko eingehen wollte, von wegen einem Fluch oder so etwas in der Art. Ich wusste ja nicht, was die sonst noch so machten."

„Gundel, ich kann dir noch immer nicht folgen. Wovon sprichst du?"

Mit ihren großen Kulleraugen sah die Krämers Gundel direkt in Helenes Gesicht. „Ich kann's kaum glauben. Du hattest tatsächlich keine Ahnung. Sie war damals gerade sechzehn, die Edeltraud, und der Karl so Mitte Zwanzig."

„Der Karl und die Edeltraud? Bist du dir sicher?"

„Ich weiß doch, was ich gesehen habe", beharrte Gundel, beinahe beleidigt. „Bestimmt war das der Auslöser für Trudis Depression."

„Du meinst, die Trudi hat davon gewusst?" Helene ließ sich in das Polster zurückfallen. Damit hatte sie nun wirklich nicht gerechnet. Diese Neuigkeit warf natürlich ein ganz anderes Bild auf den Fall. „Ach Gott". Helene schreckte hoch. „Jetzt muss ich mich aber sputen. Vielen Dank für das Wasser, Gundel."

„Wieso hast du es auf einmal so eilig?"

„Ich eh…ich habe mich, also wir wollen wegfahren."

„Wegfahren?", wiederholte Gundel. „Wer? Wohin und mit wem?"

Dammlich, jetzt habe ich mich versabbelt. „Also der Sepp und der Schorsch die wollen die Edeltraud besuchen und der Herbert fährt sie."

„Ach! Und du fährst auch mit, aber mich fragt keiner? Ich würde die Edeltraud auch gerne mal wieder sehen." Gundel kniff die Augen zusammen. „Ihr wolltet mich wohl nicht dabeihaben?“

„Naja, wir sind ja schon zu viert. Und es ist ja auch das Auto vom Herbert.“ Helene überlegte kurz. „Aber er wird schon nichts dagegen haben.“

***

Um exakt 10.25 Uhr hielt Nicole vor dem Fachwerkhaus, in der Neu-Isenburger Altstadt. Ein dunkelgrauer VW-Golf älteren Baujahres parkte davor. Den Zugangsweg zur dreistufigen Treppe säumten prachtvolle Rhododendron in Blau und Rosa. Nicole klingelte. Eine zierliche etwa ein Meter sechzig große Frau um die Sechzig, offensichtlich afroamerikanischer Abstammung öffnete. „Ja, Sie wünschen?“

Nicole stellte sich vor und fragte nach Gerhard Krüger.

„Polizei? Was hat mein Sohn mit der Polizei zu tun?“

„Gerhard ist ihr Sohn?“

Frau Krüger nickte.

„Nun, ich hoffe, er kann mir bei einem Fall, den wir gerade bearbeiten weiterhelfen.“

„Na, gut, kommen Sie.“ Maria Krüger führte Nicole ins Wohnzimmer und zeigte auf die Couch. „Bitte, ich werde Gerhard holen.“

Nicole sah sich im Wohnraum um. Dunkler Dielenboden, heller Hochflor-Teppich, dunkle Ledercouch. Ein Glastisch mit einem wurzelähnlichen Gebilde als Unterbau. An einer Wand hingen ein bunter Flickteppich und diverse Holzmasken. Die andere Wand zierte ein relativ großer

Flachbildschirm, umbaut von einer gut bestückten Bücherwand. Freigelegte dunkle Holzbalken trennten das Wohnzimmer von der Essecke, ausgestattet mit einem langen massiven Holztisch und acht mit dunklem Leder bezogenen Stühlen, sowie einer Anrichte. Daneben vermutete Nicole die offene Küche. Durch zwei Glasschiebetüren konnte man auf die Terrasse und in den dahinter liegenden Garten sehen.

Frau Krüger kam zurück. „Gerhard wird gleich hier sein. Kann ich Ihnen etwas anbieten? Ein Glas Wasser oder Saft?"

„Ein Wasser wäre gut, danke."

Kaum war Frau Krüger mit dem Wasser und einem Glas zurück, betrat ein hochgewachsener schlanker Mann von etwa 30 Jahren das Wohnzimmer. Er hatte dunkelbraunes kurzes welliges Haar und er war eindeutig hellhäutig.

„Bevor Sie sich Ihren Kopf zerbrechen, ich bin adoptiert", sagte er mit wehmütigem Blick.

Frau Krüger hatte sich diskret ins obere Stockwerk zurückgezogen.

Nicole kam gleich zur Sache. „Herr Krüger, Sie kennen eine Frau Edeltraud Häusler?"

Gerhard Krüger schaute kurz alarmiert, antwortete aber dann mit ruhiger Stimme. „Ja, ich kenne Frau Häusler. Sie ist eine Bekannte meiner Mutter."

„Ihrer Mutter?", wiederholte Nicole langsam. „Und weshalb besuchen *sie* Frau Häusler und nicht Ihre Mutter?"

„Nun, das erklärt sich ganz einfach. Ich bin ab und zu mit meinem Motorrad unterwegs und wenn ich in der Gegend von Bad Nauheim bin, statte ich Frau Häusler eben mal einen kurzen Besuch ab. Bei meinen Spritztouren habe ich meine Mutter nicht immer auf dem Soziussitz dabei.“ Gerhard Krüger lächelte kurz, wurde aber sofort wieder ernst. „Wieso fragen Sie? Stimmt irgendetwas nicht mit Frau Häusler? Ist etwas passiert?“

„Soweit ich weiß, geht es ihr gut. Seit wann kennen sich Ihre Mutter und Frau Häusler schon?“

„Seit ihrer Kindheit. Sagen Sie mir endlich um was es geht?“

„Sind Ihre Mutter und Frau Häusler eng befreundet?“

„Ich denke, sie sprechen am besten selbst mit meiner Mutter.“

Gerhard Krüger stand auf, ging in den Flur und rief die Treppe hinauf. „Maria, kommst du mal bitte.“

Eine Minute später erschien Maria Krüger wieder im Wohnzimmer und setzte sich neben ihren Sohn.

„Frau Krüger. Ihr Sohn sagte mir soeben, dass Sie eine Freundin von Edeltraud Häusler sind.“

„Eh…ja, das stimmt. Wieso fragen Sie? Ist irgendwas mit Edeltraud?“

„Frau Häusler geht es gut“, antwortete Nicole erneut und dachte, *wenn man, bei allem, was Weinert und Hansen erzählt hatten, überhaupt von gut reden konnte*.

„Seit wann kennen Sie sich und woher?“

Maria Krüger sah zu ihrem Sohn, dann zu Nicole. „Mit sieben Jahren kam ich in das Waisenhaus in Seligenstadt und wurde dort von den Nonnen großgezogen. Edeltraud und ihre Mutter kamen einmal im Monat und brachten Kleidung, die sie von anderen Familien erhalten hatten. Während der Zeit freundete ich mich mit Edeltraud an."

„Demnach kennen Sie die Familie Häusler näher?"

„Nein!", kam die für Nicoles Dafürhalten, zu schnelle Antwort. „Lediglich Edeltraud. Aber kann man denn überhaupt behaupten einen Menschen zu kennen", fügte Maria Krüger nachdenklich hinzu, „nur weil man einige Zeit miteinander verbracht hat? Nach all den Jahren weiß ich nicht einmal ob ich mich selber kenne."

„Da ist etwas dran", stimmte Nicole zu. „Aber sie haben noch immer Kontakt zu Edeltraud?"

Maria Krüger schüttelte den Kopf. „Nicht, seit sie in dieser Einrichtung wohnt. Bis vor kurzem haben wir regelmäßig telefoniert. Aber seit einigen Monaten redet Edeltraud nicht mehr. Jetzt schreiben wir uns nur noch, oder Gerhard besucht sie, wenn er Zeit hat. Aber, jetzt sagen Sie uns endlich weshalb Sie all diese Fragen stellen."

Nicole entschied sich, den Krügers, die einen rechtschaffenen Eindruck auf sie machten, reinen Wein einzuschenken. Sie informierte sie vom Fund der Leiche auf dem Grundstück der Häuslers. Die Vermutung, dass es sich um einen US-Soldaten handeln könnte, der vielleicht der Geliebte von Maria Häusler gewesen war und mit dem ihr Bruder so gar nicht einverstanden gewesen sein sollte, verschwieg sie.

„Das ist ja alles sehr furchtbar", äußerte Gerhard Krüger. „Aber, wie sollten wir Ihnen in dieser Sache helfen können?" Gerhard Krüger griff nach Marias Hand, „Meine Mutter ist

Jahrgang 1958. Zum Ende des zweiten Weltkriegs war sie noch nicht einmal geboren."

„Das ist mir schon klar. Ich dachte nur…" Nicole schaute Maria Krüger an, „vielleicht hat Edeltraud Häusler irgendwann etwas über die Affäre ihrer Tante verlauten lassen, ich meine, so unter Freundinnen und ab einem gewissen Alter ist das doch ein interessantes Thema."

„Nein, Frau Wegener. Das Thema Familie war für uns beide tabu. Ich hatte keine und Edeltraud…"

Nicole bemerkte, dass Frau Krüger mitten im Satz innehielt und hakte nach. „Frau Häuslers hatte wohl auch keine so schöne Kindheit oder? Ihr Vater soll ein sehr strenger Mann gewesen sein."

„So kann man das auch ausdrücken." Frau Krügers Stimme klang gepresst.

„Also gut." Maria Krüger sah kurz ihren Sohn an, als erwarte sie seine Einwilligung. „Ich werde Ihnen einen Einblick in den Charakter von Johannes Häusler geben. So, wie ich ihn kannte. Über die Verhältnisse in der Familie Häusler werde ich nicht reden, weil Vieles mir nur vom Hörensagen bekannt ist. Und auf Gehörtes und Weitergetragenes gebe ich nichts. Ich bitte Sie das zu respektieren."

Nicole nickte.

„Würdest du mir ein Glas Wasser holen?"

Gerhard Krüger kam der Bitte seiner Mutter sofort nach.

„Ich hatte gehofft nie wieder über Johannes Häusler reden zu müssen. Er war ein fundamentaler Katholik und ein ebenso elementarer Richter. Sein Wort galt, sowohl in seinem beruflichen als auch in seinem öffentlichen Umfeld und ganz und gar in seiner Familie. Er war im Kirchenvorstand und mischte in verschiedenen ortsansässigen Vereinen ganz vorn mit, die seine baren Zuwendungen immer gerne annahmen. Auch seine regelmäßigen Geldspenden an das Kloster, besonders aber an das eingegliederte Kinderheim, waren bei den Nonnen sehr gern gesehen, bis 1987 der Konvent aufgelöst wurde. Nach außen hin wirkte Johannes Häusler als geachteter Samariter, als Wohltäter. Ja, genauso wollte er gesehen werden. Heute würde man wohl sagen, er war ein Gutmensch."

„Sie sind nicht dieser Meinung?", unterbrach Nicole.

Maria Krüger senkte den Kopf und fuhr leise fort. „Bei jeder Gelegenheit ließ er uns Kinder spüren, dass wir von seiner Gnade abhängig waren und wir es nur seiner Großzügigkeit zu verdanken hatten, ein Dach über dem Kopf und genug Essen und Kleidung zu haben. Meine kleinen *Negerlein* nannte er uns, wobei er die Bezeichnung nicht direkt mit der Hautfarbe in Verbindung brachte, denn alle, außer mir waren hellhäutig. Er klassifizierte den Ausdruck *Negerlein* mit der Vorstellung von nichtchristlichen, heidnischen Völkern, die man missionieren und zu einem rechtschaffenen Leben verhelfen musste, wobei er sich dabei eine überragende Rolle zudachte. Wenn er dem Kloster einen seiner Besuche abstattete mussten wir uns zur Begrüßung in einer Reihe aufstellen, wie Dienstpersonal und genauso behandelte er uns auch. Er war ein Blender, in jeder

Beziehung, aber ein Hervorragender. Blickte man hinter die Fassade, dann…“

Gerhard Krüger legte seine Hand auf die seiner Mutter. Maria Krüger nahm einen Schluck Wasser und stellte das Glas behutsam auf den Tisch. „Es fällt mir noch immer nicht leicht darüber zu sprechen. Johannes Häusler hatte gewisse Neigungen. Dabei machte er keinen Unterschied zwischen Buben und Mädchen, nur das Alter war ihm wichtig. Die Kinder mussten mindestens neun Jahre alt sein, Gott weiß warum. Und er hatte seine Lieblinge. Im Waisenhaus fand er seinen ganz eigenen Spielplatz. Wie bereits gesagt, wurde Häusler schon wegen seines Amtes als Richter nicht infrage gestellt, dazu kam seine Großzügigkeit, was soziale Projekte betraf… Was ich sagen will, falls jemand über sein abgrundtief böses Geheimnis wusste, verlor keiner ein Wort darüber.“ Frau Krüger machte eine Pause und als hätte Nicole die Frage, die ihr auf der Zunge lag, laut ausgesprochen, sagte sie. „Mich hat er nur einmal angerührt. Aber es kam nicht zum Äußersten. Ich glaube er hatte Angst vor mir. Fragen Sie mich nicht warum. Ich weiß es nicht.“ Wieder trank sie einen Schluck Wasser und ihre Stimme wurde noch leiser. „Aber auf Adam, meinen Mann, hatte er es abgesehen kaum, dass er ihn zum ersten Mal erblickte. Adam kam mit dreizehn Jahren zu uns ins Waisenhaus, nachdem seine Eltern bei einem Verkehrsunfall ums Leben gekommen waren und er keine weiteren Verwandten hatte. Häusler ließ ihn zu sich in die Stube der Mutter Oberin rufen, während diese mit ihren Mitschwestern in der Kirche war. Er forderte Adam auf, sich bis auf die Unterwäsche auszuziehen. Angeblich um nachzuschauen, ob er Läuse hätte. Plötzlich, so erzählte mir Adam später, hätte Häusler schwer geatmet. Adam bekam es mit der Angst und wollte Hilfe holen. Doch Häusler hielt ihn zurück und sagte das ginge schnell wieder vorbei. Adam solle sich nur kurz auf seinen Schoß setzen. Aber Adam riss sich los, raffte seine Kleider zusammen und rannte aus dem Zimmer. Allerdings gelang ihm nicht immer sich nach dem Eingangsappell, aus dem Staub zu machen." Maria Krüger versagte kurz die Stimme, hatte sich aber sogleich wieder unter Kontrolle. „Mit vierzehn verließ er das Kinderheim bei Nacht und Nebel, ich ein halbes Jahr später. Ich war damals sechzehn Jahre. Adam fand eine Lehrstelle als Tischler und als er Geselle war, haben wir geheiratet. Ab diesem Zeitpunkt verbannte ich das Kapitel Johannes Häusler aus meinem Gedächtnis.

Nicole war schockiert. Damit hatte sie nun wirklich nicht gerechnet. „Es tut mir leid, Frau Krüger."

Maria Krüger lächelte mit traurigen Augen. „Nein, mir tut es leid. Ich hätte schon viel früher darüber reden müssen, dann hätte man diesen Teufel vielleicht zur Rechenschaft ziehen können, als es noch möglich gewesen war. Aber ich konnte nicht, verstehen Sie? Ich wollte meinem Mann diese Folter ersparen, alles noch einmal durchmachen zu müssen. Letztes Jahr ist er gestorben aber da war ja alles schon zu spät. Da war auch der Häusler bereits Jahre tot."

„Haben Sie denn nie mit Frau Häusler darüber gesprochen?"

Maria Krüger schüttelte den Kopf. „Edeltraud leidet und büßt für ihre eigenen Schuld, und das immer wieder, Tag für Tag. Aber ich glaube, sie hat davon gewusst."

„Wie meinen Sie das, Frau Krüger?"

„Frau Wegener." Maria Krüger straffte die Schultern. „Ich hatte Ihnen eingangs gesagt, dass ich nur über Johannes Häusler rede und dabei wird es bleiben. Aber, um Ihre Frage zu beantworten, die Ihnen die ganze Zeit auf der Zunge lag. Ja, ich traue Johannes Häusler zu, dass er für den Tot des Mannes, den Sie in seinem Garten gefunden haben, verantwortlich war."

Nicole nickte. „Ich danke Ihnen, für Ihre Offenheit, Frau Krüger."

Gerhard Krüger begleitete Nicole zur Tür. „Ich bitte Sie, dass das mit meinem Vater nicht an die Öffentlichkeit kommt." Nicole nickte. „Ich verspreche es."

***

Die Federung der alten Karosse ächzte ein klein wenig, bis die fünf endlich ihre Plätze eingenommen hatten. „Anschnallen!", befahl Herbert. „Auch die hinte auf den billigen Plätz. Nix für ungut, Helene."

„Bei mir is awer nix zum anschnallen", begehrte Lenz auf.

„Du sitzt doch zwische zwei propere Mädcher. Da kann dir nix passiern."

„Wo ist denn dieses Anschnallteil?", fragte Gundula und fingerte zwischen den Polstern herum.

„Bestimmt sitzt du drauf", antwortete Helene. Sie hatte hinter Herbert Platz genommen und versuchte jeden

Körperkontakt mit Schorsch Lenz zu vermeiden, was sich so gut als unmöglich erwies.

„Ist aber auch eng hier“, murmelte Gundel, während sie sich mit dem Rücken in den Sitz presste um unter ihrem Gesäß nach dem Gurt zu suchen.

„Hättst de ja net mitkomme brauche“, brummelte der Sepp.

„Das habe ich gehört“, flötete Gundel und dann: „Hab ihn.“

„Also ich find’s bequem“, entgegnete Sepp, streckte seine Füße aus und legte seinen Gehstock daneben.

„Du host ja aach de Loscheplatz“, maulte Schorsch.

„Könne wir jetzt endlich los?“ Herbert schaute sich um und grinste. Schorsch saß eingeklemmt zwischen Gundula und Helene und machte ein missmutiges Gesicht.

„Weißte eischentlich de Weech?“, fragte Sepp. „Ich kann dich bloß bis Froschhause lotse. Dann bist de uf dich selbst gestellt.“

„Wir fahrn annerst rum, die Gießener hoch“, seufzte Herbert und gab Gas. Der Wagen machte einen Satz vorwärts und mit ihm seine Fahrgäste.

„Das kann ja heiter werden“, brummte Gundel.

„Kannst ja owe am Eck widder aussteische“, konterte Schorsch.

„Wenn ihr jetzt net euer Mäuler haltet, werf ich euch alle raus.“ Herbert bezwang den neu erbauten Kreisel mit bemerkenswerten fünfzig Stundenkilometer. Die Schwerkraft verlangte dem in die Jahre gekommenen Mercedes alles ab; ebenso seinen Insassen.

Nach der massiven Androhung, den Wagen verlassen zu müssen, verlief die Fahrt fast lautlos, außer Helenes Ausruf „Oh, mein Gott“, als Herbert über eine dunkelrote Ampel fuhr und einem „Des war knapp“ von Schorsch, bei dem Versuch einem Porsche zu zeigen, dass man auch mit 72 Jahren und einem halb so alten Oldtimer noch mithalten kann. Im Radio sang eine bayrischen Band „… irgendwann misse mer all emol gehen …“

Zwischen Karlstein und Alzenau zerrte Schorsch aus der Seitentasche seiner Jacke einen Pergamentbeutel hervor. Sofort eroberte der Duft nach Leberwurst den kompletten Innenraum. Herbert schaute in den Rückspiegel. „Sag bloß, du hast dir e Brot mitgenomme? Ich glaub’s ja net.“

„Des mach ich immer so, wenn mer e längere Strecke fahrn.“

„Mir fahrn nach Nauheim und net auf die Maledive.“

„Mir wird übel“, meldete Gundel sofort.

„Hier di Dutt kannst de benutzte, wenn de kotze musst.“ Schorsch hielt Gundel die Brottüte hin.

„Spinnst du?“ Gundel stieß ihm ihren Ellenbogen in die Rippen. „Pack das sofort wieder weg.“

„Ich kann euch noch immer auf dem nächste Rastplatz aussetze“, beendete Herbert den Disput.

„Weiß einer die genaue Adresse von dem Heim?“, durchbrach Herbert die Stille am Ortsschild von Bad Nauheim.

„Was, wie?“ Aus dem Schlaf gerissen hob Sepp den Kopf. „Ach, sinn mer schon do? Schad, jetzt hab ich gar nix mitgekriegt.“

„*Sonnenhof* heißt die Einrichtung“, antwortete Helene. „Ich glaube aber, das Haus steht etwas außerhalb von Nauheim. Wir sollten vielleicht jemanden fragen.“

Neben der Straße lief eine grauhaarige Frau mit ihrem Rollator auf den Zebrastreifen zu.

„Net die“, forderte Sepp. „Die heert bestimmt net gut.“

Herbert hielt auf eine Bushaltestelle zu, an der ein Jugendlicher mit einer Kapuze über dem Kopf auf der Bank saß und auf seinem Handy herumtippte. Sepp drehte die Seitenscheibe herunter. „He, hallo. Junger Mann“, rief er, „komme Se mal.“

Der Angesprochene blickte kurz auf, widmete sich dann aber wieder seinem Mobiltelefon. Sepp wiederholte seine Bitte zwei Oktaven lauter. Jetzt erhob sich der junge Mann und schlenderte langsam auf das Auto zu. „Was geht ab, Alter?“

„Eh, was? Zum *Sonnehof* wolle mer. Wo is‘n des?“

Der Jugendliche blickte ins Innere des Wagens, grinste. „Sonderfahrt zum Friedhof? Voll krass, eh.“ Er hob seine rechte Hand, den Daumen nach oben.

Herbert beugte sich über die Mittelkonsole. „He, Freundche. Lass die Faxe. Nimm die Stecker aus de Lauscher, dann kannst de besser hörn.“

„He?“ Der junge Mann zog an seinen Ohrstöpseln, aus denen metallisch klingende Töne kamen.

„Wir wolle zum *Sonnenhof*. Weißt du, wo des is?“

„Ach, zum *Sonnenhof*. Ich dachte schon…Die nächste rechts und dann die dritte links. Siehst du dann schon.“

„Na also. Geht doch, Alter“, sagte Herbert und gab Vollgas. Im Rückspiegel sah er, dass der junge Mann einen Moment unschlüssig dastand, dann den Kopf schüttelte und sich wieder auf die Bank setzte.

„Des hätte ins Auge gehen können.“ Gundel knetete nervös ihre Finger.

„Ach was. Mit dem Jungspund wär ich schon fertisch geworde.“

„Un wie?“, fragte Schorsch. „Kannst de vielleicht Karate?“

„Nee, aber Aikido“, antwortete Herbert.

„Was?“

„Aikido, Schorsch. Das ist eine Kampfsportart“, erwiderte Gundel und rollte mit den Augen.

„Du kennst dich awer aus“, stellte Sepp mit ironischem Unterton fest. „Un wo is des Heim jetzt?“

„Dort.“ Herbert zeigte auf einen Gebäudekomplex, etwas oberhalb der Straße. „Des muss es sein.“ Mit einem Satz über den erhöhten Bordstein bog er auf den Parkplatz ein. „So, mer sin da.“

Sepp öffnete die Autotür, aber irgendetwas hinderte ihn am Aussteigen.

„Dein Gurt, Sepp“, erinnerte ihn Herbert. „Momentche, ich helf‘ dir.“ Im gleichen Moment rief er: „Halt, alles bleibt im Auto.“

„Was is’n jetzt widder?“ Sepp zerrte an seinem Gurt.

„Guck a mol, des is doch der Karl.“ Herbert zeigte auf den Eingang des Gebäudes. „Was werd der hier gewollt habe?“

„Na, ich tät mal saache, des Gleiche wie mir“, erwiderte Sepp. „Der war bei der Edeltraud. Oder wohnt hier sonst noch jemand den mir kenne tun?“

„Sieht aus als tät der was lese. Guck, der hat e schwarz Heftche in de Hand.“ Schorsch reckte seinen Kopf. „Sepp, könnt des des Buch soi?“

„Des wär dumm. Dann wärn mer umsonst hierhergefahrn.“

„Ich dachte, wir wollen die Edeltraud besuchen?“, erkundigte Gundel sich.

„Ja, ja.“ Sepp winkte genervt ab. „Guck, jetzt setzt der sich in soi Auto. Der fährt fort!“ Er fuchtelte wild mit seinem Zeigefinger. „Un was mache mer jetzt?“

„Wir fahren ihm hinterher, aber in einem Sicherheitsabstand, damit er uns nicht bemerkt. Genauso wie die Polizei es bei der Verfolgung eines Verdächtigen macht.“

„Gute Idee, Helene“, grinste Herbert in den Rückspiegel.

„Ich hätte aber mal aufs Klo gemusst“, äußerte sich Gundel.

„Des geht jetzt net. Du siehst doch, mer sinn im Einsatz.“

Als sie vom Parkplatz fuhren, lenkte der Fahrer eines dunkelgrauen Peugeots seinen Wagen ebenfalls aus einer Parklücke.

***

Harald Weinert hatte noch immer keinen Plan, wie er an die DNA von Edeltraud Häusler herankommen sollte. Rein auf einen Verdacht hin und ohne Gerichtsbeschluss würde sich auch die nette Ärztin nicht kooperativ zeigen. Gerade wollte er aus seinem Auto steigen, als er Karl Neumann aus dem Gebäude kommen sah. Mit gesenktem Kopf ging er auf einen dunkelblauen BMW zu, stieg ein und fuhr langsam davon.

Hatte Dr. Marion Haus nicht ausgesagt, Neumann hätte seine Besuche bei der Häusler eingestellt? Weinert stieg aus seinem Wagen und rümpfte die Nase. Ein Mercedes älteren Baujahres, eine Rauchwolke hinter sich herziehend, fuhr vom Parkplatz.

An der Anmeldung, die heute von einem jungen Mann besetzt war, fragte Weinert nach Dr. Marion Haus. Nach einem kurzen Telefonat wurde ihm mitgeteilt, dass Frau Haus sich zurzeit um eine ihrer Patientinnen kümmere und er warten solle. Es könne allerdings etwas länger dauern. Weinert setzte sich auf die Couch am Fenster. Auf dem Beistelltisch lagen verschiedene Magazine. Wahllos griff er nach einer Zeitschrift und blätterte gleichgültig darin herum, bis sein Blick an einem Artikel hängen blieb.

Traumatische Erfahrungen - von Dr. Marion Haus.

Der Text handelte von einem mittlerweile dreißigjährigen Mann, der als Kind ständig von seinem strengen Vater kritisierte wurde und dem er nichts recht machen konnte. Die Folge – sich abwechselnde Albträume und Angstattacken. Woraufhin er sich mehr und mehr in sich zurückzog. Auf die Mutter, die ebenfalls unter ihrem patriarchalischen Ehemann zu leiden hatte, konnte sich der Junge nicht verlassen. Letztlich war der frühe Tod des Vaters die Chance für ihn, wieder in ein normales Leben hineinzufinden und sogar eine Familie zu gründen.

Mit einigen Abweichungen hätte es Weinerts eigene Geschichte sein können. Die sich anschließende Analyse fesselte ihn so sehr, dass er die Zeit vergaß.

„Guten Tag, Herr Kommissar." Weinert zuckte zusammen. Er hatte die Ärztin nicht kommen hören. „Es tut mir leid. Ich wollte Sie nicht erschrecken." Sie schaute auf die Zeitschrift und den Artikel, in welchen Harald Weinert vertieft gewesen war. „Ich wusste nicht, dass die Polizei sich für die Psyche der Menschen interessiert. Ich dachte immer es geht Ihnen rein um Fakten und Beweise."

„Höre ich da so etwas wie Klischeedenken heraus, Frau Doktor?"

„Erwischt, Herr Kommissar." Nun lachte Marion Haus breit, wobei sich kleine Grübchen auf ihren Wangen bildeten. „Also, was kann ich für Sie tun. Leider ist meine Zeit heute sehr begrenzt."

„Eigentlich möchte ich noch einmal zu Edeltraud Häusler."

„Ich fürchte das wird nicht möglich sein. Edeltraud geht es nicht gut."

„Das hat nicht etwa mit dem Besuch von Herrn Neumann zu tun? Ich sah ihn zu seinem Wagen gehen", erklärte Weinert. „Sagten Sie nicht, dass er seine Besuche bei Frau Häusler eingestellt hat?"

„Ja, so war das auch, bis heute. Edeltraud hatte ihn brieflich um einen Besuch gebeten. So etwa nach einer halben Stunde klingelte sie nach mir und als ich an der Tür zu ihrem Appartement stand, hörte ich leise ihre Stimme, was mich wunderte und sie weinte. Ich klopfte, trat ein und Herrn Neumann verabschiedete sich."

„Haben Sie Herrn Neumann nicht gefragt, was Frau Häusler derart aufgewühlt hat?"

„Ja, natürlich. Ich glaube, ich wurde sogar etwas laut. Aber Herr Neumann schüttelte nur den Kopf. Ach ja, ich weiß nicht ob es etwas zu bedeuten hat, aber als ich Edeltrauds Zimmer betrat steckte Herr Neumann ein kleines schwarzes Buch in seine Jackentasche."

„Was könnte Frau Häusler derart aufgeregt haben?"

„Ich weiß es wirklich nicht, Herr Weinert. Aber vielleicht erzählt sie es mir, wenn es ihr wieder besser geht."

„Ich denke sie redet nicht?"

„Edeltraud schreibt kleine Zettel. So verständigten wir uns. Aber vielleicht redet sie jetzt auch wieder. Nun muss ich aber zu meinen Patienten." Die Ärztin setzte ihr verträumtes reizendes Lächeln auf, drehte sich um und ging auf den verglasten Gang zu. Weinert sah ihr nach, bis sie um die nächste Ecke verschwunden war.

Auf dem Weg zurück zu seinem Auto rief er Nicole an. „Das mit der DNA von der Häusler können wir erst mal kippen. Ich durfte nicht einmal mit ihr reden. Ach ja, der Neumann war zuvor bei der Häusler zu Besuch. Er soll ein kleines schwarzes Buch mitgenommen haben. – Nein, das konnte die Ärztin nicht sagen. - Was? Bin ich euer Pizzabote? Also gut. Bis dann."

***

Aufgewühlt setzte sich Karl Neumann in sein Auto. Er hatte sich so sehr auf den Besuch bei Edeltraud gefreut. Nach endlos langen Monaten wollte sie ihn endlich wieder sehen. Sogar ihre Lieblingsblumen, blaue Kornblumen, hatte er besorgt, was gar nicht so einfach war zu dieser Jahreszeit. Sie lächelte kurz, gleich danach aber füllten sich ihre Augen mit Tränen. „Traudel, Liebling, was ist?“, fragte er besorgt. Anstatt einer Antwort schlang Edeltraud ihre Arme um Karls Taille und presste ihren Kopf an seine Schulter. Die Stille in dem abgedunkelten Zimmer wurde nur von den Zeigern der hohen Standuhr und Edeltrauds Schluchzen durchbrochen. Schließlich löste sie sich von ihm, ging mit unsicheren Schritten zum Sekretär und zog die Schublade auf. Sie entnahm ein kleines schwarzes Buch, schlug es bis etwa zur Hälfte auf und reichte es ihm wortlos.

Das Leder war abgegriffen, fühlte sich aber weich an. Karl zog die Vorhänge ein Stück zurück. Sonnenlicht fiel in den Raum. Die Schrift war ihm, aus etlichen liebevollen Briefen, vertraut. Nach ein paar Sätzen war auch die schönste Zeit seines Lebens wieder gegenwärtig. Manchem hätte das Geschriebene die Röte ins Gesicht getrieben. Er lächelte nur erinnernd. Er hatte nicht geahnt, wie sie empfunden hatte. Sie sprachen nie darüber. Sie lebten einfach ihren Traum und liebten sich, bis - ja, bis Johannes Häusler sie eines Nachts erwischte. Und, obwohl Karl ihm versicherte Edeltraud zu lieben und heiraten zu wollen, stieß Johannes Häusler sehr leise aber vernehmbar aus. ***Dieses Kind des Teufels wird***

niemals heiraten. Ich werde nicht zulassen, dass sich die Teufelsbrut auf dieser Welt ausbreitet.

Der Sinn dieser Worte blieb Karl all die Jahre rätselhaft, bis jetzt. Was er aus den nächsten Seiten erfuhr, ließ ihn das Blut in den Adern gefrieren. Es war so ungeheuerlich und kaum zu glauben. Sein Magen krampfte und er hatte das Gefühl, als setze sein Herzschlag aus. Nach einer Ewigkeit, in der die Zeit stehen geblieben zu sein schien, ging Karl vor Edeltraud in die Hocke. In dem großen, hohen Lehnsessel, in den sie sich zurückgezogen hatte, wirkte sie wie ein kleines verängstigtes Kind. Er nahm ihre Hände. „Es tut mir so leid, mein Liebling. Was hast du alles erleiden müssen. Warum hast du nie etwas gesagt? Hattest du kein Vertrauen zu mir? Wusstest du nicht, dass ich alles für Dich - für uns getan hätte? Wir hätten fortgehen können – einfach weg von diesem furchtbaren Ort."

Edeltraud schüttelte den Kopf. „Ich konnte die Mine nicht einfach so bei diesem Scheusal zurücklassen", sagte sie mit einer krächzenden Stimme, die nicht mehr ans Sprechen gewöhnt war. Sie griff nach dem Glas neben sich und nippte daran. „Kirschlikör, Mines Lieblingslikör. Sie versteckte ihn in meinem Zimmer. Immer, wenn ER aus dem Haus war, gönnten wir uns ein Gläschen." Ein trauriges Lächeln umspielte ihre Lippen. „An dem Tag, als Mine sich dazu entschlossen hatte ihrem und auch meinem Martyrium ein Ende zu setzen, tranken wir ein letztes gemeinsames Glas. Anschließend wärmte sie den Eintopf vom Vortag auf und füllte meinen Teller, danach rührte sie eine große Menge

Schlafkraut in den Topf. Sie schickte mich in den Garten und verbot mir, egal was auch geschehen mochte, ins Haus zu kommen.“

„Du sprichst doch nicht etwa von dem Brand in eurem Haus?“ Karl setzte sich auf den kleinen Fußschemel vor Edeltraud. Seine Kniegelenke schmerzten. „Sie sagte, nur durch Feuer könnten die Sünden vernichten werden.“

***

Eigentlich wollte Karl Neumann auf direktem Weg auf die A5 und nach Hause fahren, bog aber nun in die Innenstadt von Bad Nauheim ab. Es drängte es ihn, noch einmal in Ruhe zu lesen, was er noch immer nicht fassen konnte. Gleich am Kurgarten fand er eine Parklücke. Den dunklen Mercedes, in dem seine Nachbarn saßen und der ihn seit er den Parkplatz *Sonnenhof* verlassen hatte, verfolgte, bemerkte er nicht. Ebenso wenig den Peugeot.

Es war kurz nach halb eins und im Park spazierten nur wenige Besucher umher. Neumann setzte sich auf eine Bank an einem Teich. Einige Augenblicke schaute er den schnäbelnden Enten zu. Dann zog er das Buch aus seiner Jackentasche. Bis etwa zur Hälfte waren die Seiten von Maria Häusler mit spitzen kleinen Buchstaben und in Sütterlin geschrieben. Er überblätterte diese bis er zu den, teilweise mit zittriger Hand niedergeschriebenen Ereignisse gelangte, die ihn so schmerzlich ins Herz getroffen hatten.

Karl ist gegangen – musste gehen. ER hatte ihn davongejagt. In der Nacht kam er in mein Zimmer, an mein Bett. Er schlug mir ins Gesicht. Er zerrte die Bettdecke weg, riss mir das Nachthemd vom Körper und zischte: „Du kleine Teufelshure, schamlos wie deine verfluchte Mutter. Jetzt werde ich dir deine schmutzigen Gedanken austreiben. Ein für alle Mal.“

Eine Weile starrte Neumann geradeaus. Tränen liefen über sein Gesicht. Gleichzeitig packte ihn eine unbändige Wut über dieses Schwein, das er nicht mehr zur Rechenschaft ziehen konnte. Er blätterte zur zweitletzten Seite.

Mein Liebling, ich bitte dich unserem Sohn die ganze schreckliche Wahrheit zu sagen. Ich konnte es nicht. Ich bin zu schwach und zu feige, genau wie damals. Ich weiß, ich mute dir viel zu. Aber ich wünsche mir nichts sehnlicher, als dass ihr beide zueinanderfindet und mir verzeiht.

Eure euch über alles liebende Edeltraud.

Auf der letzten Seite stand der Name, Gerhard Krüger, mit einer Anschrift und einer Telefonnummer.

***

„Hi, Harald.“ Sandra Kühn, die hübsche Kollegin vom Drogendezernat trat aus dem Fahrstuhl und lächelte ihn an. Grüßend hob Weinert seine linke Hand. Mehr Konversation ließ das Stück Pizza zwischen seinen Zähnen nicht zu. So schnell er auch versuchte zu kauen und zu schlucken, die Zeit reichte nicht aus. Sandra Kühn bog um die Ecke und verschwand aus seinem visuellen wie auch akustischem Bereich. Hinter Weinert und den Pizzen schloss sich die Fahrstuhltür und er machte gedanklich einen Haken an die gewiss zehnte verpasste Chance, mit der atemberaubenden Frau und mehr als nur ein „Hallo, wie geht’s?“, auszutauschen. Diesmal war er nicht einmal dazu in der Lage. Mist!

Nicoles Büro war verwaist und auch von Hansen fehlte jede Spur. Weinert stellte die Pizzaschachteln auf seinen Schreibtisch und holte sich aus dem Automaten im Flur einen Kaffee. Gerade als er den heißen Becher aus dem Automaten nahm, klingelte sein Handy. Unbekannte Nummer. „Kriminalhauptkommissar Weinert – Frau Dr. Haus? Welch eine schöne Überraschung – Was? Oh, nein.– Wie? – Sie wissen es nicht? - In welchem Krankenhaus? – Natürlich, ja danke."

Weinert wählte Nicoles Nummer. „Frau Dr. Haus rief soeben an, die Ärztin von Edeltraud Häusler. Die Häusler hat einen Suizidversuch unternommen. – Wie? – Konnte sie nicht feststellen. Sie ist gerade ins Rot-Kreuz-Krankenhaus unterwegs. Soll ich hinfahren? – Nein? Gut, dann warte ich. – Infos über Gerhard und Maria Krüger? Ja klar, mach ich. Bis gleich."

Außer ein paar Strafzetteln wegen Falschparken in den letzten drei Jahren, spuckte die Datenbank nichts über Gerhard Krüger aus. Maria Krüger war überhaupt nicht aktenkundig. Weinert trommelte mit den Fingern auf das Mousepad. Er hätte später nicht sagen können, warum er diesen Gedanken hatte. Er tippte die Namen Gertrude und Karl Neumann in den Computer, rechnete aber nicht wirklich mit einer Information. Umso mehr überraschte ihn der polizeiliche Eintrag über Gertrude Neumann. *Diebstahl und unterlassene Hilfeleistung.* Eine eigenartige Kombination, ging es Weinert durch den Kopf. Weitere Details wurden nicht angemerkt. Aber die Anzeige lag auch schon einige Jahrzehnte zurück. Vermutlich handelte es sich um einen der ersten Testeinträge. In den Siebzigern steckte die EDV noch in den Kinderschuhen, jedenfalls was die Polizeiarbeit betraf. Weinerts Interesse war geweckt. Mit Sicherheit existierte in den Katakomben des Polizeiarchivs noch eine Akte über den Vorgang. Er schrieb eine kurze Notiz und klebte sie an Nicoles Computer. Er schielte auf die angeknabberte Pizza, nahm den Pappkarton und verließ das Büro.

***

Lars Hansen und Nicole Wegener trafen im Foyer des Polizeipräsidiums zusammen. „Und, wie lief es?“, fragte Nicole, während sie im Lift nach oben fuhren.

„War ne Nullnummer. Ich stand wieder vor verschlossenen Türen. Weder beim Richter, noch beim Lenz hatte ich Erfolg. Entweder die Nachbarn machen gemeinsam einen Ausflug oder sie wollen einfach nicht mit der Polizei reden.“

„Auch bei den Neumanns nicht? Die Ehefrau soll doch immer zuhause sein“.

Hansen schüttelte den Kopf. „Null. Und bei dir?“

„Ich will nicht alles zweimal erzählen.“ Nicole eilte aus dem Fahrstuhl ins Büro. „Wo steckt Harald?“

„Vielleicht ist er mal für kleine Kommissare.“

Hansen steuerte auf den Pizzakarton auf seinem Schreibtisch zu und hob den Deckel. „Hm, extra Käse und Anchovis.“

„Im Archiv?“ Nicole entdeckte die Notiz auf ihrem Bildschirm. „Was will er denn dort?“, nuschelte sie mit einem Stück kalter Pizza im Mund.

Nach erfolgreicher Handyfahndung in den Tiefen ihrer Tasche, tippte sie die Kurzwahl von Weinert ein. „Hi, was suchst du im Archiv? – Ein Eintrag über die Neumann? Und hast du etwas gefunden? – Wir kommen.“ Nicole drückte die Beendentaste. „Komm, wir müssen in den Untergrund.“

„Hä?“ Hansen kaute auf beiden Backen. „Was is mit dr Pzz?“

„Von mir aus nimm sie mit.“

***

„Wurde die Kantine verlegt und ich weiß nichts davon? Oder ist da eine verbotene Substanz drauf?“ Andreas Dillinger, der Kollege im Archiv, beäugte misstrauisch die Kartons mit den Pizzen.

„Nichts was du nicht auch schon probiert hast. Das versichere ich dir. Mal probieren?“ Hansen hielt ihm den Karton entgegen.

Angeekelt schüttelte Andy den Kopf. „Danke, nein. Bin seit Jahren Vegetarier. Außerdem steh ich nicht auf pampigen Ketchup mit genverseuchtem Käseersatz. Übrigens Harry kniet vor den Neunundfünfzigern, dritte Reihe.“

„Ich bin hier“, tönte es aus einem spärlich beleuchteten Gang. Harald Weinert saß, eine Taschenlampe zwischen die Knie geklemmt, auf dem Boden und blätterte in einer verstaubten Aktenmappe.

„Das ist ja gruselig. Aber, du scheinst dich hier ganz wohl zu fühlen.“ Hansen grinste spöttisch.

„Bevor du aufgetaucht bist, war’s hier ganz heimelig.“ Weinert stand auf und reichte Nicole die Akte. „Gertrude Neumann war mal Krankenschwester im Seligenstädter Krankenhaus. Eine Patientin, für die sie verantwortlich war, starb offenbar an einem vertauschten Medikament. Die Familie dieser Frau zeigte die Neumann an. Es kam aber nicht zur Verhandlung. Ein Schiedsmann verurteilte sie lediglich zu einer Geldstrafe und einige Wochen später kündigte sie im Krankenhaus.“

„Wer war der Schiedsmann?“, fragte Nicole.

„Moment.“ Weinert fuhr mit dem Zeigefinger über die Seite. „Hier. Ein gewisser Alfred Neumann.“

„Alfred Neumann?“, wiederholte Hansen. „Ist der verwandt mit unserem Neumann?“

„Der Sache gehen wir nach. Wir nehmen die Unterlagen mit“, entschied Nicole und unterschrieb das Formular für die Entnahme aus dem Archiv.

***

Verfolgung und verdeckte Observation hin oder her. Die Erleichterung stand allen im Gesicht geschrieben als sie, abgesehen von ein paar blauen Flecken, mit zittrigen Beinen und einem Kloß im Hals, ansonsten aber gesund zuhause ankamen und aus dem Auto kletterten. Sepp schlug sogleich eine Runde Schnaps vor, sozusagen als krönenden Abschluss. Er schien, abgesehen von Herbert Walter, der Einzige zu sein, der gegen eine Wiederholung der abenteuerlichen Autofahrt nichts einzuwenden hatte.

Zuerst sah es so aus, als ob Karl Neumann auf direktem Weg nach Hause fahren wollte, doch dann bog er, in allerletzter Sekunde, in die Innenstadt Nauheims ab. Um das Objekt ihrer Begierde nicht aus den Augen zu verlieren, zwängte Herbert sich gerade noch hinter einen quietschgelben Smart mit der Aufschrift ***Heiß und lecker - Essen wie bei Mutti***, bevor er diesen mit halsbrecherischer Finesse in der Dreißigerzone überholte und Neumanns Auto in Richtung Kurpark folgte.

Im Gegensatz zu Karl Neumann suchte Herbert vergebens nach einem Parkplatz. Das heißt, sein Mercedes wäre mit den freien Flächen zufrieden gewesen, nur Herbert hatte damit so seine Probleme. Glücklicherweise fuhr gerade ein Auto weg, sodass er bequem anfahren und gleich zwei Stellplätze in Anspruch nehmen konnte. Der Fahrer des nachfolgenden Peugeots stellte seinen Wagen kurzerhand vor dem Eingang des Kurparks ab, blieb aber im Inneren sitzen.

„Un, wer geht dem Karl jetzt hinnerher?“ Er deutete auf seinen Stock. „Ich kann des net.“

„Die Helene und ich“, entschied Herbert. „Mir sin am beste auf de Füß.“

„Und was ist mit mir? Wieso kann ich nicht mit?“ Gundel zerrte an ihrem Sicherheitsgurt.

„Weil einer auf die beide aufpasse muss.“ Herbert schmunzelte und deutete auf Sepp und Schorsch. „Mer wisse ja net, wie lang mer fort sin.“

„Was? Das ist nicht euer Ernst. Wieso ich?"

Herbert hatte bereits die Autotür zugeschlagen und ging, Helene im Schlepptau, mit eiligen Schritten in den Park. Lange mussten sie nicht suchen. Karl Neumann saß keine zehn Meter entfernt auf einer Bank, den Kopf gesenkt.

„Wieso setzt der sich auf ne Bank hier im Kurpark?", flüsterte Herbert verwundert. „Sieht aus, als ob der in dem Buch liest. Meinst du, wir solle hingehe zu ihm?"

Helene schüttelte den Kopf. „Auf keinen Fall. Wie erklären wir ihm unsere Anwesenheit hier?"

„Wir mache en Ausflug, du und ich. Was ist dabei?"

„Und was, wenn der Sepp, der Schorsch und die Gundel hier auftauchen? Welche Erklärung hast du dafür?"

„Hm. Also warten wir?"

„Das Los eines Ermittlers." Helene seufzte.

Nach etwa einer viertel Stunde zog sie an Herberts Ärmel. „Achtung, er steht auf."

Keine drei Meter entfernt ging Karl Neumann an den beiden vorbei.

„Jetzt müsse mer uns aber spute, damit mer den net verliern."

In geduckter Haltung huschten sie von einer Hecke zur anderen hinter Neumann her, bis der in seinen Wagen stieg. „Jetzt aber fix, hinterher", sagte Helene.

„Des glaub ich net." Herbert zeigte auf die weit geöffneten Türen seines Mercedes. Von ihren drei Mitfahrern war weit und breit nichts zu sehen.

„Das gibt's doch nicht. Wo können die nur sein?“ Helene drehte sich um die eigene Achse. „Ah, da kommen sie.“

Als hätten sie gerade einen gemütlichen Spaziergang hinter sich, schlenderten Josef Richter, Georg Lenz und Gundula Krämer aus dem Park.

„Sag mal, seid ihr noch ganz bei Trost?“ Herbert ging dem Trio ein paar Schritte entgegen. „Ihr könnt doch net einfach so abhaue und des Auto offe stehe lasse.“

„Wer werd die alt Kist schon klaue?“, entgegnete Schorsch. „Mer musste halt mal.“

„Im Park?“ Herbert rollte mit den Augen.

„Ja, siehst du vielleicht e Toi-Häusje do rumstehe?“, maulte Sepp. „Ich net. Die sinn hier net so gut organisiert, wie bei uns, wenn mer a Fest hawe.“

„Wenigsten dir hätt ich mehr Hirn zugetraut“, wandte Herbert sich verärgert an Gundel.

„Weeche der musste mer doch aus em Auto“, wehrte sich Schorsch. „Mer musste uns doch so quasi vor die Gundel stelle, damit se hot müsse kenne. Un weil mer halt schon mal da warn, naja… Mir hatte damit koa Probleme.“

Donnerst. 20. Juni - 4. Tag der Ermittlungen

Das Signal einer eingehenden Mail zauberte ein kurzes Lächeln auf Nicoles Gesicht. Es war Arthur Kern tatsächlich gelungen, eine noch lebende Schwester von Henry Godman ausfindig zu machen.

„Bitte einen amerikanischen Kollegen um Amtshilfe“, riet er. Darunter stand eine Telefonnummer und Namen mit dem Hinweis, bitte nicht vor 19 Uhr.

„DAS IST DOCH EIN ABENDESSEN WERT?

Gruß Arthur.“

„Morgen!“ Gut gelaunt betrat Hansen das Büro und platzierte einen Becher Cappuccino auf Nicoles Tisch.

„Hi. Was hast du eingeworfen, oder woher kommt der Ausbruch deiner Lebensfreude, so früh am Morgen?“

„Bin einfach gut drauf. Kriminalbeamte müssen nicht immer mit einem miesepetrigen Gesicht herumlaufen.“

„Der Meinung bin ich schon lange, stoße jedoch bei dir damit auf taube Ohren. Also, was ist los?“

„Na ja, es ist…ich wollte mich bei dir entschuldigen, für mein Verhalten. Du kennst mich und weißt, ich schlage manchmal über die Stränge. Aber ich versuch mich zu bessern. Großes Indianerehrenwort.“ Lars Hansen hob die Hand.

„Und du meinst, mit einem Kaffee ist alles erledigt?“

„Es ist ein Cappuccino und vom Bäcker, nicht aus der Kantine."

„Oh. Das ist natürlich etwas ganz anderes. Aber mal im Ernst, Lars. Du kannst von Glück sagen, dass unser Chef, Dr. Lechner, zurzeit in Urlaub ist. Du hättest mich in eine verdammt brisante Lage gebracht und nicht nur mich. Harald und dich ebenfalls. Und das macht mich fuchsteufelswild. Und damit ist die Sache erledigt. Klar?"

„Klar, Boss."

„Ach, was ist mit dem Auto?"

„In der Werkstatt."

„Gut. Und nun zu unserem Fall. Unser Frankfurter Kollege hat eine Schwester von Henry Godman ausfindig machen können. Sie heißt Sarah Pearson, 89 Jahre alt und lebt in Florida in einer Seniorengemeinschaft. Wir werden unsere amerikanischen Kollegen um Amtshilfe bei der Beschaffung der DANN bitten und zwar auf dem kleinen Dienstweg. Und weil du dich wieder bei mir einschleimen musst, darfst du heute Abend über den großen Teich telefonieren. Aber nicht vor neunzehn Uhr. Hier sind die Daten."

Harald Weinert stürmte um die Ecke, in der Hand einen Pappbecher. „Moin, moin."

„Morgen. Perfektes Timing. Der ist hoffentlich nicht auch noch für mich?" Nicole schielte auf das dampfende Getränk.

„Nee, wieso? Willst du auch einen?"

Nicole winkte ab. „Neues von der KTU?"

„Solche Untersuchungen dauern, ist doch bekannt", antwortete Weinert.

„Ich ruf trotzdem dort mal an“, erwiderte Nicole.

Die Stimme am anderen Ende der Leitung klang verschlafen. „Kriminaltechnisches Labor, Laskovic.“

„Hi, Viktor, Nicole hier. Ich weiß, ich nerve, aber habt ihr schon Details zu unserem US-Soldaten vorliegen?“

„Sie nerven? Wer sagt das?“ Nicole sah förmlich das Grinsen auf Viktors Gesicht. „Warten Sie einen Augenblick.“ Der Hörer wurde abgelegt und Papier raschelte. Entferntes Murmeln. Der Hörer wurde wieder aufgenommen. „Leider nicht. Ich kann Ihnen aber die ersten Erkenntnisse vom Doc mitteilen.“

„Danke, Viktor, aber die sind uns schon bekannt. Dr. Lindner informierte uns bereits. Was Neues von dem Baby?“

Nicole hörte ein Stöhnen am anderen Ende der Leitung. „Wir haben einige Untersuchungen durchgeführt aber der Doc hält sich noch bedeckt. Er hat einen Spezialist angefordert. Der soll in etwa zwei Stunden eintreffen. Mehr kann ich Ihnen zurzeit nicht sagen. Sorry.“

„Schon klar. Trotzdem vielen Dank, Viktor.“ Nicole legte auf.

„Also gut, kurzes Brainstorming. Fassen wir zusammen. Wir wissen, dass Johannes Häusler gegen die Beziehung seiner Schwester zu dem Amerikaner war. Nehmen wir einmal an, es gab Streit, der Häusler hat zugeschlagen, etwas zu fest. Der Amerikaner war tot und Häusler hat die Leiche in seinem Garten verschwinden lassen. Die US Army hat irgendwann die Suche nach ihrem vermissten Piloten eingestellt, weil wo keine Leiche, kein Verbrechen.

Vermutlich haben sie angenommen, er hätte sich aus dem Staub gemacht, soll ja schon vorgekommen sein."

„Seine Geliebte konnte den Verlust nicht ertragen und starb kurz danach an Liebeskummer", setzte Hansen nach und lachte. „Teil eins der Häusler-Familiensaga. Ein Drama von Nicole Wegener."

„Klingt doch logisch", stimmte Weinert zu.

„Zumal Maria Krüger dem Häusler ohne weiteres einen Todschlag oder gar Mord zutrauen würde", ergänzte Nicole.

„Schleimer. Hört sich für mich nach einem schlechten Hinterhaustreppenroman an", beharrte Hansen.

„Weiter", drängte Nicole. „Aus der Liaison zwischen Maria und ihrem Soldaten ging ein Kind hervor, Edeltraud. Häusler gibt sie als sein eigen Fleisch und Blut aus, bringt dadurch alle Schandmäuler zum Schweigen und bewahrt sein Ansehen."

Hansen stand auf und ging ein paar Schritte im Zimmer herum „Ich gebe ja zu, das klingt alles plausibel. Leider fehlen uns die Beweise und die Zeugen, und das wird schwierig."

Nicole nickte. „Wir müssen irgendwie die mundfaulen Nachbarn zum Sprechen bringen. Notfalls werde ich sie vorladen lassen."

„Mit welcher Begründung?", fragte Hansen.

„Behinderung der Polizeiarbeit, Zurückhaltung von Beweismaterial, Beihilfe zur Verschleierung eines Verbrechens?", replizierte Nicole. „Mir fällt da schon noch so

Einiges ein, während der Fahrt. Und du kommst mit.“ Sie deutete auf Hansen.

„Und ich darf mal wieder nicht mitspielen.“ Weinert seufzte.

„Zwei von eurer Sorte passen nicht in mein kleines Auto.“

„Du willst, das ich in deinem Auto…?“ Hansen rollte mit den Augen und über Nicoles Gesicht huschte ein verschmitztes Grinsen. „Strafe muss sein. Von dir, Harald, will ich eine komplette Vita von diesem Rechtsanwalt Vogel. Das ist der einzige, den wir noch nicht durchleuchtet haben.“

„Du meinst, ein Rechtsverdreher ist immer suspekt?“

Nicole zuckte mit den Schultern. „Genug Unterhaltung für die nächsten Stunden?“

„Denke schon“, erwiderte Weinert.

„Ach, und falls du etwas Neues von Edeltraud Häusler erfährst, will ich es sofort wissen.“

„Was ist mit der Häusler?“, fragte Hansen.

„Ach ja, stimmt. Das weißt du noch gar nicht. Sie hat einen Suizid versucht und liegt im Rot-Kreuz-Krankenhaus.“

„So viel zum Informationsfluss“, brummte Hansen.

***

Es roch nach Braten, als Neumann die Haustür aufschloss. Verwundert ging er direkt in die Küche. Gertrud stand am Herd. Ein für Karl Neumann ungewohnter Anblick. Seit Jahren überließ sie ihm das Kochen sowie den gesamten Haushalt. Ohne aufzuschauen, sagte sie: „Schweinebraten und Klöße. Dein Lieblingsessen. Die Klöße müssen noch ins Wasser. Ich wusste ja nicht wann du zurückkommst.“

Neumann nickte. „Dann wasch ich mir kurz die Hände."

Gertrud erwiderte nichts und Karl ging leicht verwirrt die Treppe hoch und zuerst in sein Arbeitszimmer. Dort versteckte er Edeltrauds Buch in der Schublade seines Schreibtischs und schloss diese ab. Im Badezimmer wusch er sich die Hände. Dabei blickte er aus dem Fenster. Der Bagger hatte mittlerweile ganze Arbeit geleistet. In einem Jahr würde ein neues Gebäude dort stehen. Fremde Leute, die nichts, aber auch gar nichts mit den gewohnten Nachbarn gemein hatten, würden in die Wohnungen einziehen. Ihnen war egal, welche Tragödien sich auf dem Grundstück abgespielt hatten. Auch ahnten sie nichts von den Nächten voller Feuer und Liebe im Garten unter dem Apfelbaum. Neumann schluckte. Er lehnte sich an die kalte geflieste Wand des Badezimmers. Der Klingelton seines Mobiltelefons riss ihn aus seinen Erinnerungen. Alarmiert sah er auf das Display und nahm das Gespräch an. „Was wollen Sie noch? Haben Sie nicht schon genug Schaden angerichtet? – Was? Haben Sie mich etwa verfolgt? Das geht Sie gar nichts an. Lassen Sie mich in Ruhe! Lassen Sie *uns* in Ruhe!" Neumann legte auf.

***

Hansen quälte sich aus dem Auto und sortierte erst einmal seine langen Beine. „Das grenzt an Folter."

„Ist halt keine Luxuslimousine", konterte Nicole.

„Ha, ha. Sehr witzig", brummte Hansen. „Bei welchem der Urgesteine fangen wir an?"

„Ich würde sagen, bei Josef Richter."

Ein ohrenbetäubender Glockenschlag dröhnte durchs Haus, als Nicole ihren Finger auf den Klingelknopf legte.

„Das weckt Tote auf. Wohnt hier Dracula?"

Nicole schmunzelte. „Holzpfahl und Hammer bereit?"

Nach nochmaligem Läuten wurde die Balkontür im ersten Stock geöffnet. Josef Richter beugte sich über das Geländer. „Was gibt's?"

Nicole legte ihren Kopf in den Nacken. „Hallo, Herr Richter", schrie sie nach oben. „Hier ist die Kriminalpolizei. Dürfen wir Sie mal kurz sprechen?"

„Schon widder. Mir is üwer Nacht nix neues eingefalle", schrie Richter ebenso laut zurück.

„Könnten wir das im Haus besprechen?"

„Die Elfi ist net do un ich kann net runner."

Nicole machte eine Handbewegung, als ob sie einen Schlüssel umdrehen würde. Daraufhin fingerte Richter in seiner Hosentasche und warf einen Schlüsselbund auf den etwa drei Meter breiten gepflasterten Vorplatz, haarscharf an Hansens Kopf vorbei. Der meinte ein Grinsen in Gesicht des Alten wahrgenommen zu haben. Nach zwei Versuchen steckte der richtige Schlüssel im Schloss. Richter stand in der offenen Tür im ersten Stock.

„Guten Tag, Herr Richter", sagte Nicole mit erhobener Stimme. „Wegener mein Name. Das ist mein Kollege Hansen. Wir haben noch ein paar Fragen. Dürfen wir reinkommen?"

„Sin Se doch schon", brummte Richter und bewegte sich schlurfend zur Küche. Nicole und Hansen folgten. Ächzend ließ Richter sich auf einen Stuhl fallen. Auf dem mit einem bunten Wachstuch bedeckten Tisch lagen eine Zeitung und eine Leselupe. Etwas entfernt stand ein halb volles Glas mit einer trübgelblichen Flüssigkeit. Nicole legte den Schlüsselbund dazu.

„Also, was wolle Se noch? Ich hab Ihne doch schon alles gesaacht."

„Eben darum geht es, Herr Richter. Wir glauben", sagte Nicole, „dass Sie uns eine ganze Menge verschweigen. Zum Beispiel, dass Maria Häusler schwanger war."

„Wer hat Ihne des verzählt? Bestimmt die Trutsch do drüwe."

Richter zeigte mit dem Daumen zu Gundula Krämers Haus.

„Könnte es sein, dass Maria Häusler bei der Geburt ihres Kindes gestorben ist und nicht an der Schwindsucht?"

„Woher soll ich des wisse? Ich war net dabei." Zu spät bemerkte Richter seinen Fehler. Nicole hakte sofort nach. „Also hat Maria ein Kind zur Welt gebracht. Ein Mädchen?"

Richter nahm sein Glas und führte es zittrig zum Mund. „Wenn Se schon alles wisse, warum fraache Se mich dann?"

„Herr Richter. Sie behindern die Ermittlungen der Polizei. Das ist ein Vergehen. Dafür können Sie belangt werden." Hansen war aufgestanden. „Ich sehe die Sache so. Johannes Häusler hat es nicht gepasst, dass seine Schwester mit diesem Amerikaner herummachte. Er hat ihn umgebracht und die Leiche in seinem Garten vergraben." Hansen beugte sich über den Tisch, schreckte aber wegen der Alkoholfahne, aus Richters Mund, sogleich wieder zurück. „Haben Sie ihm vielleicht dabei geholfen? Sie waren doch beste Freunde."

„Ich saach jetzt überhaupt nix mehr. Ich hab damit nix zu tue. Un üwer die Tote soll mer sowieso nix Schlechtes saache“. Richter fegte einige imaginäre Krümel vom Tisch. „Außerdem hot der Kerl sowieso nix gedaacht. Des hab ich immer gewusst.“

„Na gut, Herr Richter. Sie erhalten eine Vorladung“, drohte Nicole. „Vielleicht werden Sie auf dem Präsidium gesprächiger.“

Josef Richter guckte Nicole aus zusammengekniffenen Augen an. „Mache Se doch was Se wolle“, sagte er trotzig.

***

„Viel schlauer sind wir jetzt auch nicht.“ Hansen blinzelte in die Helligkeit, die sie, aus dem dunklen Treppenhaus kommend, überfiel.

„Zumindest haben wir ihm Angst eingejagt. Das habe ich in seinen Augen gesehen. Versuchen wir unser Glück beim nächsten“, schlug Nicole vor.

Nach ein paar Schritten gelangten sie zum Haus von Georg Lenz. Hansen drückte auf die Klingel. Sofort klickte es in der Sprechanlage. „Ja?“

„Herr Lenz. Kriminalpolizei. Wir möchten uns kurz mit Ihnen unterhalten.“ Zu Hansen gewandt, sagte sie: „Man könnte meinen er hat uns erwartet.“

Die Beamten betraten einen mit dunkelbraunen Kacheln gefliesten Flur. Oberhalb von drei Stufen stand Herbert Lenz in der offenen Tür. „Gibt's was Neues?“

Nicole zückte ihren Ausweis. Ebenso Hansen. „Ist Ihnen doch noch etwas eingefallen, Herr Lenz?“

„Nee.“ Lenz lächelte Nicole unsicher an. „Aber komme Se ruhisch rein in die gud Stub.“ Nicole und Hansen folgten Lenz ins Wohnzimmer, das sich im Gelsenkirchener Barock, der Einrichtungsstil einer ganzen Generation, präsentierte. Eine massive Schrankwand in dunklem Nussbaum nahm die gesamte linke Wand ein. Gelblichweiße, halblange Gardinen zierten die Fensterfront, ließen aber noch einen guten Blick auf die Straße frei. Rechts in der Ecke fristete ein, zwar bis zur Decke reichender aber im unteren Teil blattloser Fokus-Benjamini sein freudloses Dasein. Lenz wies auf die Couch aus dunkelrotem Samtbezug. Nicole und Hansen setzten sich auf die Kante, um die Harmonie der drei Brokatkissen mit obligatorischem Knick in der Mitte nicht zu stören. Bevor Lenz in dem Sessel gegenüber Platz nahm, deutete er auf die hölzerne Schale mit Erdnussflips. „Greife Se ruhisch zu.“ Hansen ließ sich das nicht zweimal sagen. „Ach, wolle Se was trinke?“ Lenz nahm sein Weinglas. „Ich hab auch e Wasser.“

Nicole lehnte schnell ab, bevor Hansen antworten konnte. „Herr Lenz, ich weiß, es liegt alles schon sehr lange zurück, aber vielleicht erinnern sie sich doch noch.“ Sie hatte beschlossen ihre Taktik zu ändern und sozusagen mit der Tür ins Haus zu fallen. „Wir wissen, dass die Maria Häusler ein Kind auf die Welt brachte.“

Der Wein schwappte kurz im Glas und Lenz stellte sein Glas schnell auf den Tisch. „Was für e Kind? Die Maria hat doch kein Kind gehabt. Da hawe Se was verkehrt verstanne. Der Hannes und die Mine, die hatte a Kind, die Edeltraud. Awer des wisse Se doch.“

„Sie wussten also nichts von der Schwangerschaft?“, bohrte Hansen nach. „Die Maria Häusler war doch ein hübsches Mädchen und hatte bestimmt einige Verehrer. Wir Männer haben einen Blick dafür, nicht wahr? Hatten Sie auch ein Auge auf sie geworfen?“

Nicole unterdrückte ein Grinsen und Lenz hob den Kopf. „Mit em einfache Schuhmacher, wie mir, hat die sich net abgegewe und auch net mit dem Herbert. Mir warn ihr zu langweilisch. Nur der Sepp, der hätt vielleicht e Chance bei ihr gehabt, wie mer so sacht. Er hätt ihr zwar net die Welt zeische könne, aber Geld wär genuch da gewese. Des Dachdeckergeschäft war immer schon gut dagestanne, schon bei soim Vadder. Awer nach em Kriech, da wollt die Maria den Sepp uf amol aach net mehr.“ Lenz nahm sein Glas wieder in die Hand, trank aber nicht. Als würde er zu sich selber sprechen, sagte er: „Die Leut wollte sich halt widder amüsiern, tanze gehe und so weiter. Un die Musik von dene Amis war halt e annere, fetzischer halt. Kenne Se noch den Benny Goodman? Ach noa, bestimmt net. Dazu sin Se zu jung. Awer den Elvis Presley. Der is Ihne doch sicher noch en Begriff. Der war ja später sogar in Bad Nauheim stationiert. Der hat die Weiber reiheweis konfus gemacht, mit seine Beweschunge und seiner Stimme. Natürlich hawe se all gemeint, dass jeder von denen Amis so is. Dass des meistens Hallodri warn, des hawe die Mädcher erst dann gemerkt, wenn die Kerle hatte was se wollte und abgehaue sin. Wenn Se verstehe, was ich mein?“

„War das auch bei der Maria so?“

„Üwer Sache, die ich net Hunnertprozentisch weiß, red ich nix. Es gibt genug Tratscherei. Da muss ich net aach noch mein Senf dazugewe." Lenz nahm erneut sein Glas und trank durstig. Nicole tauschte einen kurzen Blick mit Hansen. „Herr Richter", plauderte Hansen ins Blaue hinein, „hat uns bestätigt, dass Edeltraud die Tochter von Maria und dem amerikanischen Soldaten ist und nicht, wie allen glauben gemacht wurde, von den alten Häuslers."

Lenz stutzte einen Moment. „Sie derfe net alles so ernst nemme, was der Sepp saacht. Der ist manchmal net ganz bei sich. Mit 88, da bringt mer schon manchmol Ebbes dorschenanner."

„Na gut. Herr Lenz. Können Sie uns etwas über die Kinderleiche erzählen, die im Keller der Häuslers gefunden wurde?"

Georg Lenz schüttelte den Kopf. „Ich war selbst ganz perplex genau wie der Sepp. Mir könne des immer noch net fasse. Dass der Hannes so was zugelasse hat."

„Was meinen Sie damit?", fragte Nicole.

„Wenn Se den Hannes gekannt hätte, täte Se so was net fraache. Der war frömmer als de Pfarrer. Des wär Frevel gewese, versteh'n Se? Ungeweihte Erde und so. Tote, wenn se sich nix hawe zu schulde komme lasse und, e Kind; da kann mer mal davon ausgehe, dass des unschuldisch is, geheert uf en Friedhof."

„Könnte es nicht vielleicht sein, dass Herr Häusler selbst etwas mit dem Tod der Kinder zu tun gehabt hatte?" Nicole sah Lenz direkt an.

„Ach, herrje. Dadrüwer hawe mer noch gar net nachgedacht.“

***

„Es ist, als ob man gegen eine Wand läuft. Ich glaube nicht, dass wir diese Fälle endgültig aufklären können“, stöhnte Hansen, wieder auf der Straße.

„Momentan sehe ich auch kein allzu großes Licht am Ende des Tunnels. Es sei denn, du kennst jemanden der mit Toten sprechen kann. Dann könnten wir eine Séance abhalten.“

„Hä? Was?“

Nicole lachte. „Du gehst mir immer so schön auf den Leim.“ Hansen grunzte nur.

„Sag mal“, wollte Nicole wissen, „wie kommst du darauf, dass die Maria Häusler hübsch war? Wir haben kein einziges Foto von ihr?“

„Ooch, das habe ich nur mal so gesagt. Ich dachte mir halt, dass in der damaligen Zeit alle Mädchen als hübsch galten, wenn sie nicht gerade einen Buckel hatten oder eine Hakennase. Und es hat doch funktioniert, oder?“

Nicole zuckte mit den Schultern. „Aber das mit den Erdnussflips, musste das sein?“

„Ich habe Hunger.“

„Wir ziehen das erst durch“, erklärte Nicole in einem Tonfall, der keine Widerrede zuließ. „Danach kannst du dir von mir aus zwei Bic Mac reinziehen.“

Sie klingelte mehrmals bei Herbert Walter. Niemand öffnete, deshalb überquerte sie die Straße und probierte es bei

Karl Neumann. In der Gegensprechanlage knisterte es und eine unsichere Frauenstimme sagte: „Neumann."

„Guten Tag, Frau Neumann. Hier ist die Kriminalpolizei. Mein Name ist Wegener. Mein Kollege und ich haben noch einige Fragen."

„Mein Mann ist nicht zuhause."

„Das macht nichts. Wir möchten uns auch mit Ihnen unterhalten."

Es dauerte einen Augenblick, dann summte der Türöffner und die Haustür wurde einen Spalt geöffnet. Dahinter zeigte sich eine etwa 1,70 Meter große, sehr schlanke Frau um die siebzig, mit blassem Gesicht, grauschattigen Augen und schulterlangen glatten grauen, strähnigen Haaren. Nicole hielt ihren Ausweis hoch.

Gertrude Neumann schaute nicht wirklich hin. „Ich weiß wirklich nicht, wie ich…"

„Dürfen wir reinkommen?"

„Gerade aus, dann nach links."

Ein eigenartiger Geruch zog sich durch die Wohnung. Zuerst dachte Nicole an Spiritus, dann sah sie durch die offene Küchentür, eine Flasche Cognac auf dem Tisch stehen. Das Wohnzimmer ähnelte dem von Lenz, nur unordentlicher und die Möbel waren aus Eichenholz. Nicole und Lars Hansen nahmen auf einer beigefarbigen Couch Platz und Gertrude Neumann in einem Relaxsessel neueren Datums, aber in der gleichen Farbe. In ihrem hellbeigen Pullover und dem braunen Rock verschmolz Gertrude Neumann beinahe mit dem Möbelstück. Sie senkte den Blick und schaute auf ihre Hände, die zusammengefaltet in ihrem Schoß ruhten.

„Frau Neumann“, begann Nicole, „wie war denn Ihre Beziehung zu den Häuslers? Als direkte Nachbarin kommt es doch schon einmal vor, dass man sich über den Zaun hinweg unterhält oder auch mal auf einen Kaffee zusammen kommt.“

„Nein.“

„Nein?“, wiederholte Nicole. „Hatten Sie Ärger mit den Häuslers oder mit Frau Häusler?“

„Nein.“

„Frau Neumann. Uns ist bekannt, dass Sie Krankenschwester waren und von Ihren Nachbarn oftmals, sagen wir mal zurate gezogen wurden. Auch von den Häuslers?“

Gertrude Neumann hob den Kopf. „Nur von Frau Häusler.“ Ihre Stimme war kaum mehr als ein Flüstern.

„Wegen ihrer Tochter, Edeltraud?“

„Ein oder zweimal aber erst später.“ Gertrude Neumann lachte verächtlich. Nun sah sie die Kommissare aus kalten Augen an. „Zuerst war der Pfarrer dran. Wieso fragen Sie jetzt danach? Hat doch früher auch niemanden interessiert.“ Die Aussage deckte sich mit den Infos, die Nicole von Helene und Gundula Krämer erhalten hatte.

„Was wissen Sie über das Baby? Wurden Sie von Frau Häusler, bei der Geburt, um Hilfe gebeten?“

„Welches Baby?“ Gertrude Neumann sprang auf. „Was wollen Sie von mir? Lassen Sie mich in Ruhe.“ Ihre Stimme überschlug sich und sie knetete ihre Hände, während sie im

Wohnzimmer auf und ab ging. „Ich habe noch eine Menge Arbeit. Also, wenn es das war, bitte ich Sie jetzt zu gehen.“

Wie schon bei Richter und Lenz hinterließ Nicole auch hier ihre Visitenkarte. „Sagen Sie ihrem Mann, dass wir ihn sprechen müssen.“

„Die trinkt“, stieß Hansen hervor, sobald sie auf der Straße standen. „Und nicht nur die. Die komplette Nachbarschaft scheint einen guten Draht zum Alkohol zu haben.“

„Ich wette mit dir, die Neumann war bei der Entbindung der Babys dabei“, erwiderte Nicole, ohne auf die Bemerkung ihres Kollegen einzugehen. „Bevor ich sie aber aufs Präsidium einlade, will ich mehr über sie wissen.“

Nach wenigen Minuten waren sie wieder auf dem Parkplatz angelangt. „Ich gehe nur noch mal kurz in meine Wohnung. Bin gleich wieder hier.“

„Ok. Beeil dich. Ich habe immer noch Hunger.“ Hansen lehnte sich an Nicoles Auto, zündete sich eine Zigarette an.

Ein solch verquerer Fall war ihm in seiner ganzen Laufbahn als Kriminalbeamter noch nicht untergekommen. Da waren ihm hart gesottene aber lebende Gewaltverbrecher doch lieber. Denen konnte man bei Bedarf mal so richtig in den Hintern treten. Warum hatte er seinen Jahresurlaub nicht schon letzte Woche angetreten, so wie er es vorhatte? Er würde jetzt in Malle am Strand liegen und sich abends am Ballermann volllaufen lassen, um die ganze Scheiße, die sich im vergangenen Jahr in seinem Kopf angehäuft hatte, zu vergessen. Sein Magen knurrte. Wo blieb nur Nicole? Er spazierte in Richtung ihrer Wohnung, da trat sie aus der Tür.

„Wozu hast du so lange gebraucht?“

„Drängele nicht. Und wenn du es genau wissen willst, ich habe Gardinen in die Waschmaschine gepackt.“

„Jetzt?“

„Eigentlich hätte ich Urlaub“, blaffte sie zurück.

„Aha und im Urlaub wäschst du immer Gardinen? Also ich wüsste etwas Besseres.“

„Ja, in Malle am Strand liegen und am Abend gibst du dir am Ballermann die volle Dröhnung.“

„Du kennst mich zu lange und zu gut“, knurrte Hansen.

***

Helene verhielt sich ruhig. Etwa zehn Minuten später hörte sie die Haustür wieder ins Schloss fallen und sah, verborgen hinter der Gardine, wie Nicole auf ihren Kollegen, diesen schnieken Lars Hansen, zulief. Sie wechselten ein paar Worte, stiegen in Nicoles Auto und fuhren weg.

Es war jetzt Viertel nach zwei. Helene nahm ihre Jacke und Tasche und die kleine Kuchenplatte und verließ das Haus. Auf halbem Weg fiel ihr ein, dass sie vergessen hatte die Auflagen auf den Gartenmöbeln wegzuräumen. Laut Wetterbericht war zwar kein Regen angesagt. Andererseits, was wussten die schon. Aber egal. Jetzt gab es Wichtigeres.

***

Karl Neumann fror. Wieso war sein Mund trocken und warum konnte er seine Arme und Beine nicht bewegen? Ihm war übel. Unter enormer Anstrengung öffnete er die Augen und bewegte den Kopf. Das Zimmer kam ihm bekannt vor. Dann dämmerte es ihm. Er lag in dem großen weichen Bett mit hohem Fußteil noch höherem Kopfteil aus dunklem Holz. Es war das Bett seiner Großeltern und stand im Zimmer, das einmal ein Kinderzimmer hatte werden sollen. Was war geschehen? Er erinnerte sich, dass er auf den kalten Fliesen im Badezimmer gekauert hatte. Irgendwann rief Gertrud, das Essen wäre fertig. Trudi hatte sich so viel Mühe gegeben, wie seit Jahren nicht mehr. Der Braten schmeckte hervorragend. Dagegen hatte der Wein einen eigenartigen Nachgeschmack. Dann wurde er müde. Trudi beharrte darauf, dass er sich ins Bett legte und half ihm nach oben. Was danach geschah, wusste er nicht mehr. Er versuchte, seine Arme unter die Decke zu legen, damit ihm wärmer wurde. Es ging nicht. Sie waren an die Ecken des Betts gebunden, mit weißem Stoff. Genau wie seine Beine, wie er jetzt feststellte. Was in drei Teufels Namen ging hier vor?

„Trudi!“ Kein Laut kam aus seinem Mund. Das Tuch zwischen seinen Zähnen hinderte ihn daran. Er rüttelte an seinen Fesseln, ohne Erfolg. Jetzt hörte er den Schlüssel im Türschloss. Die Tür schwang auf und Trudi tanzte in einem weißen Nachthemd herein, die Arme ausgebreitet. Vor dem Bett blieb sie kurz stehen. „Gefällt dir das, mein Liebling?“, hauchte sie und drehte sich lächelnd um die eigene Achse. „Ich sehe, du kannst es kaum erwarten. Aber du musst dich noch gedulden. Heute Nacht, wird alles so sein, wie du es magst.“ Ihre Stimme klang rau. Sie schwebte wieder aus dem Zimmer und schloss die Tür von außen ab.

Erneut zerrte Karl an den Bändern. Wie lange lag er schon hier – eine Stunde oder zwei? Aus seinem Arbeitszimmer hörte er den Klingelton seines Handys. Was hatte diesen Rückschlag bei seiner Ehefrau ausgelöst? Im Geiste ging er die letzten Tage durch. War etwas Ungewöhnliches passiert? Er kaufte ein, wie immer, kochte wie immer und hielt das Haus sauber, wie immer, während Trudi im Wohnzimmer saß und auf den Fernseher starrte. Manchmal schlich sie auch in die Küche. Dann hörte er die Schranktür und wusste, sie goss sich einen Cognac oder Wodka ein. All das war, im Laufe der Jahre, zur Gewohnheit geworden, gehörte zur Normalität. Es gab eine Zeit, da wollte er nur noch fort, raus aus seinem tristen Dasein. Sein schlechtes Gewissen hielt ihn davon ab, traf ihn doch eine nicht mindere Schuld an Trudis Zustand. Dennoch oder gerade deshalb setzte er seine Besuche bei Edeltraud fort. Sie war der einzige kleine Lichtblick in seinem freudlosen Leben. Dann, vor einem halben Jahr, wollte sie ihn plötzlich nicht mehr sehen. Er konnte sich keinen Reim darauf machen und war am Erdboden zerstört. Dann kam gestern der Anruf von Vogel. Das Telefonat! Genau, das muss es gewesen sein. Trudi kam gerade aus dem Wohnzimmer, als er mit Vogel sprach. Und obwohl seine Antworten kurz und unbestimmt ausfielen, konnte er in ihren Augen erkennen, dass sie ahnte um was und um wen es ging. Auch heute Morgen, als er losfuhr, bemerkte er ihren Blick im Rücken, wie kleine Stiche. Aber wieso fesselte sie ihn an das Bett und tanzte in einem weißen Nachthemd vor ihm herum. Und, was soll diese merkwürdige Anspielung?

Alles wird so sein, wie du es magst.

Es läutete an der Tür, erst kurz, dann eindringlicher. Er hörte Stimmen. War das Helene Wagner? Die Stimmen wurden leiser. Eine Tür fiel ins Schloss – Ruhe.

***

Helene traf auf eine nicht gerade überschwänglich erfreute Trudi, die ihr im Hausmantel über einem weißen Nachthemd öffnete. „Was soll das?“ Trudi blickte auf die Kuchenstücke. „Ich habe überhaupt keine Zeit.“ Helene rechnete schon damit, dass ihr die Tür vor der Nase zugeschlagen wurde, doch plötzlich sagte Trudi: „Na gut. Komm herein, ich koche uns Kaffee. Küche oder Wohnzimmer?“

„Küche“, antwortete Helene, „da können wir uns ein bisschen unterhalten, während du den Kaffee kochst. So wie in früheren Zeiten“, fügte sie hinzu.

Gertrude Neumanns Lächeln erstarb in dem Moment, als sie Helene den Rücken zudrehte. Vom Küchenfenster aus hatte sie Helene bereits gesehen. Zuerst war sie wütend. Warum störte sie gerade jetzt? Heute war der Tag der Rache!

Verwundert stellte Helene fest, dass die Küche aufgeräumt war. Sogar Blumen, blaue Kornblumen, standen auf dem Tisch. Bei näherer Betrachtung stellte sie fest, dass es Seidenblumen waren.

„Ist der Karl nicht da?“, erkundigte Helene sich.

Trudi schüttelte den Kopf. „Warum?“ Sie holte Teller und Tassen aus dem Schrank und stellte alles auf ein Tablett.

„Och, ich wollte ihn nur mal was fragen. Na dann ein andermal.“

„Einen kleinen Eierlikör zum Kaffee – so wie früher?“

Eigentlich hatte Helene jetzt keine Lust auf Eierlikör, dennoch sagte sie: „Gern.“

Als sie sich noch regelmäßig auf eine Tasse Kaffee trafen, hatten sie auch immer einen oder auch zwei Gläschen Eierlikör getrunken. Helene und Trudi waren beide als Fremde in diese Gemeinde gekommen, Helene 1950, Trudi 15 Jahre später. Sie lernten sich bei einem Vereinsfest kennen. Helene hatte sofort das Bedürfnis, die verletzlich wirkende junge Frau unter ihre Fittiche nehmen zu müssen. Während Helene mit ihrer norddeutschen Art, geradeheraus und urwüchsig, und nicht, zuletzt weil ihr Ehemann einen gewissen Status innehatte, wurde sie schon bald nach ihrer Heirat in die eingeschworene Gemeinschaft aufgenommen. Hingegen tat Trudi sich schwer. Sie kam aus einem kleinen Dorf in der Rhön wo die Leute, geprägt durch die raue Landschaft, einsilbig ihr Tageswerk vollbrachten. Sie erzählte nie von zu Hause und weshalb sie von ihrer Familie weggegangen war, um im hiesigen Krankenhaus zu arbeiten. Dort lernte sie Alfred Neumann kennen, Karls Vater, der wegen seinem nicht heilen wollenden Beins immer mal wieder stationär behandelt werden musste. Er war wohl der Ansicht, dass Gertrude die *Richtige* wäre für seinen Dreißigjährigen, noch immer unverheirateten, Sohn. In der ersten Zeit schien alles in Ordnung außer, dass der von alten Neumann erhoffte Kindersegen ausblieb. Als Alfred Neumann starb, um den Trudi sich in den letzten Jahren gekümmert hatte, kapselte sie sich noch mehr von der Außenwelt ab und bald fing sie an wirres Zeug zu reden.

Einige Monate später musste Karl seine Ehefrau in die Psychiatrie bringen, wo sie fast fünf Jahre ihres Lebens verbrachte. Jetzt war Helene sich nicht mehr sicher, ob Trudi tatsächlich halluzinierte, nachdem was sie von Gundel gehört hatte.

Trudi kam zurück in die Küche mit einer Flasche und zwei Gläsern. Beides stellte sie auf den Tisch. „Würdest du mal so freundlich sein, den Kaffee…?“

Helene ging zum Kühlschrank, auf dem die Kaffeemaschine stand, entnahm die gläserne Kanne und stellte sie auf das Tablett. Mittlerweile hatte Trudi den Eierlikör eingeschenkt. „Lass uns anstoßen, auf die alten Zeiten.“

***

„Häusler war von 1942 bis 1982 Richter am Amtsgericht von Seligenstadt“, legte Weinert los. „Und, du hattest mal wieder Recht, Boss.“ Weinert schürzte die Lippen und neigte vor Nicole den Kopf. „Alfred Neumann war der Vater von Karl Neumann. Er arbeitete als Schiedsmann von 1952 bis 1974 mit Häusler zusammen. In diesem Zeitraum gingen die Inhaftierungsverurteilungen von Kleindelikten stark zurück, dagegen stiegen die Geldstrafen. Im Alter von 57 Jahren verstarb Alfred Neumann. Er fiel von der Leiter, beim Apfelernten im Garten vom Häusler.“ Weinert grinste. „Ja, man glaubt es kaum. Das alles ist im städtischen Register für amtlich angestellte Bedienstete vermerkt. Das wurde bis Ende 1980 noch per Hand geführt.“

„Von Datenschutz hielten die damals schon nichts“, witzelte Hansen.

„Eben nicht“, konterte Nicole. „Die Daten blieben dort, wo sie hingehören, nämlich in den Akten. Heute wird alles ins Netz gestellt und flaniert ungehindert durch die Welt. Aber, was mir gerade auffällt – der Häusler war noch relativ jung, als er zum Richter berufen wurde ... oder?“

Weinert schaute kurz in die Unterlagen und nickte. „Ja, mit zarten 25 Jahren trat er sein Amt an.“

„Schätze mal, der hat sein Fähnchen immer in den Wind gehalten“, ergänzte Hansen. „Wir erinnern uns – Eintritt in die NSDAP mit sechzehn, das war 1933, zuvor garantiert in der Hitlerjugend und gewiss nicht einer der im Hintergrund agierte. Immer parteiorientiert konnte er als Richter den Genossen von Nutzen sein.“

„Passt irgendwie ins Bild.“ Weinert nickte. „Wenn man bedenkt, wie vehement er gegen die Verbindung seiner Schwester zu dem Amerikaner gewesen war.“

„Trotzdem fehlen uns noch immer die Beweise, dass er mit dem Tod des Soldaten zu tun hatte. Falls nicht noch ein Wunder geschieht, werden wir das auch nie erfahren. Schon etwas Neues von Edeltraud Häusler?“

„Die liegt noch immer auf der Intensivstation im Rot-Kreuz-Krankenhaus, ist aber stabil“, antwortete Weinert. „Die rufen mich an, sobald sie auf die normale Station verlegt wird.“

Nicole schaute auf die Uhr. „Es ist jetzt Viertel nach fünf. Machen wir Schluss für heute. Ach, Lars“, rief sie Hansen hinterher, der gerade die Tür schloss. „Vergiss bitte nicht den Anruf nach USA.“

„Bereits eingetimed.“ Der Kollege tippte sich an die Stirn. „Tschau, Bella.“

„Hau schon ab“, murmelte Nicole und griff den Telefonhörer. Es war ihr sechster Versuch, bei den Neumanns. Wieder ging niemand ans Telefon. „Werde ich wohl persönlich bei euch auftauchen müssen“, murmelte sie.

***

Zwanzig Minuten nach sechs kam Nicole in ihrer Wohnung an. Sie hatte den Berufsverkehr nicht bedacht. Eigentlich hoffte sie, dass Helene sie zu einer schmackhaften Hausmannskost einladen würde. Aber alles war ruhig, keine Helene und auch sonst kein Geräusch im Haus. Der Zettel, den sie ihr heute Nachmittag an ihre Tür geklebt und gebeten hatte doch die Gardinen aus der Waschmaschine zu nehmen, hing auch noch.

Nicole ging nach oben in ihre Wohnung. Sie öffnete die Tür zum Balkon, trat hinaus und lehnte sich über das Geländer. Die Polster lagen auf den Terrassenmöbeln. Folglich konnte Helene noch nicht lange weg sein. Dessen ungeachtet hatte Nicole Hunger und musste sich jetzt selbst etwas zu essen machen. Aber der Inhalt des Kühlschranks sah nicht so aus, als könne man daraus ein Festmahl fabrizieren. Ein Päckchen Käse, ein Rest Butter und zwei Scheiben Brot; damit musste sie sich heute zufriedengeben. Im Schrank fand sie eine Tüte Fertigsuppe, die das Ablaufdatum noch nicht überschritten hatte. *Festtagssuppe nach Omas Art*. Die würde zwar nicht annähernd nach der Suppe ihrer Oma schmecken, geschweige denn nach Helenes einzigartiger Rinderbrühe mit

Markklößchen – aber was soll's. Sie goss Wasser in einen kleinen Topf und als es sprudelte, rührte sie das Suppenpulver hinein. Während die Brühe vor sich hin köchelte, nahm sie die Gardinen aus der Maschine. Vorwurfsvoll stachen ihr die Falten entgegen. „Verdammt! Jetzt muss ich auch noch bügeln", brummelte Nicole vor sich hin und holte das Bügelbrett hinter dem Schrank hervor. Dreißig Minuten später hingen die Gardinen, größtenteils knitterfrei, wieder an den Fenstern. Allerdings klebten die Nudeln in *Omas Festtagssuppe* jetzt unappetitlich am Boden des Kochtopfs. Nicole stellte ihn in die Spüle und setzte sich, mit den spärlichen Resten aus dem Kühlschrank, vor den Fernseher. Wo Helene nur blieb?

Die Acht-Uhr-Nachrichten waren vorüber und noch immer tat sich nichts in der Wohnung unter ihr. Alle fünf Minuten spähte Nicole über die Brüstung ihres Balkons. Gut, Helene hatte ihr keine Rechenschaft abzugeben, wohin sie ging und wie lange sie fortblieb. Trotzdem war es nicht ihre Art. Nicole wurde immer kribbeliger. „Reiß dich zusammen", schimpfte sie sich. „Helene ist eine erwachsene Frau." Keine fünf Minuten später griff sie nach ihrer Jacke und rannte Treppe hinunter und auf die Straße. In welche Richtung sollte sie zuerst gehen? Wo sollte sie anfangen zu suchen? Also, der Reihe nach. Schließlich bist du bei der Polizei. Du weißt, was du tun musst, brachte Nicole sich zur Ruhe. Die kleinen Geschäfte in der Innenstadt hatten bereits geschlossen und für einen der Supermärkte am Rande der Stadt hätte Helene ihr Fahrrad genommen. Das stand aber, wie Nicole feststellte, noch im Schuppen. Außerdem fuhr Helene nie so spät zum Einkaufen. Vielleicht besuchte sie eine Bekannte und hatte sich verplappert und die Zeit vergessen? Nicole schüttelte den Kopf. Spätestens zur „Tagesschau“ wäre sie wieder zuhause gewesen. Das ist in dieser Generation so üblich. Männerbekanntschaften? Nein, nicht Helene. Obwohl dieser Herbert Walter…? Aber Helene hatte sich doch nur von dem „anbaggern“ lassen, weil sie etwas über die Häuslers herausfinden wollte; zumindest hatte sie das glaubhaft versichert. Könnte sie eventuell doch…?

Zielstrebig eilte Nicole in die *Straße des Verbrechens*.

Nach dem Fund der Babyleiche prangte die Bezeichnung als unübersehbare Schlagzeile auf den Titelseiten der heimischen Nachrichtenblätter. Die Befriedigung, nun gänzlich zu den Metropolen der Welt zu gehören, wenn auch im negativen Sinn, spürte man in jedem Satz.

Fünfzehn Minuten nach acht klingelte Nicole bei Herbert Walter. Es knackte in der Gegensprechanlage: „Ja, wer da?“

„Nicole Wegener. Entschuldigen Sie die späte Störung, Herr Walter. Dürfte ich kurz hereinkommen?“ Was sollte sie eigentlich sagen, weshalb sie den älteren Herrn um diese Zeit aufsuchte? Sie konnte kaum direkt nach Helene fragen. Wenn sie je davon erführe, würde sie ihr den Kopf abreißen. Der Türöffner summte. Genau wie beim letzten Mal stand Herbert Walter an der geöffneten Wohnungstür. „Nanu, Frau Wegener, es zweite Mal heut. Habe Se schon widder e Leiche gefunne?“

„Gott bewahre.“ Nicole lachte verunsichert.

„Na, dann komme Sie mal. Ich sitz grad e bissje drauße. Is ja noch so schee.“

Nicole folgte ihm durch die Küche auf die überdachte Terrasse. Mit Holz ausgelegter Boden und Korbmöbel. In einer Ecke stand ein Bambus. Auf dem Tisch brannte eine Kerze und längs der Treppe, die in den Garten führte, steckten zwei brennende Fackeln. Etwas weiter entfernt im Garten saß ein dicker, lachender buddhistischer Mönch, unter einem asiatischen Fächerahorn.

„Schön haben Sie es hier“, sagte Nicole erstaunt.

„Naja, des hat mir halt gefalle. Ich hab des in China gesehe un in Japan.“

„Sie waren in Asien?“

„Ja, und in noch e paar andere Ecke in de Welt. Aber, setze Sie sich doch. Wolle Sie auch e Gläsje?“ Herbert Walter deutete auf den Rotwein, der in einer Karaffe im Schein der Kerze verführerisch schimmerte. „Is en gude Rote.“

Nicole zögerte. Eigentlich war sie wegen Helene hier und weil sie sich Sorgen um sie machte. Andererseits würde es ihr einige Sekunden Zeit verschaffen, um sich zu überlegen, wie sie ihren späten Besuch rechtfertigen konnte. „Ja, gern, danke, Herr Walter.“ Sie ließ sich in die dicken Polster sinken, während Herbert Walter in seiner Küche verschwand. Kurz danach erschien er mit einem Glas und schenkte ein. „Zum Wohl.“ Er prostete Nicole zu.

„Oh, der ist wirklich sehr gut.“

„Hm, kost auch e bissje was. Aber des is es mir wert. Wie heißt’s so schee: *Gib dein Geld aus, solange du am Leben bist, sonst tun's deine Erben.*" Walter kicherte. „Die Verwandte, die mich überlebe, dene gönne ich des schon mal garnet. Die habe sich all die Jahr net um mich oder moi Mutter gekümmert. Aber ich kann Ihne versichern, moi buckelisch Verwandtschaft steht auf der Matt, da bin ich noch net kalt. Aber, Frau Wegener, Sie sin bestimmt net hier, um sich moi kleine Wehwecher anzuhörn. Also!?"

„Um ehrlich zu sein, Herr Walter, ich suche Helene. Sie ist noch nicht zuhause. Was mich eigentlich nichts angeht", fügte sie schnell hinzu. „Es ist nur so…", Nicole suchte nach dem richtigen Wort, „…so unüblich. Wenn Helene länger außer Haus ist, legt sie mir einen Zettel auf die Treppe."

Herbert Walter guckte erstaunt, schien aber zugleich amüsiert. „Nun ja", fuhr Nicole fort. „Helene erzählte mir von ihrer Unterhaltung heute und da dachte ich, vielleicht wollte sie …?" Plötzlich kam Nicole sich unheimlich blöd vor. Was tat sie hier eigentlich?

„Un da habe Sie gedacht die Helene wär bei mir? Schee wär's." Herbert Walter grinste verträumt. „Aber ehrlich gesacht, ich hab mir auch schon Gedanke gemacht. Ich hab nämlich auch schon e paar Mal bei ihr angerufe."

„Wieso?" Nicole runzelte die Stirn.

„Naja, ich hätt da werklich noch was mit ihr zu rede gehabt."

„Ach ja? Was denn? Eh…ich meine, Entschuldigung, es geht mich ja nichts an."

„Sie brauche sich net zu entschuldige, Frau Wegener“ Herbert Walter winkte ab. „Es is ihr Beruf Fraache zu stelle. Des kann mer net so einfach abstelle.“

„Da haben Sie wohl Recht. Dann geh ich jetzt mal. Ich versuche mein Glück noch bei Frau Krämer. Vielleicht ist die Helene bei ihr.“

„Des glaub ich nett. Läutete Sie lieber mal drübe, bei den Neumanns. Ich hab die Helene nämlich heut Nachmittag da rein gehe sehe. Nur rauskomme hab ich se net gesehe. Aber ich steh ja auch net de ganze Tag hinnerm Fenster.“

„Bei den Neumanns?“, wiederholte Nicole verwirrt. „Was will sie von denen und wann war das?“

„Warte Se, des muss so kurz nach zwei gewese sei.“ Herbert Walter runzelte die Stirn. „Wisse Sie was, Frau Wegener, ich glaub, mir gehn da mal nachgucke.“

***

Es dauerte lange, bis Gertrude Neumann sich über die Sprechanlage meldete. Nicole sagte, sie hätte noch einige Fragen, die nicht warten könnten. Währenddessen Herbert Walter nervös von einem Fuß auf den anderen trat. Zunächst summte der Öffner am Tor, anschließend öffnete Gertrude Neumann im Morgenmantel, unter dem sie ein weißes Nachthemd trug, die Tür.

„Was wollen Sie?“, blaffte Gertrude Neumann unfreundlich. „Ist schon reichlich spät.“

In diesem Moment klingelte das Telefon, das auf einer Kommode in der Diele stand. Gertrude Neumann zuckte zusammen, machte aber keine Anstalten den Anruf entgegenzunehmen.

„Gehen Sie ruhig ran, Frau Neumann. Wir warten hier solange.“

Gertrude Neumann rührte sich nicht vom Fleck. Nach dem fünften Klingeln hörte es auf, dafür kam ein Stöhnen aus dem Wohnzimmer.

Einer plötzlichen Eingebung nach fragte Herbert beunruhigt: „Is die Helene bei dir?“ Er wollte an Gertrude Neumann vorbei. Sprunghaft stürzte die sich auf ihn, schlug ihm ins Gesicht und tobte: „Verschwindet. Haut ab. Lasst uns in Ruhe.“

Herbert Walter hatte alle Mühe, sich gegen die in etwa gleichgroße aber scheinbar schwache Frau zu wehren. Mit der Routine einer ausgebildeten Polizistin fasste Nicole blitzschnell nach Gertrude Neumanns Arm, drehte ihn auf den Rücken und presste die Frau mit dem Gesicht gegen die Wand. „Beruhigen Sie sich, Frau Neumann, oder ich muss Sie festnehmen.“

Herbert Walter rannte ins Wohnzimmer, aus dem ein weiteres Stöhnen drang. „Oh mein Gott.“

„Herr Walter?“, rief Nicole hinter ihm her. „Was ist los?“ Gertrude Neumann bog sich erneut unter Nicoles Polizeigriff. „Seien Sie doch vernünftig.“ Nicole schob die Frau vor sich her, in Richtung des Wohnzimmers.

„Helene! Mädche. Was machst de für Sache?“ Herbert beugte sich über die auf der Couch Liegende. Nicole, die noch immer Gertrude Neumann festhielt, nötigte sie auf einen

Sessel. „Sitzen bleiben! Rühren Sie sich bloß nicht von der Stelle.“ Nicole ging auf Helene zu, die jetzt aufrecht saß. „Helene, was ist passiert?“

„Ich glaub, die braucht jetzt erst mal was Starkes. Wo versteckst du deinen Cognac, Trudi?“ Herbert Walter wandte sich um. „Trudi! Verdammt, wo ist die hin?“ Der Sessel war leer. Dafür hörten sie Getrampel auf der Treppe.

„Bleiben Sie bei Helene.“ Bevor Nicole die letzte obere Stufe erreichte, schlug die Tür zu und der Schlüssel wurde umgedreht. „Machen Sie sofort auf, Frau Neumann. Frau Neumann.“ Nicole trommelte an die Tür.

„Verschwinden Sie, oder ich stecke das ganze verdammte Haus in Brand.“ Gertrude Neumanns Stimme überschlug sich. Erneut klingelte das Telefon in der Diele, etwas später ein Mobiltelefon aus dem Arbeitszimmer.

„Frau Neumann, so seien Sie doch vernünftig. Machen Sie die Tür auf!“

„Du verfluchter Hurensohn!“ Irgendetwas – es hörte sich an wie Glas – ging hinter der Tür zu Bruch.

„Frau Neumann.“ Nicole hämmerte erneut an die Tür. „Ist ihr Mann bei Ihnen? Frau Neumann.“

„Das hat keinen Sinn.“ Auf zittrigen Beinen, gestützt von Herbert Walter, stand Helene hinter Nicole. „Sie ist nicht mehr sie selbst. Die Vergangenheit hat sie wieder eingeholt.“

***

Das Martinshorn des Krankenwagens, die Feuerwehr mit gleich drei Einsatzwagen, sowie die blinkenden Lichter der Polizeieinsatzfahrzeuge, veranlassten die Anwohner, der

Straße des Verbrechens erneut, innerhalb kürzester Zeit aus ihren Häusern eilten.

„Guten Abend, Frau Wegener." Hauptkommissar Maier knöpfte die Uniformjacke über seinem gewaltigen Bauch zu. „Ich hätte mir gewünscht Sie auch mal unter schöneren Umständen anzutreffen."

Nicoles Lächeln misslang. „Und Sie sind im Dauerdienst?"

„Ich bin für einen Kollegen eingesprungen", antwortete Maier. „Dachte nicht, dass das in Arbeit ausartet. Was ist denn eigentlich passiert?"

Nicole erklärte die Lage und der Leiter der Feuerwehr sah sofort seine Chance. „Alles klar. Wir stürmen, ist schnell erledigt."

„Nein! Wenn ich das wollte, hätte ich das SEK angefordert."

„Und was sollen wir jetzt tun? Däumchen drehen?", fragte der Einsatzleiter mit missmutiger Miene.

„Abwarten", sagte Nicole. „Falls die Sache total aus dem Ruder laufen sollte.

„Sagten Sie nicht, die Dame des Hauses droht damit ein Feuerchen zu legen? Also, ich würde sagen, die Sache läuft bereits gewaltig aus dem Ruder. Oder wie sehen Sie das, Herr Hauptkommissar Maier?"

„Noch sehe ich kein Feuer und rieche auch keinen Rauch", gab Maier zurück und Nicole setzte nach: „Eine Bekannte von Frau Neumann ist gerade oben und versucht sie zur Vernunft zu bringen. Ah, da kommen meine Kollegen." Nicole ging auf Weinert und Hansen zu.

„Die Neumann ist durchgedreht?“ Hansen schaute Nicole fragend an.

„Scheint so“, antwortete Nicole. „Sie droht damit, das Haus in Brand zu stecken. Sie hat sich, vermutlich zusammen mit ihrem Mann, in einem der oberen Zimmer eingeschlossen. So genau weiß ich das noch nicht. Aber Herr Walter, von gegenüber, ist sich sicher, dass Herr Neumann zuhause ist. Sein Auto steht auch in der Garage.“ Nicole zeigte auf die offene Garagentür, in der ein dunkelblauer BMW parkte. „Helene versucht gerade mit Frau Neumann zu reden.“

„Eh, Moment mal. Sagtest du gerade Helene? Doch nicht etwa deine Helene?“ Verwirrt schaute Hansen auf.

„Was heißt das, deine Helene?“

„Hast du Beziehung zu Ninjas. Oder wer ist der Kerl dort oben?“, unterbrach Weinert und deutete auf eine in schwarz gekleidete Gestalt, die gerade in einer halsbrecherischen Aktion von der Leiter aus über das Balkongeländer stieg.

Automatisch zog Weinert seine Waffe.

Nicole kniff die Augen zusammen. Lediglich an den üppigen grauen Locken, die mit aller Macht unter einer schwarzen Sturmmütze hervordrangen, erkannte sie den 72-Jährigen. Sie legte ihre Hand auf Weinerts Arm. „Das ist Herr Walter.“

„Herbert?! Ist der verrückt geworden?“ Hauptkommissar Maier schüttelte den Kopf. „Was tut der da?“

„Herr Walter!“, rief Nicole und machte einige Schritte auf das Haus zu. „Was um Gottes Willen treiben Sie da? Kommen Sie sofort wieder runter.“

„Alles unter Kontrolle, Frau Wegener“, rief Herbert Walter zurück. „Wenn Sie des Funkgerät dort nemme, brauche Sie net so zu schreie.“ Er deutete auf den Sims der steinernen Umzäunung von Neumanns Grundstück. Nicole fand das Sprechgerät und ging zurück zu ihren Kollegen.

„Für sein Alter ganz schön fit, der Junge.“ Hansen presste die Lippen aufeinander und nickte anerkennend.

Nicole drückte auf die Sprechtaste des Funkgeräts. „Herr Walter, was tun Sie da? Sie behindern unsere Arbeit.“

Es knackte kurz in der Leitung. „Keine Sorge. Ich weiß was ich tue“, erwiderte Herbert Walter. Er wühlte in den Taschen seines schwarzen Overalls und presste einen Gegenstand an die Glasscheibe der Balkontür. „Ich schneide jetzt ein Loch in das Glas und verschaffe mir Zugang“, erklärte er sein Tun, als wäre es das Normalste der Welt.

„Das werden Sie schön bleiben lassen“, schrie Nicole in das Funkgerät. Zwei Sekunden später streckte Herbert seinen Arm durch das Loch, öffnete das Fenster und kletterte in den Raum. „Schreie Sie bitte nicht so, sonst flieg ich auf. Ich bin jetzt im Büro vom Karl und versuche eine Endoskopkamera unter der nächsten Tür durchzuschieben, dann können Sie sehen was sich in dem Zimmer tut. Sie können die Aktion auf dem Laptop verfolgen.“

„Was? Welcher Laptop?“ Nicole sah sich suchend um.

„Steht in der Diele“, kam die geflüsterte Antwort.

Nicole rannte ins Haus der Neumanns. Weinert hinterher, während Hansen noch immer staunend nach oben blickte.

Auf der dritten Stufe der Treppe stand ein Laptop, auf dem Herbert Walters Aktivität in einwandfreier Bildqualität zu verfolgen war.

„Wo hat er das Zeug her? Der ist besser ausgerüstet als der KGB“, murmelte Weinert.

„Ich frage mich eher, wie er an uns vorbeikommen konnte, ohne dass wir bemerkt haben“, entgegnete Nicole.

Im oberen Stockwerk hörten die Kommissare Helene auf Gertrude Neumann einreden.

„Bin jetzt vor Ort“, informierte die leise Stimme aus dem Funkgerät.

Vor der Tür zum Schlafzimmer, auf dem Bauch liegend schob Herbert Walter langsam die Kameraschlange unter dem Türschlitz hindurch. Das Auge der Kamera erfasste Gertrud Neumann die, mit einer Kerze in der Hand, vor dem Bett herumtanzte. „Habe Sichtkontakt.“

„Herr Walter, können Sie die Kamera etwas anheben?“

„Ich versuch's.“

Für einen kurzen Moment tauchte eine sich auf dem Bett windende Gestalt auf. Im nächsten Augenblick schwankte der Schwanenhals und das Kameraauge versank im Teppich. „Das ist tatsächlich der Neumann, oder?“, sagte Weinert.

„Glaube schon.“ Nicole nickte. „Was soll das Ganze? Die Neumann fesselt ihren Ehemann ans Bett? Unter anderen Umständen würde ich annehmen, dass wir hier nichts weiter zu suchen haben aber...“

„… wäre da nicht die Drohung, das Haus in Brand zu stecken“, vollendete Weinert den Satz.

„Du sagst es.“ Nicole stürmte zusammen mit Weinert wieder auf die Straße. Mittlerweile hatte sich an der Absperrung die gesamte Kommunalpresse, bestehend aus drei Journalisten und ihren Fotografen, versammelt. Die Kameras blitzten pausenlos, um auch ja nichts zu verpassen. Hansen stand mit Hauptkommissar Maier und dem Einsatzleiter der Feuerwehr zusammen.

„Hier schaut euch das an.“ Nicole hielt den Männern den Bildschirm unter die Nasen. „Lars, du musst dort hoch. Gott weiß, was sonst passiert.“ Sie deutete auf den Balkon.

„Bekomme ich auch so ein Funkgerät?“

„Siehst du hier noch eins?“ Nicole runzelte die Stirn.

„Wir müssen von der anderen Seite aus die Tür aufbrechen.“ Nicole wandte sich an den Leiter der Feuerwehr. „Haben Sie einen Rammbock zur Hand, oder etwas Ähnliches?“ Der Mann nickte. „Logo.“

„Gut. Dann kommen Sie mit mir. Lars, wenn du oben im Zimmer angekommen bist gibst du Herrn…eh, wie ist Ihr Name?“, wandte sie sich an den Feuerwehrmann.

„Brand, Dietmar Brand.“

„Passt ja wie die Faust aufs Auge“, stieß Hansen hervor.

„Herr Brand, Sie warten bis Herr Hansen Ihnen das OK gibt. Dann brechen Sie die Tür auf.“

„Geht klar, Frau Wegener.“

„Und wie soll ich Herrn Brand Bescheid geben?“, fragte Hansen.

„Vielleicht mit dem Funkgerät von Herrn Walter?“, erwiderte Nicole leicht genervt. „Der ist ja bereits schon vor Ort.“

„Verstehe“, sagte Hansen. „Unser Einzelkämpfer ist besser elektronisch vernetzt, als die Polizei.“

„Was ist jetzt? Soll ich stürmen?“, erkundigte sich Herbert Walter flüsternd.

Nicole seufzte. „Nein, Herr Walter. Verhalten Sie sich ruhig. Mein Kollege ist sofort bei Ihnen.“ Sie eilte ins Haus, die Treppe hinauf und befahl Helene nach unten zu gehen, wo Oberkommissar Maier sie in Empfang nahm. Sekunden später stand Brand mit einem etwa ein Meter langen und zwanzig Zentimeter dicken rohrförmigen Eisenstück neben Nicole. Die Anspannung in seinem Gesicht war nicht zu übersehen. Plötzlich gab es einen lauten Knall. Auf dem Laptop sah Nicole, wie Walter von der anderen Seite durch die Tür stürzte. „Los rein“, brüllte sie. Einen Augenblick später brach die Tür unter der Gewalt des Rammbocks. Nicole preschte hinter Brand in den Raum.

***

Herbert Walter hatte versucht, durchziehen und zerren die Kameraschlange aus den Fängen des Berbers zu befreien. Immer wieder blieb das Ende des Schwanenhalses, an dem sich das Auge befand in den Teppichfasern hängen. Mittlerweile sah es tatsächlich einem Auge mit Wimpern ziemlich ähnlich. Ein Geräusch, dicht hinter ihm, ließ ihn hochschnellen. Dabei stieß er gegen einen Kleiderständer. Geistesgegenwärtig griff er danach, verlor aber das

Gleichgewicht und prallte gegen die Tür, unter die er die Endoskopkamera hindurchgeführt hatte, die flog auf und Herbert Walter landete auf der unkooperativenen Auslegeware. Das Auge der Kamera schwenkte herum und traf ihn schmerzhaft exakt ins linke Auge. Zusätzlich drängte sich verstaubte Wolle zwischen seine Zähne. Die Person, die über ihn hinweghechtete, nahm er nur halb wahr. Zudem schien es ihm, als hätte er Halluzinationen.

Eine Gestalt in einem wallenden weißen Kleid und einem Kranz aus Kornblumen im Haar, in der Hand eine Kerze, schaute ihn aus erschrockenen Augen an. Gleichzeitig krachte auf der anderen Seite die Tür in den Raum.

Gertrude Neumann fuhr zusammen. Die Kerze fiel ihr aus der Hand auf das Bett. Augenblicklich erfassten die Flammen das weiße Laken und fraßen sich an den Bändern aus weißem Organza entlang. „Oh“, rief sie entzückt und sprang wie ein junges Mädchen in die Höhe. So hell und leuchtend hatte sie sich die göttlichen Lebensfäden nicht vorgestellt. Himmlische Zeichen. Endlich würde sie mit ihrem Karl für immer und ewig verbunden in die Unendlichkeit des Universums eingehen. „Gleich, mein Liebling“, hauchte sie und warf sich auf das Bett. Sofort wurde sie von vier kräftigen Armen wieder weggezogen. „Nein! Das dürft ihr nicht.“ Sie wand sich und kreischte.

***

Der Brand war gelöscht und die Verwundeten in die Notaufnahme des städtischen Krankenhauses gebracht worden. Erschöpft setzte Nicole sich auf den Beifahrersitz von Weinerts Auto. „Wo ist Helene?“

„Drüben bei Josef Richter“, antwortete Weinert.

„Zusammen mit unserem James Bond“, ergänzte Hansen. „Also, ich muss schon sagen, der Alte ist echt fit wie ein Turnschuh. Wie schnell der wieder auf den Beinen war. Da könnte sich manch einer unserer Kollegen eine Scheibe davon abschneiden.“

Nicole funkelte Lars Hansen an. „Ich hatte mich doch klar ausgedrückt, oder? Wir wollten zeitgleich in das Zimmer eindringen. Mit seinem Alleingang hätte er fast unseren Einsatz verbockt. Wo warst du eigentlich?“

„Ich? Eh…ich war dicht hinter ihm“, antwortete Hansen. „Es ging alles so schnell. Ich konnte nicht mehr auf dein „OK“ warten.“

Dass Herbert Walter durch Hansens Anschleichen erschrak und deshalb durch die, wie sie später bemerkten, nur angelehnte Tür stürzte, verschwieg er. In den letzten Tagen hatte er genug Mist gebaut und es sich mit Nicole verscherzt. Das könnte das Fass zum Überlaufen bringen. Hoffentlich hielt der Herbert dicht. Jedenfalls hatte er es ihm in die Hand versprochen und ihn dabei augenzwinkernd „Herr Kollege“ geheißen.

„Na gut. Aufregung hatten wir für Heute genug und die SpuSi wird noch einige Zeit zu tun haben. Machen wir Schluss. Ich gehe zu Herrn Richter, Helene abholen.“

Nicole wollte gerade bei Josef Richter klingeln. Weil die Haustür aber offen stand, betrat sie den Flur. Aus dem

Obergeschoss vernahm sie aufgeregte Stimmen. Sie ging die Treppe hinauf und drehte an der Klingel. Das durchdringende blecherne Geräusch ließ augenblicklich das Gespräch verstummen. Ein Stuhl wurde gerückt und hinter der geriffelten Glasscheibe bewegte sich ein Schatten. Die Tür wurde geöffnet. „Guten Abend, Herr Walter. Die Haustür stand offen. Was tun Sie hier? Ist etwas mit Herrn Richter?“ Auf Herbert Walters Stirn, nahe dem Auge, waren die Spuren der Attacke der Endoskopkamera deutlich zu sehen. Über diese Aktion müssen wir uns noch unterhalten, dachte Nicole, aber nicht jetzt. Sie wollte einfach nur ins Bett.

„Nee. Mir habe grad nur was getrunke; wege der Aufregung. Es is die Frau Wegener von der Kripo“, rief er laut und zeigte in die Küche, in der Josef Richter und Georg Lenz am Tisch saßen, aber keine Helene. Nicole hatte den Eindruck, gerade in ein geheimes Treffen der Mafiabosse geplatzt zu sein. „Störe ich? Mir wurde gesagt, dass Frau Wagner hier sei.“

Herbert Walter schüttelte den Kopf. „Ich hab die Helene schon heimgebracht. Des Mädche war ja fix und fertisch.“

Nicole schaute die Drei der Reihe nach an. „Na gut. Ich mache mich mal auf den Weg, damit Helene nicht so lange alleine ist.“

Richter und Lenz nickten stumm und Herbert Walter sagte:

„Ich komm mit Ihne und mach die Haustür zu. Net, dass da noch einer einbricht. Wo mer doch versproche habe auf den Sepp aufzupasse Die Elfi tät uns die Hölle heiß mache. Die is grad mit ihrm Mann bei Bekannte..“

„Ich kann die Tür hinter mir zuziehen."

„Lasse Sie mal, Frau Wegener. E bissje Bewegung tut gut."

„Hatten Sie nicht genug Bewegung für heute? Über ihren Alleingang werden wir uns noch unterhalten müssen."

Nicoles Gefühl, dass ihr etwas verheimlicht wurde, verstärkte sich. Das Trio wollte sicher sein, dass sie das Haus verließ. Aber sie war zu müde um jetzt darüber nachzudenken.

Es regnete, als sie das Haus von Josef Richter verließ. Die SpuSi hatte gerade ihre Arbeit beendet und packte ihre Utensilien zusammen.

„Oh, hi, Nicole." Victor Laskovic kam ihr entgegen. „Wir ziehen gerade ab. Wollen Sie noch einmal an den Tatort? Alle Lichter sind aus und das Siegel ist auch schon an der Tür. Ich, für meinen Teil, brauche jetzt unbedingt ein paar Stunden Schlaf. Ich bin sicher, morgen früh steht eine Hauptkommissarin auf der Matte und fragt nach ersten Ergebnissen." Er lachte und spurtete zu seinem Fahrzeug.

„Bis morgen dann, Victor", rief Nicole ihm hinterher. „Nicht vor neun Uhr, ich versprech's."

Der Anruf hatte ihn verwirrt. Zögernd stimmte Gerhard Krüger einem Treffen zu. Es ginge um seine leiblichen Eltern. Mehr wollte Karl Neumann am Telefon nicht sagen. Gerhard hatte Neumann nie persönlich kennengelernt. Er wusste nur, dass er ein langjähriger Freund und ehemaliger Nachbar von Edeltraud ist und sie regelmäßig besucht. Was wollte dieser Mann von ihm und woher hatte er seine Handynummer?

Eine halbe Stunde vor dem vereinbarten Termin traf Gerhard Krüger in der Gaststätte in Dietzenbach ein, in der sie sich verabredet hatten. Er wartete bis kurz vor acht, aber Neumann erschien nicht. Vergeblich versuchte Gerhard ihn ein paar Mal über sein Mobiltelefon zu erreichen. Aber Neumann nahm nicht ab. Schließlich googelte er dessen Festnetzanschluss. Als der dortige Anruf ebenfalls keinen Erfolg brachte, machte sich auf den Weg nach Seligenstadt.

In der Straße, in der Neumann wohnte, wimmelte es nur so von Polizei, Feuerwehr und Sanitätswagen. Auch die Presse war vor Ort. Sie hielten ihre Kameras auf das Haus der Neumanns gerichtet. Gerhard mischte sich unter die Schaulustigen. „Was ist denn hier passiert?“

„Was Genaues weiß mer net“, antwortete ein älterer Mann der, wie Gerhard bei näherem Hinsehen feststellte, einen leichten Sommermantel über seinem Pyjama trug und Hausschuhe. „Vielleicht habe se schon widder a Leiche gefunne.“

Plötzlich krachte es und zuckendes Licht erhellte ein Zimmer im ersten Stock.

„Oh mein Gott. Es brennt“, schrie eine kleine rundliche Frau.

„Brauchst keine Angst um dein Häusje zu habe, Gundel. Die Feuerwehr is do und zwei vom SEK sin auch schon drin. Ich hab’s genau gesehe. Die sin übern Balkon“, sagte der Mann in Pyjama, Mantel und Hausschuhe. Mit vor der Brust verschränkten Armen schaute er hochinteressiert zu, wie der Notarzt ins Haus lief und anschließend vier Sanitäter mit zwei

Tragen herauskamen und in die bereitstehenden Krankenwagen schoben.

„Sind das die Trudi und der Karl?“, fragte die kleine Frau den Mann im Pyjama.

„Hab’s net genau sehe kenne. Die warn ja bis zum Gesicht zugedeckt. Aber wer soll’s sonst gewese sein? Des kannst de moje in der Zeitung lese. Guck, die habe alles geblitzt.“ Er zeigte auf die eifrigen Fotografen.

„Da. Da sind der Herbert und die Helene!“ Die Stimme der kleinen Frau überschlug sich. „Was machen die hier? Helene“! Gundel rief und winkte, jedoch ohne die Wirkung, die sie sich erhofft hatte.

Herbert hatte den Arm um Helene gelegt und führte sie aus der Tür. Auch der Pyjamamann starrte die beiden an, wie sie in Begleitung von Polizeioberkommissar Maier, die Straße überquerten und im Haus von Sepp Richter verschwanden. Ein Fotoreporter, der sich zu dicht heranwagte, wurde dezent von Maier aufgefordert, sich vom Acker zu machen. Der brummte etwas von Pressefreiheit, befolgte aber dem freundlichen Hinweis.

Gerhard Krüger erblickte die Kommissarin, die noch vor einigen Stunden bei ihm zuhause gewesen war und zog sich zurück. Er wollte keinesfalls von ihr erkannt werden. Im Schutz einer riesigen Trauerweide, die über die Einfriedigung eines der Nachbarhäuser fiel, verfolgte er wie Kripobeamte und Leute von der Spurensicherung in Neumanns Haus verschwanden und wieder herauskamen. Sein Magen knurrte. Aus der Verabredung mit einem großen Steak, das er beim

Treffen mit Neumann verspeisen wollte, wurde jetzt nichts mehr. Aber er konnte genauso gut auch, in diesem Ort, etwas essen. Lange musste er nicht suchen. Die mittelalterlich anmutende Gaststube war bestens besucht, sprach für die „Gut bürgerliche Küche“, wie über der Eingangstür angekündigt. Gerhard setzte sich an einen Vierertisch. Sofort kam eine charmant lächelnde junge Frau und fragte nach seinen Wünschen.

„Einen alkoholfreies Bier und haben Sie ein gutes Steak? Ich bin am Verhungern.“

„Na sicher. Das Beste, das Sie jemals gegessen haben. Wir beziehen das Fleisch aus der Region. Natürlich aufgezogene Rinder. Darauf legt unser Chef großen Wert.“

Gerhard nickte. „Na wenn das so ist – bitte medium.“

„Dazu empfehle ich Ihnen unsere Bratkartoffeln. Es sind die besten…“

„die ich je gegessen habe“, vollendete Gerhard den Satz und lächelte.

Während er einige Zeit später das auf den Punkt gebratene Steak verzehrte, grübelte er erneut darüber nach, was Neumann ihm hatte erzählen wollen. Gleichzeitig setzte sich der Gedanke in seinem Kopf fest, dass das soeben Erlebte etwas damit zu tun haben könnte. Trotz allem konnte er keine vernünftige Erklärung dafür finden. Er wusste, dass er als Säugling von Maria und Adam Krüger bereits einige Tage nach seiner Geburt adoptiert worden war. Über seine leiblichen Eltern war ihm nichts bekannt. Schon lange keimte in ihm der Verdacht, dass seine Pflegeeltern ihm etwas verheimlichten, was seine Herkunft betraf. Doch hatte er nie das Bedürfnis, sie zu bedrängen. Sie waren die liebevollsten Eltern, die man sich vorstellen konnte und bisweilen empfand er es sogar besonders mit einem kleinen Geheimnis zu leben. Jetzt aber hatte sich die Lage geändert.

***

Endlich fuhren die Wagen der Spurensicherung weg. Zur Sicherheit ließ er noch ein paar Minuten vergehen, dann überquerte er die Straße. Es fing an zu regnen. Ein wohltuender leichter Sommerregen. Er durchschnitt das Polizeisiegel an der Haustür mit seinem Klappmesser. Das Aufbrechen der Tür war eine Kleinigkeit. Seine ehemaligen Beziehungen zur Frankfurter Unterwelt zahlten sich mal wieder aus. Im Lichtkegel seiner Taschenlampe leuchtete er in die unteren Zimmer. Dann stieg er die Treppe hinauf. Das Büro musste oben sein. Bingo! Zielstrebig ging er auf den Schreibtisch zu, auf dem ein für die heutige Zeit monströser Bildschirm dominierte. Der interessierte ihn aber nicht, die zugesperrte Schublade schon. In wenigen Sekunden hatte er das Schloss geknackt. Blöcke, Bleistifte, Klebeband und Metallklammern, sowie weitere übliche Büroutensilien und ein kleines abgegriffenes schwarzes Buch. Ein siegreiches Lächeln huschte über sein Gesicht. Er setzte sich auf den ledernen Bürostuhl und schlug die erste Seite auf.

Tagebuch - Maria Häusler stand dort in altdeutscher Schrift. Aber ihn interessierte nicht das Geschreibsel eines liebeskranken Amiflittchens von vor mehr als 60 Jahren. Er blätterte hastig weiter, überschlug mehrere Seiten. Dann verfinsterte sich seine Mine. Genau wie er befürchtet hatte. Dieses undankbare Miststück.

„Was tun Sie hier?“ Lautlos hatte sich die Person ihm genähert. Sogleich verhinderte ein schmerzhafter Griff an seinem Hals jede Bewegung. „Ich denke, das gehört Ihnen nicht“, sagte die Stimme. Das Buch wurde ihm aus der Hand genommen. Dann verlor er die Besinnung.

***

Helene trug einen Morgenmantel und hatte eine dampfende Tasse Tee in der Hand. „Hallo, Liebes. Komm herein. Willst du auch einen?“

Nicole schüttelte den Kopf. „Wie geht es dir?“

„Ganz gut. Was ist mit Trudi und Karl?“

„Sie wurden beide ins Krankenhaus gebracht. Mehr weiß ich auch nicht.“ Nicole ließ sich auf einen Stuhl fallen und wischte sich müde über ihre Augen. „Was ist passiert? Was wolltest du bei den Neumanns?“

„Ich habe Trudi besucht und wollte auch mit Karl reden“, antwortete Helene, „der war aber nicht da. Das war am Nachmittag, so etwa viertel nach Drei. Ich hatte Kuchen gebacken, Trudi und ich haben Kaffee getrunken und Trudi wollte unbedingt, dass ich einen Eierlikör mit ihr trinke, halt so wie in alten Zeiten. Ich habe mir nichts dabei gedacht. Auf einmal wurde ich sehr müde und muss wohl eingeschlafen sein. Wie ich ins Wohnzimmer auf die Couch kam, weiß ich nicht. Nur, dass ich starke Kopfschmerzen hatte. Ich wollte aufstehen, doch ich konnte meine Beine kaum bewegen. Und dann habe ich eure Stimmen gehört.“

„Was? Dann warst du fast fünf Stunden bewusstlos!“ Nicole sprang auf. „Du solltest dich untersuchen lassen. Gott weiß, was diese Frau dir eingeflößt hat?“

„Mach dir keine Sorgen. Wenn Trudi mich wirklich hätte umbringen wollen, wäre ich jetzt tot. Du vergisst, sie war Krankenschwester. Sie kennt sich aus.“ Helene nippte an ihrem Tee. „Ich frage mich nur, was der Auslöser war? Was geht nur in Trudis Kopf vor?“

„Willst du Anzeige erstatten?“

„Um Gottes willen, nein! Gewiss kommt Trudi kommt wieder in eine Anstalt, wenn sie wieder auf dem Damm ist. Ich denke, damit ist es genug.“

„Na, gut. Ich bin hundemüde.“ Nicole gähnte. „Ich hau mich aufs Ohr.“ Sie nahm Helene kurz in den Arm. „Gut, dass dir nichts passiert ist. Ach ja, was wolltest du eigentlich mit Karl Neumann bereden?“

„Ach, so genau weiß das gar nicht mehr“, antwortete Helene ausweichend. „Schlaf gut.“

Einige Minuten, nachdem Nicole gegangen war, läutete Helenes Telefon. Sie sah auf die Uhr, gleich halb zwölf. Wer rief denn jetzt noch an? Zaghaft nahm sie den Hörer ab und meldete sich nur mit einem leisen „Ja?“

„Helene, ich bin’s, de Herbert. Ich hab’s.“

„Was hast du?“

„Na, des Buch, des Tagebuch.“

Augenblicklich war Helene hellwach. „Woher?“

„Will ich net am Telefon saache. Kann ich noch komme?“

„Gib mir fünf Minuten." Helene und legte auf. Sie eilte in ihr Schlafzimmer, zog den Morgenmantel aus und schlüpfte in ihren funkelnagelneuen mintgrünen Hausanzug. Den hatte sie sich im Herbst bei einer Shoppingtour mit Nicole aus einer Laune heraus gekauft aber noch nie getragen. Jetzt war der richtige Zeitpunkt. Sie fuhr sich noch schnell mit dem Kamm durch die Haare. Einen Moment überlegte sie, ob sie etwas Lippenstift auftragen sollte. „Nein, Helene. Das geht dann doch zu weit", sagte sie zu ihrem Spiegelbild.

Sie ging zur Haustür. Der nahe gelegene Parkplatz war gut beleuchtet, deshalb erkannte sie Herbert sofort, kaum dass er um die Ecke bog. Eigentlich macht er einen flotten Eindruck, jugendlich, für sein Alter, ging es ihr durch den Kopf.

„Tschuldigung. Aber ich hätt's werklich net bis Morge ausgehalte. Und den Schorsch und den Sepp wollt ich um die Uhrzeit net mehr wecke. Ich wollt net dran schuld sein, wenn einer von denen en Herzkasper bekomme hätt. Abgesehe davon, dass der Sepp des Telefon überhaupt net gehört hätt."
„Du sabbelst zu viel." Helene bemerkte, dass ihr später Besucher genauso aufgeregt war, wie sie und das lag sicher nicht allein an dem mysteriösen Fundstück, in dessen Besitz er gelangt war. „Komm herein, bevor uns noch jemand sieht." Helene zog Herbert regelrecht in ihre Wohnung und zeigte auf das Sofa im Wohnzimmer. „Jetzt erzähl schon, wie kommst du an das Buch?"

„Haste vielleicht eine Cola für mich? Ein Wasser tät's auch. Meine Zunge ist ganz trocke."

Helene eilte in die Küche und kam mit einer Flasche Prosecco zurück. „Den hab ich noch im Kühlschrank stehen gehabt.“ Rasch nahm sie zwei Sektgläser aus dem Schrank.

„Der Anzug steht dir“, stellte Herbert fest, während er sich am Verschluss der Flasche zu schaffen machte. „Des grün passt gut zu deinen Augen.“

Helene lächelte und setzte sich neben Herbert auf die Couch. „Jetzt erzähl endlich.“

***

Auf dem Weg zu seinem Auto ging Gerhard erneut durch die Straße, die vor kurzem noch Schauplatz einer Polizeiaktion gewesen war. Jetzt war es kurz nach elf Uhr. Alles war in Dunkelheit versunken, beinahe so, wie seine eigene Herkunft. Einen Moment blieb er auf der anderen Seite stehen. Was war dort geschehen und weshalb ausgerechnet heute? Vielleicht ein Wink des Schicksals, die Vergangenheit ruhen zu lassen? Oder aber endlich damit anzufangen, sie aufzuarbeiten?

Gerhard kniff die Augen zusammen. Hatte sich da nicht gerade jemand bewegt, an der Hauswand? Ja, natürlich. Die Gestalt torkelte an Neumanns Haus an der Wand entlang auf das Tor zu. Gerhard lief über die Straße. „Geht es Ihnen nicht gut? Kann ich Ihnen helfen?“

Die Person hielt sich den Nacken und sah auf. „Sie? Was tun Sie denn hier?“

Freitag, 21. Juni - 5. Tag der Ermittlungen

Nach einer ausgiebigen Dusche und einem ersten Kaffee schaltete Nicole ihren Laptop an. Während das Fünf-Minuten-Ei die letzten zwei Minuten seiner erwünschten Kochzeit vor sich hin brodelte, schmierte sie Margarine auf ihr Brot und steckte sich eine Scheibe Lachsschinken in den Mund.

Aus irgendeinem Grund war sie davon überzeugt, dass es heute ein erfolgreicher Tag werden und sich endlich ein Durchbruch abzeichnen würde. Dass dem so sein könnte signalisierte auch der Anruf von Lars Hansen.

„Moin, moin. Alles Hip?“, meldete er sich gut gelaunt. „Ich habe super Neuigkeiten. Die amerikanischen Kollegen erklärten sich bereit, eine DNA von der Schwester von Henry Godman zu besorgen. Und, unser Ami starb wirklich durch einen Schlag mit einem stumpfen Gegenstand. Das bestätigte der Spezialist, den der Doc angefordert hatte. Aber jetzt kommt der Hammer! Das Baby wurde vergiftet und zwar mit ACONITUM NAPELLUS, auch als blauer Eisenhut bekannt. Und das, entdeckte *unser* Meister der Forensik, Victor Laskovic, ganz alleine. Er fand in den Organen der Kinder noch Spuren des Gifts. Also haben wir es auch hier mit Mord zu tun.“

„Konnte Victor auch sagen wie man an Eisenhut rankommt?“

„Er meinte, die Pflanze könnte man in jedem Garten finden. Sie wäre als Zierpflanze sehr attraktiv."

„Attraktiv?", wiederholte Nicole stirnrunzelnd.

„Viktor sagte, es ist eine Staudenpflanze, blüht violett oder auch dunkelblau und kann bis zu 150 cm hoch wachsen. Und, dass Eisenhut oder auch Sturmhut genannt, die giftigste Pflanze in Mitteleuropa sei. Schon das Berühren mit den bloßen Händen kann gefährlich sein."

„Na, super! Eine hochgiftige Pflanze darf sozusagen in jedem Vorgarten stehen und Cannabis ist verboten. Versteh einer die Welt!" Nicole schüttelte den Kopf.

„Ja, eben", stimmte Hansen ihr bei. „Und wenn man dann noch die entsprechenden Kenntnisse hätte…Verstehst du was ich meine?"

„Du denkst an die Neumann?"

„Bingo. Schau doch mal in ihrem Garten nach, bevor du unsere Räumlichkeiten mit deiner Anwesenheit erhellst. Vielleicht stehen dort noch immer solche lieblichen Pflänzchen herum. Ich schicke dir ein Foto von dem Gewächs, per MMS. Aber nur angucken, nicht anfassen."

„Ok". Nicole lachte. „Versprochen nicht anfassen. Bevor ich ins Büro komme, erkundige ich mich in der hiesigen Klinik nach dem Zustand der Neumanns. Vielleicht sind die Beiden vernehmungsfähig."

Hansen nickte, was Nicole natürlich nicht sehen konnte. „Ich reiche dich mal weiter."

„Hi, Nicole", meldete Weinert sich.

„Hi, Harald. Unser Kollege legt sich ja mächtig ins Zeug. Hat er wieder was ausgefressen?“

„Nicht, dass ich wüsste. Ist aber bei ihm nicht auszuschließen.“ Im Hintergrund hörte Nicole empörendes Gemurmel. „Was ich zu berichten habe ist aber nicht minder spektakulär“, fuhr Weinert fort. „Ich habe die Vita vom Vogel vor mir liegen. Liest sich wie ein Krimi. Der Kerl hat einige ganz böse Jungs verteidigt. Ich sag nur Rotlichtmilieu, Frankfurt. Messerstechereien, Schlägereien, illegale Prostitution, Erpressung und so weiter – die gesamte Palette. Und, man soll's kaum glauben. Häufig erzielte er für seine Klienten einen Freispruch. Ach, eines ist besonders interessant. Das Haus in dem er lebt, gehört ihm. Lars und mir gegenüber tat er so, als hätte er nur die eine Wohnung gekauft, in der er lebt.“

„Wann hat er das Haus erworben?“, fragte Nicole.

„April 1997, also vor sechzehn Jahren.“

„Könnte sein, dass unser Dr. Vogel die Betreuung seines Mündels nicht nur zu dessen Wohle ausgeführt und sich hin und wieder für sich ein Stück vom Kuchen abgeschnitten hat. Harald, fahr da noch mal hin und konfrontier ihn mit der neuesten Sachlage. Versuche auch einen Beschluss zur Konteneinsicht zu bekommen. Ja, die Verdachtsgründe sind spärlich, ich weiß. Versuchs trotzdem.“

„Ok, mach ich. Ach, noch etwas. Vor nicht ganz zehn Minuten hatte ich einen Anruf aus der Klinik. Die Häusler ist vernehmungsfähig. Bringt's was hinzufahren?“

„Auf jeden Fall. Das soll Lars übernehmen. Gib ihn mir noch mal. Nein warte, stell auf Lauthören." Nicole wartete einen Moment. „Lars, ich möchte, dass du zur Häusler fährst und nimm einen großen Block mit und genügend Bleistifte. Wenn die Dame nicht spricht, dann soll sie ihre Aussage schriftlich machen. Sollte sie sich weigern, drohe ihr mit einer Vorladung. Du hast meine volle Unterstützung."

„Oki doki. Wann kommst du?"

„Ich will noch kurz nach Helene sehen. Sie war gestern Abend doch ganz schön durch den Wind. Anschließend sehe ich mich mal im Garten der Neumanns um, vorausgesetzt du schickst mit das Foto dieses Giftpflanze. Danach fahre ich ins Krankenhaus zu den Neumanns. Also, bis später." Nicole legte auf. Sie hatte noch immer ein gutes, ein sehr gutes Gefühl, was die Lösung der Fälle anging.

***

Mit strubbeligen Haaren und in einem mintfarbenen Hausanzug öffnete Helene die Tür.

„Entschuldige, es ist Viertel nach acht. Normalerweise wuselst du um diese Zeit längst durch deine Wohnung."

Helene gähnte. „Ja, normalerweise", wiederholte sie. „Hab verschlafen. Das ist mir, was weiß ich wie lange schon nicht mehr passiert." Helenes Augen streiften kurz die geschlossene Wohnzimmertür.

„Nach der Aufregung nicht verwunderlich. Alles in Ordnung?" Helene fuchtelte mit den Armen. „Nur, weil ich mal verschlafen habe, musst du nicht gleich einen Aufstand machen."

„Ok. Ist ja gut.“ Nicole hob entschuldigend die Arme. „Ich wollte ja nur mal nach dir sehen.“

„Lieb von dir“, sagte Helene in einem versöhnlichen Ton. „Ich mache mir jetzt einen starken Kaffee. Dann geht es mir gleich wieder besser.“

„Das bezweifle ich.“ Nicole deutete auf die Filtertüte, die fast bis zum Rand mit Kaffeepulver gefüllt war. „Ich mache mich jetzt auf den Weg. Ich rufe dich später an, ok?“

„Tschüss, min Deern.“

Helene winkte Nicole noch durch das Küchenfenster zu, bis sie sicher war, dass sie in ihrem Auto davonfuhr. Dann rannte sie ins Wohnzimmer. „Das war verdammt knapp.“

„Ja, des war's“, kicherte Herbert. „Was machen wir jetzt?“, fragte er wieder ernst.

„Frühstück. Mit vollem Magen lässt sich's besser denken und du kannst mal im Krankenhaus anrufen und dich erkundigen wie es dem Karl und der Trudi geht.“

„Helene.“

„Ja, was ist?“

„Ich glaub net, dass der Vogel die Sach‘ so einfach auf sich beruhe lässt. Ich denk, wir sollten jetzt doch besser mit der Polizei rede.“

„Die Chance haben wir gerade verpasst.“ Helene presste die Lippen zusammen. „Außerdem hatten wir doch beschlossen, erst wenn die Geschichte mit dem Sepp und dem Schorsch geklärt ist und die beiden aus dem Schneider sind, reden wir mit Nicole. Außerdem, du sagtest doch, er hätte dich nicht gesehen?“ Herbert nickte. „Die Möglichkeit sich umzudrehen hatte er nicht mehr.“

„Na also, dann ist doch alles gut.“

***

„Wegener, Kriminalpolizei.“ Nicole präsentierte der Angestellten an der Anmeldung der Klinik ihren Ausweis. „Ich möchte zu Gertrude und Karl Neumann.“ Nicole fragte erst gar nicht nach dem Gesundheitszustand der beiden. Aus Erfahrung wusste sie, dass sie vom Personal dazu keine Antwort erhalten würde.

„Nehmen Sie bitte dort Platz.“ Die Frau zeigte auf eine Reihe Plastikstühle. „Ich werde Dr. Bogner benachrichtigen.“

Zehn Minuten später trat ein breitschultriger großer Mann in weißen Hosen, weißem Hemd und einem müden Gesichtsausdruck aus dem Fahrstuhl, schaute sich kurz um und kam auf Nicole zu. „Hallo, Frau Wegener, Dr. Bogner, Oberarzt der Inneren.“

Nicole nickte und zückte erneut ihren Ausweis.

„Nicht nötig. Sie sind in jedem örtlichen Blättchen zu sehen.“ Bogner reichte Nicole die Hand. „Kommen Sie bitte.“

Nicole folgte ihm in ein modern ausgestattetes Büro. Durch bodentiefe Fenster ging der Blick in einen kleinen gepflegten Garten mit vielfarbigen Rosenstöcken. Dr. Bogner gestikulierte Nicole auf einer Ledercouch Platz zu nehmen und goss sich aus einer gläsernen Karaffe ein Glas Wasser ein. „Wollen Sie auch?“

„Entschuldigung. Ich bin schon seit achtzehn Stunden auf den Beinen.“ Er setzte sich ihr gegenüber. „Normalerweise ist das kein Problem, weil sich der Ansturm nachts in Grenzen hält und man sich auch mal für ein Stündchen aufs Ohr legen kann. Aber heute…“ Er schüttelte den Kopf. „Na, egal. Es geht um die Neumanns?“ Ohne eine Antwort abzuwarten fuhr er fort. „Herr Neumann kann heute Nachmittag nach Hause. Er hat nur eine geringfügige Brandverletzung am Oberarm. Seine Frau hingegen hat es etwas schwerer getroffen, aber auch sie ist in etwa zwei Wochen wieder soweit hergestellt. Allerdings möchte ich sie danach lieber in einer psychiatrischen Institution wissen, am besten in einer geschlossenen. Frau Neumann ist eine Gefahr für ihre Mitmenschen. Ich habe bereits einen Kollegen kontaktiert.“

Nicole nickte. „Ja, die Frau ist sehr verwirrt.“

„Verwirrt? Frau Wegener, die Frau ist gemeingefährlich. Trotz ihrer schweren Verletzungen hat sie einen Pfleger überwältigt und eine Schwester mit einer Spritze schwer verletzt. Dabei schrie sie ständig den Namen ihres Mannes und etwas von Geistern und Himmelsbändern. Letztendlich haben wir sie ruhigstellen müssen.“

„Was könnte solch einen Rückfall ausgelöst haben? Ich weiß, dass Frau Neumann schon einmal in einer psychiatrischen Anstalt gewesen war.“

„Nun, ich bin kein Neurologe aber soweit mir bekannt ist sind es oft mehrere Faktoren, die in kurzen, aufeinander folgenden Zeitabständen zusammentreffen und häufig heftiger sind, als vor dem ersten Zusammenbruch. Das heißt, ein Rückfall ist oft schwerwiegender als der eigentliche

Ursprung. Was genau letztlich Frau Neumann derartig aus der Bahn geworfen hat, kann ich Ihnen natürlich nicht sagen."

„Nun gut. Wo finde ich Herrn Neumann? Ich gehe mal davon aus, dass ich mit ihm sprechen kann?"

Dr. Bogner nickte. „Ich veranlasse, dass er hierher kommt. Ich muss sowieso wieder auf die Station. Benutzen Sie mein Büro, solange sie wollen. Sie sind hier ungestört."

Karl Neumann wirkte verunsichert, was, wie Nicole annahm, an der prekären Situation lag, in der man ihn gefunden hatte. „Wie geht es Ihnen, Herr Neumann?"

„Danke, soweit ganz gut. Ich hatte Glück – wenn man das so bezeichnen möchte." Unbewusst strich er über seinen linken Arm.

„Darf ich fragen, wie Sie in diese eh…Lage gekommen sind? Ich meine, Sie sind ein großer Mann und wohl auch stärker als ihre Frau, und ich gehe mal davon aus, das sie nicht freiwillig…"

„Ehrlich gesagt, kann ich mich nicht genau erinnern." Neumann senkte den Kopf. „Ich weiß nur noch, dass Trudi und ich zu Mittag aßen. Das heißt, an das Essen kann ich mich eigentlich auch nicht richtig erinnern. Nur, dass der Wein seltsam schmeckte."

„Herr Neumann, können Sie sich erklären, weshalb Ihre Frau Ihnen das angetan hat?"

„Darüber habe ich mir natürlich den Kopf zerbrochen, schon als ich in diesem…in diesem Bett lag. Und ja, ich glaube ich weiß es, und ich bin teils selbst schuld daran."

„Wie kommen Sie darauf?"

„Haben Sie Zeit, Frau Wegener?“ Nicole nickte. „Ich habe dieses Versteckspiel gründlich satt. Ich will den ganzen Ballast nicht mehr.“ Neumann setzte sich auf die Couch und verbarg kurz sein Gesicht hinter seinen Händen. Nach einem tiefen Seufzer lehnte er sich zurück. „Edeltraud und ich, wir hatten – nein wir haben ein Verhältnis – mehr als fünfzig Jahren. Und wir haben einen Sohn. Leider habe ich das erst gestern erfahren.“ Ein verzweifelter Blick traf Nicole. „Edeltraud konnte nicht anders. Verstehen Sie? Sie musste ihn weggeben, sonst hätte ER ihn auch umgebracht. Genauso wie die beiden davor.“ Neumann schloss für einen Moment die Augen, ein tiefer Seufzer, dann fuhr er fort. „Gerhard wurde kurz nach seiner Geburt adoptiert und Edeltraud…“ „Doch nicht etwa Gerhardt Krüger?“

Neumann nickte erstaunt. „Sie kennen Gerhard?“

„Ich hatte gestern ein Gespräch mit ihm und seiner Mutter“, bestätigte Nicole.

Neumann nickte. „Maria Krüger ist Edeltrauds Freundin. Sie und ihr Ehemann haben unseren Sohn gerettet, vor IHM und vor dem Leben in einem Waisenhaus. Erst gestern erzählte mir Edeltraud von ihm und von all dem anderen, was sie erleiden musste.“ Karl Neumann stand auf. Vor der Fensterfront blieb er stehen und starrte in den Garten. „Warum hat Edeltraud mir nichts gesagt? Ich hätte alle Hebel in Bewegung gesetzt um sie aus diesem Horrorhaus und von diesem Teufel wegzuholen. Ich verstehe es nicht. Verstehen Sie das?“ Er drehte sich zu Nicole um. „Sie sagte mir, sie konnte Wilhelmine nicht allein lassen, bei diesem Ungeheuer.

Können sie mir das erklären? Sie blieb und erduldete all die Jahre dieses Leid für eine Frau, die mitschuldig war am Tod eines unschuldigen Kindes - unseres Kindes. Nicht den kleinsten Finger hat Wilhelmine gerührt um Edeltraud zu beschützen.“ Neumann setzte sich wieder auf die Couch, stumm, elend und hilflos. Und Nicole fehlten die richtigen Worte. Tröstende Worte, erklärende Worte, die diesen Mann hätten aufbauen können.

„Ich gebe Ihnen das Buch, Edeltrauds Tagebuch“, sagte er plötzlich in die schmerzliche Stille. „Es gehörte ursprünglich Maria Häusler, Edeltrauds leiblicher Mutter. Wilhelmine händigte es Edeltraud aus, an dem Tag, an dem der Brand ausbrach und die Häuslers ums Leben kamen. In diesem Buch werden Sie die Antworten auf Ihre Fragen finden, zu der Leiche des amerikanischen Soldaten und…und zu den toten Babys.“ Neumann schluckte. „Ich versichere Ihnen, wenn Sie dieses Tagebuch gelesen haben, wissen Sie was damals passiert ist. Aber bitte, Frau Wegener, ich bitte Sie eindringlich, gehen Sie damit nicht an die Öffentlichkeit.“

Nicole brauchte einen Moment, um zu verdauen, dass Neumann ihr die Lösung des Falles praktisch auf dem Silbertablett präsentierte. Vorausgesetzt, die Angaben in diesem Tagebuch stimmen. Aber weshalb sollten Maria Häusler und auch Edeltraud lügen. „Ich verspreche es, Herr Neumann. Wo haben Sie das Buch?“

„Es befindet sich in meinem Haus, in der Schublade in meinem Schreibtisch.“ Karl Neumann fasste in seine Hosentasche. „Hier ist der Schlüssel.“

„Danke.“ Nicole steckte den Schlüssel in ihre Tasche. „Herr Neumann. Da wäre noch etwas. Ich habe mich vor einer Stunde in ihrem Garten umgesehen und einige Sträucher gefunden, die nicht unbedingt als übliche Gartenkräuter angebaut werden. Sagt Ihnen der Name ACONITUM NAPELLUS etwas, auch als blauer Eisenhut bekannt?“

Neumann schüttelte den Kopf. „Der Garten war Trudis Sache. Es war das Einzige, an dem sie noch Interesse hatte. Ich habe mich nie darum gekümmert. Aber warten Sie. Ich meine, Edeltraud erwähnte Eisenhut in dem Buch. Sie glaubt, dass die beiden…unsere Kinder damit vergiftet wurden.“ In dem Blick, der Nicole einen Sekundenbruchteil später traf, lag so viel Schmerz, dass es kaum zu ertragen war. „Das würde ja bedeuten, dass Trudi…Oh, mein Gott, nein. Und ich habe nichts bemerkt.“ Neumann fiel in einen Weinkrampf. Nicole konnte wieder nur hilflos zusehen. Es war einer der Momente, in denen sie ihren Job hasste. Das Leid, das sie bisweilen den Menschen zufügte, ungewollt zufügen musste, zerstörte auch immer einen Teil ihrer Seele.

Als Neumann sich beruhigt hatte, sagte Sie: „Ihr Arzt meinte, Sie könnten heute Nachmittag nach Hause gehen. Wir können später zusammen in ihr…“

„Eigentlich möchte ich nicht mehr in dieses Haus zurück. Ich quartiere mich vorerst in ein Hotel ein. Ich könnte jedoch noch einige Kleidungsstücke gebrauchen. Und ja, es wäre mir lieb, wenn Sie mich begleiten würden.“

Nicole überlegte kurz. „Ich rede mit dem Arzt. Vielleicht kann ich Sie jetzt schon mitnehmen. Sie schauen nach dem Buch und packen ihre Sachen zusammen."

„Danke." Neumann erhob sich. „Glauben Sie an Karma?"

„Karma?", wiederholte Nicole stirnrunzelnd.

„Im Hinduismus wird Karma als das den Menschen bestimmende Schicksal bezeichnet. Sozusagen ein vorgezeichneter Weg resultierend aus diesem oder den vergangenen Leben. Wenn das stimmen sollte, dann habe ich ein schlechtes Karma und wohl in meinen vorherigen Leben vieles falsch gemacht, so wie auch in meinem jetzigen. Meine einzige große Liebe hat sich von mir und anschließend von der Welt zurückgezogen. Meine Ehefrau habe ich so unglücklich gemacht, dass sie mich sogar töten wollte. Alles nur, weil ich zu keiner Zeit die richtigen Entscheidungen getroffen habe." Er lachte hart auf. „Was wird mich im nächsten Leben erwarten? Kann ich diesen Berg, der vor mir liegt überhaupt jemals überwinden?"

„Vielleicht sollten Sie das mit einem Geistlichen besprechen. Ich habe darin wenig Ahnung. Aber wenn ich Sie richtig verstanden habe, würde das bedeuten, dass man sein Schicksal selbst in der Hand hat. Aber ich denke auch, dass wir manche Entscheidungen oft nur aus Rücksicht auf die Gefühle von anderen treffen oder weil es von uns so und nicht anders erwartet wird." Nicole trat neben Neumann. Zaghaft legte sie ihre Hand auf seinen Arm. „Ich muss Ihnen noch etwas mitteilen, das Sie womöglich noch trauriger stimmt." Nicole holte tief Luft. „Frau Häusler hat einen Suizidversuch unternommen, gestern, vermutlich kurz nachdem Sie von ihr weggefahren waren."

„WAS!? Wie?" Neumann torkelte einen Moment, hatte sich aber gleich wieder im Griff. „Sagten Sie einen Versuch? Sie ist also am Leben? Wo? Wo ist sie? Ich meine, in welchem Krankenhaus?"

„Frau Häusler liegt im Rot-Kreuz-Krankenhaus in Frankfurt. Und, es geht ihr, nach Aussage der Ärzte, gut. Sie hatten ihr vorsichtshalber den Magen ausgepumpt, weil sie nicht wussten, um welches Pulver es sich handelte, dass Dr. Haus, ihre behandelnde Ärztin neben ihr gefunden hatte."

Es klopfte und Dr. Bogner eilte durch die Tür. „Entschuldigung, mein Handy." Mit zwei Schritten war er am Schreibtisch.

Nicole lächelte. „Es ist Ihr Büro. Außerdem sind wir sowieso fertig. Ach, eine Frage, Dr. Bogner. Könnte ich Herrn Neumann jetzt schon mitnehmen?"

„Eh…ja, warum nicht. Ich muss nur die Entlassungspapiere... Ach, wissen Sie was", wandte er sich an Karl Neumann. „Wegen Ihrer Frau müssen wir uns sowieso noch unterhalten. Wenn sie morgen zu mir kommen könnten, gebe ich Ihnen die Papiere."

Neumann nickte.

„Also dann. Ich wünsche Ihnen alles Gute." Bogner reichte Neumann die Hand. „Tschüss, Frau Wegener, ich muss…, ein eiliger Fall…Sie verstehen?"

Erst in den Morgenstunden fand Günter Vogel in einen unruhigen Schlaf. Heftiges Klingeln, wobei er zuerst nicht wusste, woher es kam, weckte ihn. Zum Glück hatte die Verspannung in seinem Nacken nachgelassen. Wenn er nur wüsste, wer ihn außer Gefecht gesetzt hatte. Benommen schlurfte er in den Flur und schaute auf den kleinen Monitor neben dem Türöffner. „Der verdammte Bulle schon wieder", brummte er. Sicher hatten die mittlerweile angefangen, in seiner Vergangenheit zu wühlen, waren aber nicht fündig geworden. Deshalb der erneute Besuch. Kannte er aus seinem eigenen Berufsleben. Wenn man nichts Greifbares in der Hand hat, immer den Leuten schön weiter auf die Pelle rücken. Irgendwann wird jeder mürbe. Hatte er früher selber praktiziert. Oder besser gesagt, er hatte seine Leute dafür.

Ein weiteres Klingeln riss ihn aus seinen Gedanken. „Von mir aus schlag Wurzeln, da unten", zischte er und ging ins Badezimmer. In einer Stunde würde er verschwinden, und zwar für immer. Erst nach Holland und dann mit dem Flieger in die Karibik. Dort wartete eine heiße Braut auf ihn und, was noch viel wichtiger war, eine ganze Menge Moneten.

***

„Ich muss wissen, wie es Edeltraud geht. Die Ärzte sagen mir nichts am Telefon."

Der Besuch von Kriminalhauptkommissarin Nicole Wegener hatte in Maria Krüger mehr Unruhe ausgelöst, als ihr zuerst bewusst war. Sie rief im Haus *Sonnenhof* an und erfuhr von Dr. Marion Haus, dass Edeltraud, nach einem Suizidversuch ins Rot-Kreuz-Krankenhaus eingeliefert worden war.

„Natürlich fahre ich dich. Willst du jetzt oder später wenn ich von der Arbeit komme?“ Gerhard sah, wie dringlich Maria die Sache war. Auch er dachte ständig an Edeltraud. „Komm, lass uns gleich los.“

Maria Krüger lief in den Flur, nahm ihre Jacke und hielt Gerhard die Autoschlüssel hin. „Danke“, sagte sie und küsste ihn flüchtig auf die Wange.

Nicht nur der übliche morgendliche Berufsverkehr machte Gerhard zu schaffen. Noch immer kreisten seine Gedanken um den gestrigen Abend und die Frage, weshalb Karl Neumann sich mit ihm treffen wollte. Er hatte Maria noch immer nichts von dem Treffen mit Neumann erzählt. Im Schritttempo ging es über die Kaiserleibrücke, wegen der Bauarbeiten. „Sag mal kennst du einen Karl Neumann aus Seligenstadt? Er muss wohl ein Nachbar und enger Freund von Edeltraud sein.“

Maria Krüger zuckte zusammen. „Was? Wieso?“

„Ich bekam gestern einen merkwürdigen Anruf von ihm. Weiß der Geier, woher er meine Nummer hatte. Ich kenne den Mann überhaupt nicht! Jedenfalls wollte er sich mit mir gestern Abend in einer Gaststätte in Dietzenbach treffen. Er kam aber nicht. Jetzt frage ich mich natürlich was der von mir wollte?“ Gerhard schaute für einen Augenblick nach rechts zu Maria, die aus dem Seitenfenster starrte. „Er sagte es ginge um meine leiblichen Eltern und um Edeltraud. Kannst du dir einen Reim darauf machen?“

Selbst wenn Maria gewollt hätte, momentan wäre kein verständlicher Ton über ihre Lippen gekommen. Ihr Herz schlug wie wild. Mit Mühe unterdrückte sie ihr Zittern.

„Fast eine Stunde habe ich in der Gaststätte auf ihn gewartet“, fuhr Gerhard fort, „und auch einige Male auf seinem Handy angerufen und …“

„Du hast seine Telefonnummer?“ Marias Stimme bebte.

„Naja, er rief mich auf meinem Handy an. Seine Nummer war nicht unterdrückt. Ich habe dann seine Adresse gegoogelt und bin mal nach Seligenstadt gefahren. Er wohnt genau neben Edeltrauds ehemaligem Elternhaus. Wusstest du das?“

„Ja“, brachte Maria mühsam hervor.

„Als ich dort ankam, war da jede Menge Polizei, Feuerwehr und Krankenwagen. Ich dachte zuerst es brennt. Aber weder Rauch noch Feuer waren zu sehen. Viele Neugierige standen natürlich herum und auch die Nachbarn. Die redeten davon, dass Frau Neumann durchgedreht sei. Genaueres wussten die aber auch nicht. Und dann trugen Sanitäter zwei Tragen aus dem Haus.“

„Oh, mein Gott!“ Maria Krüger schlug die Hand vor ihren Mund.

„Nein, keine Sorge. Tote gab es offenbar nicht. Aber Leute von der Kriminaltechnik in weißen Anzügen, wuselten herum. Übrigens die von der Kripo, die bei uns gewesen war, Wegener heißt sie glaube ich, war auch dort.“ Gerhard Krüger fuhr nun in die Zufahrt zum Rot-Kreuz-Krankenhaus. „Das Merkwürdigste aber war, dass ich spät am Abend auf den Rechtsanwalt Vogel getroffen bin. Besser gesagt, er torkelte aus Neumanns Haus, obwohl dort alles abgesperrt war, mir direkt in die Arme. Was der dort wohl zu suchen hatte? Ich finde das Alles mehr als seltsam."

Gerhard hielt direkt vor dem Eingang des Klinikums und Maria stieg aus. Sie hatte sich wieder im Griff. Geschwind beugte sie sich noch einmal in den Innenraum des Wagens. „Ich rufe dich an, wenn ich etwas Näheres über Edeltraud weiß. Und mache dir keine unnötigen Gedanken. Es wird sich schon alles aufklären."

Zaghaft klopfte Maria Krüger an die Tür. Sie erhielt keine Antwort – hatte sie auch nicht erwartet. Sie trat ein. Zwei Betten standen in dem Krankenzimmer. In einem lag Edeltraud. Sie hatte den Kopf zum Fenster gedreht.

„Edeltraud, ich bin es, Maria." Sachte bewegte sich Maria zu Edeltrauds Bett. „Schläfst du?"

Langsam wandte Edeltraud den Kopf. Ihre Lippen formten ein lautloses „Maria." Sie streckte die Arme aus.

„Edeltraud." Maria presste ihre Freundin fest an sich. Eine ganze Weile hielten sie sich umschlungen, bis Edeltraud aufstöhnte. „Oh, entschuldige. Ich tue dir weh." Maria zog sich einen Stuhl heran. Sie nahm Edeltrauds Hand und streichelte über ihren Arm. „Es tut mir leid. Auch wenn ich solche Einrichtungen hasse, wie du weißt - ich hätte mich doch überwinden müssen und dich besuchen sollen. Es tut mir leid", wiederholte sie.

Edeltraud schüttelte den Kopf. Sie legte ihre Hand auf die von Maria und flüsterte: „Du brauchst dich nicht zu entschuldigen. Du nicht! Ich habe alle…." Sie hustete und deutete auf das Glas neben ihrem Bett. Maria reichte es ihr. Edeltraud trank einige Schlucke. „Alle deine Briefe habe ich aufgehoben und immer wieder gelesen. Die Zeit der Wahrheit ist nun gekommen, Maria. Viel zu lange wurde geschwiegen. Aber ich bin noch immer so feige, genau wie damals. Ich habe ihm das Tagebuch gegeben. Ich brachte es einfach nicht übers Herz. Ich…"

Maria schüttelte den Kopf. „Du bist nicht feige, Edeltraud. Es ist einfach nur die Angst, von den Menschen, die du am meisten liebst, zurückgewiesen zu werden. Aber glaube mir, das wird nicht geschehen."

Edeltraud wischte sich die Tränen vom Gesicht. „Ich hoffte, dass Karl sich mit Gerhard in Verbindung setzt und…und, dass die beiden zusammenfinden…"

„Das wollte Karl auch. Gleich gestern Abend wollte er sich mit Gerhard treffen." Sie lächelte gequält. „Doch dann ist etwas dazwischengekommen."

Mit wenigen Worten erzählte Maria was sie gerade von Gerhard erfahren hatte. Von dem Aufruhr in der Straße und dem Verdacht, dass Gertrude Neumann Feuer legen wollte und sie beide ins Krankenhaus gebracht wurden.

„Oh, nein", schrie Edeltraud. „Bitte, nicht! Ist er verletzt? Ist er am Leben?"

„Ich weiß es nicht. Aber wir werden es herausfinden, Gerhard und ich. Das verspreche ich Dir." Sie umarmte ihre Freundin erneut, drückte sie fest an sich und strich ihr über den Rücken. „Alles wird gut, ganz bestimmt. Du wirst sehen."

Edeltraud löste sich aus Marias Armen. „Da ist noch etwas.

Ich kann nicht länger in der Einrichtung „Sonnenhof" bleiben. Ich besitze keinen Pfennig mehr."

„Was? Das verstehe ich nicht. Der Vogel hat doch dein Grundstück verkauft. Das Geld dafür sollte mindestens für die nächsten zehn Jahre reichen."

Edeltraud schüttelte den Kopf. „Das dachte ich auch, als ich dem Verkauf zustimmte. Aber zwei Tage später rief er an und sagte, der Verkauf hätte nicht so viel eingebracht, wie er sich vorgestellt hätte. Außerdem hätte er meinen Aufenthalt in dem Heim die letzten Monate von seinem Geld bezahlt, was er natürlich vom dem Erlös abziehen müsste." Edeltraud lachte kurz auf. „Ich habe ihm auf den Kopf zugesagt, dass ich ihn für einen Lügner und Betrüger halte und alles in einem Buch aufgeschrieben hätte. Und wenn er nicht dafür sorgen würde, dass ich im *Sonnenhof* bleiben könne, ich seine Machenschaften an die Öffentlichkeit bringe. Aber..." Edeltraud hustete und trank einen Schluck Wasser. „Das hat den Mistkerl nicht im Geringsten beeindruckt. Er sagte, mir würde sowieso niemand glauben. Und wenn doch, würde er dafür sorgen, dass ich in einer Psychiatrie verrotte. Genauso hat er sich ausgedrückt." Edeltraud liefen erneut Tränen über die Wangen. „Verstehst du jetzt?", schluchzte sie. „Deshalb wollte ich mir das Leben nehmen. Ich konnte einfach nicht mehr. Ich wollte nichts mehr hören, nicht mehr sprechen. Ich wollte einfach nicht mehr leben."

Maria ballte die Fäuste. „Dieser gemeine Dreckskerl. Vermutlich hat er all die letzten Jahre hervorragend von deinem Geld gelebt." Sie stand auf und ging im Zimmer auf und ab. „Würde es dir gefallen bei uns zu wohnen? Wir haben genügend Platz. Und vielleicht fällt uns zusammen etwas ein, damit dieser feine Rechtsanwalt zur Rechenschaft gezogen wird.“

„Bei euch?“ Ungläubig schaute Edeltraud ihre Freundin an. Maria nickte. „Aber du musst unbedingt mit Gerhard reden, und zwar heute noch.“ Edeltraud nickte. „Allerdings“, Maria sah ihre Freundin ernst in die Augen. „Von deinen massigen Möbeln müsstest du die trennen. Die passen nicht in die zwei Zimmer, die du bei uns beziehen kannst.“

Edeltraud lachte rau. „Diese Möbel, habe ich nur deshalb mitgenommen, weil sie mich an die Qualen erinnern sollten, die ich in diesem Haus erleiden musste. Zu spät erkannte ich, dass mich der Hass kaputtmachte. Ich will nichts von all dem noch um mich haben.“

***

Ihr Gesichtsausdruck war weicher, was wohl zum einem an dem rosafarbigen Wolljäckchen lag, das sie über ihrem Nachthemd trug und zum anderen an ihren Haaren, die nicht streng zu einem Dutt gekämmt, sondern rechts und links über ihre Schultern auf das Kissen fielen. Dennoch schaute sie Hansen aus ihren dunklen Augen traurig und zugleich ängstlich an. Auch hatte er den Eindruck, dass sie geweint hätte. Stumm deutete sie auf einen Stuhl. Hansen zog ihn näher ans Bett und setzte sich. Auf seine Fragen, warum sie Selbstmord begehen wollte, antwortete sie nicht. Aber das hatte er erwartet. Er reichte ihr Block und Bleistift. Zögernd nahm sie beides entgegen, benetzte die Bleistiftmine mit ihrer

Zunge und schrieb. Als sie Hansen den Block zurückgab, stand dort nur eine Frage. *„Geht es Karl gut?“*

„Meinen Sie Karl Neumann?“, fragte Hansen verwirrt. Edeltraud Häusler nickte.

„Woher wissen Sie…? Er liegt im Krankenhaus in Seligenstadt“, stammelte Hansen. „Aber es geht ihm gut. Er hat nur eine leichte Brandverletzung.“

Mit einem Seufzer der Erleichterung ließ Edeltraud sich in ihr Kissen sinken.

„Frau Häusler ich muss wissen, wessen Kinder das sind, die wir auf Ihrem Grundstück gefunden haben und wie sie ums Leben gekommen sind.“

Edeltraud nickte. Nach einer scheinbaren Ewigkeit flüsterte sie: „Fragen sie Karl. Er besitzt das Buch.“

„Welches Buch?“, fragte Hansen irritiert.

Doch Edeltraud schüttelte nur stumm den Kopf.

***

„Neumann wollte mir das Tagebuch aushändigen, in dem Maria und später Edeltraud alles aufgeschrieben haben, was den US-Piloten betrifft, sowie den Tod der Babys und vieles andere mehr. Quasi die tragische Familiengeschichte der Häuslers“, informierte Nicole ihre Kollegen. „Damit hätten wir den Fall abschließen können, so sagte Neumann. Aber, als wir an seinem Haus ankamen, entdeckten wir das zerstörte Polizeisiegel. Auch war die Schublade seines Schreibtischs aufgebrochen und das Buch natürlich weg?“

„Das wäre ja auch zu einfach gewesen“, äußerte Hansen. „Die Häusler erwähnte das Buch ebenfalls. Übrigens spricht sie wieder, jedenfalls einige Worte. Und sie wusste von dieser Sache mit Neumann." Hansen zeigte auf den Block und die Frage: *Geht es Karl gut?*

„Na ist ja super. Ich hatte dich doch gebeten…" Nicoles Mobiltelefon klingelte. „Entschuldigt. Es ist Helene." Sie drückte die Taste, Anruf entgegennehmen. „Hallo, Helene. Wie…? – Frau Neumann? Sie ist außer Lebensgefahr, wird aber wohl noch eine Weile im Krankenhaus bleiben müssen und danach wieder in eine psychiatrische Einrichtung kommen – Soweit ok. Er wollte erst einmal in ein Hotel - das am Rande von Froschhausen. – Ja, ganz bestimmt wird er sich freuen. Wie kommst du hin? – Ach, mit Herbert! – Ich klinge überhaupt nicht anzüglich." Nicole grinste. „Übrigens, als Herr Neumann und ich heute Morgen in seinem Haus waren, haben wir festgestellt, dass dort eingebrochen wurde. Hast du vielleicht etwas darüber gehört? – Nein? Naja, hätte ja sein können, dass du… Ja, schon gut. Also bis heute Abend." Nachdenklich drückte Nicole die Beenden-Taste.

„Was Neues aus dem Kreis unserer verdeckten Ermittler?", fragte Weinert amüsiert.

„Was? Eh.., nein. Ich hatte nur den Eindruck… Egal. Wie war dein Gespräch mit Vogel?"

„Eine Nullnummer. Entweder er war nicht zu Hause oder er hat mich vor seiner Tür auflaufen lassen.

„Nach seiner Vita, die uns vorliegt, würde mich das nicht überraschen", entgegnete Nicole. Sie stand auf und nahm ihre Jacke. „Jetzt habe ich Hunger. Kommt ihr mit, zum Italiener?"

„Na klar“, antworteten ihre Kollegen synchron.

„Trudi wird noch eine Weile im Krankenhaus bleiben müssen und danach wohl wieder in die Psychiatrische kommen“, berichtete Helene.

Herbert nickte. „War abzusehen.“

„Dem Karl geht es soweit gut. Er will aber vorerst nicht nach Hause“, fuhr Helene fort. „Er wohnt im Hotel.“

„Kann ich verstehe, wenn mich meine eigene Ehefrau dort um die Ecke bringen wollte.“

„Übrigens fragte Nicole, ob ich etwas über den Einbruch beim Karl wüsste. Ich hab natürlich verneint. Aber ich denke, wir sollten unbedingt mit Karl reden, und das so schnell wie möglich“, drängte Helene. „Wir müssen herausfinden, was er der Polizei bereits erzählt hat. Und, er sollte wissen, dass wir das Tagebuch besitzen, und dass der Vogel in sein Haus eingebrochen ist. Dann können wir endlich auch Nicole informieren. Es macht mich ganz kirre, wenn ich sie anlüge.“

„Ja, du hast Recht“, pflichtete Herbert ihr bei. „Was denkst du, sollten wir den Sepp und den Schorsch mitnehmen?“
„Unbedingt. Schließlich geht’s in erste Linie um sie. Und was ist mit der Gundel?“ Helene legte ihre Stirn in Falten. „Wenn die sieht, dass wieder die halbe Nachbarschaft in dein Auto steigt… Denk an letztes Mal und so schlimm ist sie auch wieder nicht.“

„Aber anstrengend“, seufzte Herbert.

***

Nicole schlürfte ihren Espresso. „Was glaubt ihr? Wussten die Krügers wessen Kind sie adoptierten?“

„Hundert pro“, erwiderte Hansen. „So fix wie der Junge in die Obhut der Krügers kam. Wer auch immer das Kind vor die Tür des Nonnenklosters legte - Edeltraud Häusler selbst wird es kaum gewesen sein - der hat auch dafür gesorgt, dass es in gute Hände kam.“

„Weshalb aber handelte der oder die erst bei Edeltrauds drittem Kind? Warum verschwieg man Neumann überhaupt die Kinder?“

Hansen runzelte die Stirn. „Ich frage mich eher wie es Neumann entgehen konnte, dass seine Geliebte schwanger war. Und überhaupt, wie konnte es sein, dass er so rein Garnichts mitbekam, was sich direkt vor seiner Nase abspielte? Wie wir wissen, ging dieses Verhältnis über Jahre. Also bitte, Leute! Ich glaube eher, dass davon gar nichts davon wissen wollte. Er wollte nur seinen Spaß haben.“

„Keinesfalls, Lars“, widersprach Nicole heftig. „Du hättest ihn sehen sollen, als ich ihn über Edeltrauds Suizidversuch informierte. Glaub mir, der liebt sie noch immer. Und was die Schwangerschaften angeht, könnte ich mir vorstellen…“

„Weibliche Intuition?“

„Ja und nein. Gundula Krämer versicherte Helene, dass Karl und Edeltraud sich immer nur in den warmen Monaten trafen, also in etwa von Mai bis maximal September. Nehmen wir einmal an, dass Edeltraud immer im Mai oder Juni schwanger wurde, dann könnten die Geburten“, Nicole zählte unter Zuhilfenahme ihrer Finger, „im Februar oder März des darauffolgenden Jahres stattgefunden haben.“

„Ok, möglich wäre das“, gab Hansen zu. „Aber…“

„Sie hatte Angst vor dem Alten, vor Häusler“, sagte Weinert, der bislang schweigsam den Ausführungen seiner Kollegen gefolgt war. „Wahrscheinlich nahm er ihr die beiden Kinder sofort nach der Geburt weg. Aber bei ihrem dritten Kind, bei Gerhard, war irgendetwas anders.“

„Ansonsten wäre Gerhard Krüger heute nicht putzmunter.“

Weinert kombinierte weiter, ohne auf Hansens Logik einzugehen. „Edeltraud Häusler muss Hilfe gehabt haben.

Und da fallen mir spontan nur zwei Personen ein, die infrage kommen. Entweder die Neumann, die, so vermute ich mal, bei allen Geburten anwesend war oder Wilhelmine Häusler. Ich tippe aber eher auf Wilhelmine. Oder könnt ihr euch vorstellen, dass Edeltraud der Ehefrau ihres Geliebten ihr Kind anvertraut, um es in Sicherheit zu bringen?“

„Interessante Theorie und so hanebüchen, dass sie schon wieder glaubhaft klingt.“ Nicole legte ihre Hände in den Nacken und streckte sich.

„Wisst ihr was mich total nervt?“

„Lass es raus, mein Großer“. Aufmunternd nickte Weinert seinem Kollegen zu.

„Wenn wir dieses verdammte Buch hätten, könnten wir alles fein säuberlich nachlesen und brauchten nicht unsere Gehirnwindungen zu verknoten.“

„Du sagst es“, erwiderte Nicole. „Aber bis das der Fall ist und wir nicht die leiseste Ahnung haben, wer gerade darin schmökert. Also zurück an die altbewährte Polizeiarbeit. Du, Harald, fährst nochmals zum Haus der Neumanns. Schau dich speziell im Zimmer um, in wir den Neumann fanden. Suche nach Briefen oder Aufzeichnungen. Vielleicht hat die Neumann ja auch ein Tagebuch geführt."

„Und was soll ich tun?"

„Du", Nicole stieß mit ihrem Zeigefinger an Lars' Schulter, „kümmerst dich um Dr. Günter Vogel. Wir werden den Rechtsverdreher ein bisschen nerven und wir nehmen sein freundliches Angebot an, seine finanzielle Situation zu prüfen. Außerdem, wenn Vogels Vater der Rechtsanwalt von Häusler war, dann war er ganz bestimmt auch für das Nonnenkloster tätig gewesen und folglich auch für die Adoptionen. Ich möchte alle Infos über die Herkunft von Gerhard Krüger. Vogel muss Unterlagen darüber haben."

„Aber hätte der Häusler, in dem Fall, nicht versucht die Adoption zu verhindern", intervenierte Hansen.

„Möglich. Aber mein Baugefühl sagt mir etwas anderes." Eine leichte Unsicherheit lag in Nicoles Stimme. „Fühl dem Vogel gehörig auf den Zahn. Kannst du doch, oder?"

„Aber Hallo."

„Na dann los!" Mit einer Handbewegung scheuchte Nicole ihre Mitarbeiter aus dem Raum. Sie wählte die Nummer von Staatsanwalt Dr. Falk von Lindenstein, wenn auch ungern, wenn sie an ihr letztes Zusammentreffen dachte. Man ließ halt einen Dr. Falk von Lindenstein nicht einfach so abblitzen; schon gar nicht in aller Öffentlichkeit, bei seiner Amtseinführung in Anwesenheit der Möchte-gern-High-Society. Nichtsdestotrotz.

Weinerts Versuche, in Rechtsanwalt Vogels beruflicher Vergangenheit zu graben, misslangen an dem Vermerk: **Kein**

Zugriff. Und, *a*uf ihren Antrag auf Akteneinsicht hatte die Staatsanwaltschaft bis dato noch nicht geantwortet. Ihre Hoffnung, diese Barriere in einem persönlichen Telefonat zu überwinden, löste sich jedoch sofort in Luft auf. In einem arroganten Ton teilte ihr diese *Zicke* von Sekretärin mit, dass Herr Dr. Falk von Lindenstein zurzeit nicht im Haus weile und außerdem, so hätte er sich ausgedrückt, würden die Fakten für eine Freigabe zur Akteneinsicht sowieso nicht ausreichten. Schließlich handele es sich bei Rechtsanwalt Dr. Günter Vogel um einen sehr bekannten Strafverteidiger, im Ruhestand.

Nicole war sauer aber nicht im Geringsten überrascht. So höflich, wie es ihr möglich war, bedankte sie sich und legte auf, zischte *dumme Pute* und wählte die Nummer von Arthur Kern. Die Mailbox meldete sich. „Verdammt", fluchte Nicole leise. Dabei hatte der Tag so vielversprechend angefangen. Sie bat um einen Rückruf.

Entschlossen stand sie auf, schnappte sich ihre Tasche und die Unterlagen, die sie aus dem Archiv mitgenommen hatten, und machte sich auf den Weg in dasselbe.

Karl Neumann saß in der Lobby des Hotels. Er hatte eine der lokalen Zeitungen in der Hand. ***„Erneuter Aufruhr in der Straße des Verbrechens"***, stand in Großbuchstaben auf der ersten Seite.

Ein Foto zeigte, wie Trudi und er in die Krankenwagen geschoben wurden. Zum Glück erkannte man die Gesichter nicht. In reißerischer Wortwahl wurde die Aktion mit hinreichenden Mutmaßungen ausgeschmückt. Die

Spekulationen gingen von Messerstechereien bis hin zu abenteuerlichen Praktiken einer Sekte. Kein Wunder. Neumann konnte sich erinnern, dass er Trudi immer wieder von *himmlischem Feuer* hatte rufen hören. Feuer, ja Feuer gab es wirklich. Dank dem Einsatz der Feuerwehr nur für wenige Minuten. Trotzdem, Trudis Brandverletzungen würden sie ein Leben lang begleiten. Zudem würde Ihr Leben wieder von Medikamenten bestimmt werden, sehr wahrscheinlich in einer geschlossenen Anstalt.

Karl Neumann faltete die Zeitung zusammen, legte sie auf den kleinen Tisch und griff nach seiner Tasse Tee. Hier in der Lobby war ein ständiges Kommen und Gehen. Gerade deshalb saß er hier. Es lenkte ihn ab. Wieder öffnete sich die Tür und Neumann traute seinen Augen nicht. Zuerst trippelte Gundula Krämer in die Hotelhalle, gefolgt von Schorsch Lenz, der Sepp Richter untergehakt hatte, dahinter Helene Wagner. Das Schlusslicht bildete Herbert Walter. Einen Moment lang blickte die Fünfergruppe sich um. Seltsamerweise entdeckte Sepp Richter, der immer vorgab mit seinen Augen Probleme zu haben, zuerst seinen Nachbarn. „Do sitzt er doch schon." Er zeigte mit seinem Gehstock in Neumanns Richtung. Dem Kellner, der ein Kännchen Kaffee auf einem silbernen Tablett balancierte, gelang es gerade noch, durch einen graziösen Schlenker dem Angriff zu entgehen.

„Jesses, Sepp, jetzt bass halt uff." Schorsch zog ihn am Arm, was zur Folge hatte, dass Sepp abrupt stehen blieb und gegen eine sehr rundliche Dame in grellgelbem Kleid und grünem Hut stieß.

„Huch! Gugge Se doch, wohin Se träden“, echauffierte sich die Dame in astreinem sächsischem Dialekt und hörbar für jeden im Umkreis von zwanzig Metern.

„Hab do drin net mit em Kanarienvogel gerechent.“ Sepp schaute die Frau von oben bis unten an und grinste. „Unverschäämdheid.“ Die Frau trippelte mit erhobenem Kopf davon.

Schorsch navigierte Sepp weiter. Gundel, Helene und Herbert begrüßten bereits Karl Neumann. „Wollte mal nach dir sehe“, sagte Herbert und streckte Karl die Hand entgegen. „Wie geht’s?“

„Danke, geht so“, erwiderte Neumann. „Ich habe nur eine kleine Wunde am Arm, ansonsten bin ich in Ordnung.“

„Des habe mir eigentlich net gemeint. Aber gut.“ Herbert schaute sich um. „Du, Karl, mir müsste was mit dir berede, was sehr Privates, vielleicht in deinem Zimmer?“

Karl Neumann sah seinen Besuch der Reihe nach an. „Wenn ihr hier zu fünft aufkreuzt, muss es ja wirklich was ganz Heikles sein. Aber in meinem Zimmer könnte es etwas eng werden. Bestimmt gibt es hier einen Raum, den wir kurz nutzen dürfen. Ich frage nach.“

Karl führte, nach Herberts Ansicht, ein etwas zu langes Gespräch mit der Dame hinter dem Tresen, um nur nach einem Raum zu fragen, in dem sie ungestört reden konnten. Endlich kam er zurück und runzelte die Stirn. „Wir sollen in die Bar gehen. Dort wäre um diese Zeit noch nichts los.“

Die fünf gingen hinter Neumann her und der Blick der Empfangsdame folgte ihnen misstrauisch. Sie setzten sich in die hinterste Ecke des Barraums. „Was wollt ihr trinken?“, fragte Karl und zog zusätzlichen einen kleinen Tisch heran.

„Ich hätte gern einen grünen Tee“, meldete sich Gundel. „Oder, nein lieber einen Jasmin Tee“.

„Und ich tät en Kaffee nemme“, sagte Schorsch.

„Ich hätt gern a Bier“, schloss Sepp sich an.

„Mir nehme all en Kaffee“, entschied Herbert.

Karl winkte dem Kellner, der amüsiert aber diskret hinter der Bar lauerte und gab die Bestellung auf. „Nun, was wolltet ihr mit mir besprechen und weshalb so geheimnisvoll?“

„Also, des is so. Ja, weißte, eischentlich wisse mer ja gar net wie mer des jetzt saache solle“, stotterte Schorsch.

„Es geht um den Tote, den die Polizei auf dem Grundstück vom Häusler gefunne hat“, eilte Herbert zu Hilfe. „Und um den Sepp und den Schorsch.“ Der eine zählte mit gesenktem Kopf die schwarzen Punkte auf dem roten Teppich, während der andere sehnsüchtig die alkoholischen Getränke hinter der Bar, beäugte. „Also, die habe damals a Dummheit gemacht und jetzt habe se Angst, sie müsste deshalb ins Gefängnis.“

„Mir hawe den awer net umgebracht“, warf Sepp schnell dazwischen. „Dass des klar is.“

„Mer hawe nur geholfe, den zu vergrawe“, bestätigte Schorsch. „Un der Hannes hat uns quasi dazu genötischt.“

Verwirrt sah Karl Neumann von einem zum anderen.

„Warum einfach, wenn’s auch umständlich geht.“ Helene schüttelte den Kopf. „Der Amerikaner, der Geliebte von der

Maria, ist nicht einfach verschwunden, der wurde vom Hannes Häusler ermordet. Und die zwei“, sie deutete auf Sepp und Schorsch, „ die mussten ihn im Garten der Häuslers vergraben.“

„Weil der Hannes se so zusage erpresst hat“, referierte Herbert weiter. „Verstehste jetzt?“

Karl Neumann schüttelte den Kopf.

„Des steht alles in dem Buch, was die dir die Edeltraud gegebe hat. Auch von dene dunkle Geschäfte von dem Vogel, dem Vormund von der Edeltraud. Aber des weißte ja bestimmt schon. Und deshalb wollt der Vogel des Buch klaue, der war nämlich in doim Haus, nachdem die Polizei abgerückt war. Ich konnt‘ ihn, sage mer mal, davon abhalte und jetzt habe wir des Buch, die Helene und ich.“

„Hä? Was? Du hast des? Ja, warum haste des dann net friher gesaacht?“ Sepp stieß seine Gehhilfe auf den Boden. „Da hätte mer uns den Weech sparn kenne.“

„Wir habe da halt auch mal reingeguckt“, fuhr Herbert unbeirrt fort.

„Wir haben es gelesen“, verbesserte Helene. „Nun ist uns einiges klar. Natürlich haben wir niemandem davon erzählt.“

„Ich geb dir des Buch natürlich widder zurück“, sagte Herbert. „Es geht nur da drum. De Sepp und de Schorsch habe halt Angst ins Gefängnis zu müsse. Awer in dem Buch steht ganz klar, dass die nur die Leiche vergrabe habe. Also geh ich mal davon aus, dass der Ami schon tot war.“

„Der war mausetot“, bestätigte Sepp.

„Noch e bissje lauter und da draus wisse se es aach all." Schorsch wies auf die Tür zur Lobby.

„Damit wärn se doch aus em Schneider, oder?", fragte Herbert. „Des war's, was mer dich eigentlich frage wollte. Du kennst dich doch a bissje aus, in dene Gesetze, als ehemaliger Gerichtsreporter."

Karl brauchte einen Moment, um die Informationen in seinem Kopf zu sortieren. Dann nickte er. „Der Gesetzgeber nennt das, *Verschleierung einer Straftat*. Aber ich denke, die Sache ist längst schon verjährt. Ihr braucht euch also keine Sorgen zu machen."

„Hätt uns aach net gefalle, unser restliche Jahrn im Knast abzusitze." Schorsch und Sepp schnauften hörbar erleichtert.

„Wovon redet ihr da eigentlich die ganze Zeit? Welches Buch? Und warum weiß ich davon nichts?"

„Du brauchst de des aach net zu wisse." Schorsch bedachte Gundel mit schiefem Blick. „Du kannst doi Schretter sowieso net halte."

„Also das ist die Höhe." Gundels Brustkorb hob und senkte sich gewichtig. „Ich kann sehr wohl Geheimnisse für mich behalten. Oder habe ich etwa irgendjemand erzählt, dass die Edel…"

„Gundel!" Helenes Stimme überschlug sich fast. „Allerdings frage ich mich, woher Vogel von diesem Buch und dessen Inhalt wusste."

„Edeltraud erzählte es ihm", antwortete Karl. „Bei seinem letzten Besuch, als er ihre Unterschrift für den Verkauf des

Grundstücks forderte, stellte sie ihn zur Rede und drohte, die Beweise für seine Machenschaften aufzudecken.“

„Das erklärt aber noch immer nicht, wie er darauf kommt, dass du… Es sei denn…“ Helene schielte zu Herbert.

„Er hot dich beobachtet, dich gestalkt, wie mer des in Fachkreisen so nennt“, vollendete Herbert den Satz.

„Wenn dem so sein sollte“, spekulierte Karl, „dann ist zu befürchten, dass der Kerl einen erneuten Versuch unternehmen wird, um an das Beweismittel heranzukommen. Er hat viel zu verlieren.“

„Der Meinung bin ich auch“, stimmte Herbert zu. „Obwohl der net weiß, wer ihm das Corpus Delicti entwendet hat. Da bin ich mich sicher.“

Die anschließende Stille in der Hotelbar wurde vom Kellner beendet, der den Kaffee brachte.

„Ich brauche jetzt doch etwas Stärkeres. Wie steht’s mit euch?“

„Für mich net, Karl“, lehnte Herbert ab. „Ich muss noch fahrn.“

„Wenn du willst, fahr ich uns zurück“, bot Helene sich an.

„Ich bin zwar schon längere Zeit kein Auto mehr gefahren, aber…“

„Schlimmer als beim Herbert, kann’s aach net wern, gell?“ Schorsch schlug Helene kumpelhaft auf die Schulter. Nachdem er sicher war, nicht ins Gefängnis zu müssen, fühlte er sich wie im dritten Frühling.

„Jetzt is mers aach ganz flau im Maache.“ Demonstrativ rieb Sepp sich seinen Bauch. „Un, wie geht’s jetzt weiter?“, fragte er, nachdem er seinen Cognac in einem Zug ausgetrunken hatte.

„Also, ich muss jetzt erst mal für kleine Mädchen“, ließ Gundel verlauten. „Die ganze Aufregung ist mir auf die Blase geschlagen. Kommst du mit, Helene?“

„Dass Fraue nie alloans uf des Örtche gehe könne“, witzelte Sepp. „Do dran werd sich in alle Ewischkeit nix ännern.“

***

„Sofort, wenn wir nachhause kommen, werde ich mit Nicole reden“, sagte Helene im Waschraum. „Natürlich wird es Ärger geben. Vielleicht kommen wir sogar ins Gefängnis. Aber ich nehme alles auf mich. Ich sage, es war alles meine Idee. Ihr seid außen vor.“

„Gefängnis? Wieso das denn?“

„Na, überleg doch mal. Wir haben uns in die Arbeit der Polizei eingemischt. Ich erinnere nur an Herberts Glanzstück, als er über den Balkon von Karls Haus kletterte.“

„War wie im Krimi. Woher kann der eigentlich so etwas?“

Helene ignorierte Gundels Zwischenbemerkung. „Schorsch und Sepp haben sich in ihren Aussagen auch sehr gebremst, soweit ich das beurteilen kann. Und dann gestern Abend, Herberts Angriff auf Vogel in einem Haus, das von der Polizei versiegelt wurde. Ich sage nur unerlaubtes Eindringen – Hausfriedensbruch. Reicht das für den Anfang? Wenn ich noch eine Weile nachdenke, fallen mir garantiert noch mehr Straftaten ein, für die wir vor Gericht landen könnten. Ach ja, Zurückhaltung von Beweismaterial.“

Einige Momente standen die beiden Frauen schweigend an den Waschbecken.

„Habt ihr das von dem Vogel auch gelesen?“

„Ich sagte doch, wir haben das komplette Tagebuch gelesen. Die ersten Einträge stammen noch von der Maria.“

„Hm.“ Gundel presste die Lippen zusammen. „Wieso sollten wir dann ins Gefängnis kommen? Letzten Endes haben wir dazu beigetragen, die Fälle aufzuklären. Hätte der Herbert dem Vogel das Buch nicht abgenommen, wäre es für immer verloren. Eigentlich müssten wir eine Belohnung erhalten. Bei „XY ungelöst“ setzen die auch immer eine Belohnung aus für Hinweise. Außerdem darf der Dreckskerl nicht ungestraft davonkommen.“

„Da stimme ich dir zu. Das ist ein ganz schlimmer Finger…“

„Ein schlimmer Finger?“, entrüstete sich Gundel. „Ich weiß ja nicht was sonst noch alles über den im dem Buch steht“ – lauernd schaute sie zu Helene. Als diese schwieg, fuhr sie fort: „Das ist ein Verbrecher. Der gehört für den Rest seines Lebens in den Knast. Aber, dass du alleine die ganze Verantwortung trägst, kommt überhaupt nicht infrage.“

Gundula Krämer reckte das Kinn nach vorne. „Schließlich stecken wir da alle drin. Wie heißt es so schön, mitgehangen ist mitgefangen.“

„Umgekehrt“, verbesserte Helene.

„Was?“

„Vergiss es, Gundel.“ Helene machte eine abwehrende Handbewegung.

„Vielleicht bekommen wir eine Gemeinschaftszelle“, plapperte Gundel weiter. „Sag mal, wo und wann habt ihr, der Herbert und du, eigentlich das Buch…also ich meine…?“

Helene verbiss sich ein Grinsen. Auf die Frage hatte sie die ganze Zeit gewartet.

„Wenn du es genau wissen willst, der Herbert kam gestern Nacht sehr spät zu mir nach Hause.“ Helene konnte sich nicht verkneifen, das Wort Nacht und sehr spät, betont langsam auszusprechen.

„Ach. Mitten in der Nacht?“

***

„Oh, Frau Wegener.“ Andreas Dillinger sah erstaunt von seiner Lektüre auf. „Die bösen Buben schon eingebuchtet?“, fragte er mit einer Kopfbewegung zu den Akten, die Nicole in der Hand hielt.

„Nicht ganz - Herr Dillinger?“

„Richtig. Aber nennen Sie mich Andy, das tun alle.“

„Ok, Andy. Ich bin die Nicole.“

Andreas Dillinger lächelte charmant.

„Ich bin aber nicht nur hier, um Ihnen die Unterlagen zurückzubringen. Ich schätze, ich brauche erneut Ihre Hilfe. Das heißt, ich weiß nicht einmal ob es eine Akte über den Mann gibt.“

„Wie heißt denn ihr Verdächtiger?“

„Günter Vogel, wohnhaft in Dietzenbach.“

„Ach, der Anwalt, der das kriminelle Gesocks im Frankfurter Rotlichtviertel vertreten hat?“

„Offenbar kennt ihn hier jeder, außer mir", erwiderte Nicole leicht angefressen.

„Wundert mich nicht. So lange sind Sie noch nicht bei unserer Truppe. Sie kamen, wenn ich richtig liege, vor etwas mehr als zwei Jahren, genau wie Harry und Lars, als ihr Vorgänger mitsamt seinen meisten Mitarbeitern in den verdienten Ruhestand gingen?" Nicole stimmte zu und wunderte sich. „Wir, von der älteren Garde", Andreas Dillinger zeichnete mit seinen Fingern Anführungszeichen in die Luft, „fanden das damals sehr mutig von Dr. Lechner, ein komplett neues Team in die Mordkommission einzubringen. Aber, allem Anschein nach, tat er das Richtige. Sie sind eine exzellente Ermittlerin, wenn ich das mal so sagen darf. Ihre Aufklärungsrate liegt bei fast 70 Prozent." Er grinste Nicole an. „Keine Angst, ich spioniere Ihnen nicht nach und ich führe auch keine geheime Akte für die Dienstaufsicht." Er wies auf einen einfachen Stuhl neben seinem Schreibtisch. „Haben Sie einige Minuten Zeit?" Nicole nickte. „Eine negative Akte über diesen Dr. Vogel gibt es nicht. Aber *ich* kann Ihnen Einiges über den Mann erzählen, das sowieso niemals schriftlich niedergeschrieben worden wäre." Andreas Dillinger nahm in seinem Bürostuhl Platz. Nicole bemerkte, dass er sein rechtes Bein nicht anwinkeln konnte. Er tippte sogleich drauf. „Das Resultat einer Schießerei vor fast genau elf Jahren, bei einem Einsatz auf der legendären sündigen Frankfurter Meile. Hätte nicht viel gefehlt und ich hätte mir die Radieschen von unten anschauen dürfen. Die Hauptschlagader wurde getroffen. Nur der Umstand, dass der

Sani Wagen bereits um die Ecke parkte, rettete mir das Leben. Ein Kollege von mir hatte weniger Glück. Er starb einige Stunden danach im Krankenhaus. Ich erzählte Ihnen das auch nur, weil der Kerl, der auf mich schoss, auch von mir eine Kugel abbekam, ein Streifschuss, also nicht lebensgefährlich. Doch sein Anwalt verklagte die Polizei, explizit mich wegen unangebrachter schwerer Gewaltanwendung. Es hätte sich bei dem Mann um einen unbeteiligten Passanten gehandelt, der nur zur falschen Zeit am falschen Ort gewesen wäre."

„Wieso hatte der Kerl eine Waffe dabei und auf Sie geschossen?", unterbrach Nicole.

„Der Kerl besaß einen regulären Waffenschein und die Pistole trug er, so sein Anwalt, zum Selbstschutz. Eine Verbindung zu der Stripteasebar, bei der wir die Razzia durchführten, konnte ihm nicht zweifelsfrei nachgewiesen werden. Die Aussagen einzelner dort angestellten Damen, dass er der große Zampano war, blieben unberücksichtigt. Dreimal dürfen Sie raten, wer sein Anwalt war?"

„Rechtsanwalt Vogel."

Andy nickte. „Alle Aussagen der Kollegen zu meinen Gunsten wurden von Vogel auseinandergepflückt. Ich bekam ein Verfahren an den Hals. Die Chose dauerte fast fünf Monate. Einen Teil davon verbrachte ich im Krankenhaus und anschließend in der REHA. Danach versetzte man mich erst mal hier ins Archiv, bis sich die Wogen geglättet hätten, hieß es. Nach einigen Wochen, die ich abwechselnd deprimiert und wütend hier unten zubrachte, fand ich Gefallen an der Arbeit. Ich stöberte oft stundenlang in teils über zwanzig Jahre alten

Akten, meist Tötungsdelikte. Ich machte mir meine eigenen Notizen zu Unstimmigkeiten, die mir auffielen und aufgrund der heutigen forensischen Möglichkeiten doch noch zur Klärung beitragen konnten. Bedauerlicherweise fehlt den Kollegen, oben“, er zeigte zur Decke, „die Zeit, ganz abgesehen von der richterlichen Bewilligung, diese at acta gelegten Fälle neu aufzurollen. Dennoch kommt es vor, wie in Ihrem Fall, dass ein aktuelles Verbrechen mit einem Delikt in der Vergangenheit in Verbindung steht und dann“, Andy grinste schelmisch, „sind die ermittelnden Beamten äußerst interessiert an meinen Hinweisen. Mittlerweile bin ich stolz auf meine Arbeit. Nein, Stolz ist nicht der richtige Ausdruck“, berichtigte er sich. „Es gibt mir eine innere Zufriedenheit.“ Andy erhob sich und rieb über sein Bein. „Nun habe ich mich aber doch verquatscht. Sicher denken Sie jetzt, der arme einsame Mann musste sich mal die ganze Pampe von der Seele reden.“ Nicole öffnete den Mund, wurde aber durch eine Geste von Andy an einer Antwort gehindert. „Ich kann Ihnen versichern, dem ist nicht so – oder nicht ganz.“ Er lächelte erneut, wurde aber sofort wieder ernst. „Was den Vogel angeht, so kann ich Ihnen keine schriftlichen Beweise für dessen ruchlosen Methoden vorlegen. Aber Sie sollen wissen, dass Sie es mit einem äußerst skrupellosen Menschen zu tun haben. Der Mann ging über Leichen, wenn er sich in die Enge getrieben fühlte, im wahrsten Sinne des Wortes. Ich denke, daran hat sich nichts geändert. Ein solcher Mensch ändert sich nie!“

„Haben Sie etwa mit eigenen Augen gesehen, wie er jemanden ermordet hat oder…?“

„Nein. Aber auch Worte können töten, glauben Sie mir. Sie können ein Eigenleben entwickeln. Manchmal zerstören sie mehr, als es ein Messer oder eine Pistole vermag. Eins weiß ich mit Gewissheit. Vogels Kontakte reichten bis in die oberen Etagen unserer Gesetzeshüter. Wenn einer von denen eine Leiche im Keller hatte, wusste Vogel davon. Die Deals, die er für seine Mandanten mit der Staatsanwaltschaft aushandelte, endeten fast immer mit einer Bewährungsstrafe oder sogar mit einem Freispruch.“

„Klingt fast, als handelte es sich um den Anwalt der Maffia.“

Andy lachte rau. „So ähnlich fühlte er sich auch.“

„Mit dem Unterschied, dass der Advokat der Familie Corleone, soweit ich mich erinnere, in einer Villa lebte mit allem Pipapo“, entgegnete Nicole. „Der Vogel besitzt nur ein Mehrfamilienhaus, in dem er selbst wohnt. Luxus sieht für mich anders aus.“

„Dieses Rätsel kann ich auflösen.“ Andy beugte sich näher zu Nicole und flüsterte. „Der Kerl hat *ein* großes Problem. Er ist Spieler.“

„Woher wissen Sie…?“, Nicole hob die Hände. „Ich frage nicht.“

„Haben Sie seine Konten geprüft?“, setzte Andy nach.

„Wollten wir, aber die Staatsanwaltschaft stellt sich quer. Deshalb hatte ich gehofft, hier im Archiv eine, wie Sie sagten, Leiche ausgraben zu können.“ Nicole seufzte. „Wäre ja auch zu schön gewesen. Trotzdem, danke, Andy. Sie haben mir sehr geholfen."

„Immer wieder gerne, Nicole."

Noch mehrere Sekunden sah Andreas Dillinger zur Treppe, über die die Kommissarin das Polizeiarchiv verlassen hatte.

Im Fahrstuhl in den zweiten Stock klingelte Nicoles Handy.

„Arthur! – Ja danke – Nein, bedaure, noch keine Zeit. Aber spätestens nächste Woche, wenn der Fall abgeschlossen ist, versprochen. – Ja, da bin ich sicher. - Ja, ich freue mich auch. – Eh, also es ist mir etwas peinlich aber ich benötige noch einmal deine Hilfe. Es geht um Günter Vogel, ein ehemaliger Anwalt, wohnhaft in Dietzenbach – Ach, du kennst ihn auch? Warum überrascht mich das nicht? – Ich möchte zu gerne wissen, wie seine finanzielle Situation aussieht. – Was warum? Heute? Ok. Bis dann um Sieben, bei Giovanni."

Merkwürdig, die Reaktion von Arthur. Nicht am Telefon! Sie rief doch von ihrem Handy an.

Nicole ihr Büro betrat. „Ich konnte diesen Rechtsanwalt Vogel nicht ausfindig machen. Was meinst du? Könnten wir eine Handyortung vornehmen lassen?"

Statt einer Antwort schaute Nicole nachdenklich in die Gegend und wie Lars meinte, durch ihn hindurch.

„Hallo, Erde an Nicole." Seine Hand wedelte vor ihrem Gesicht herum.

„Eh…, was? Tschuldigung. Ja, womöglich." Nicole wandte sich ihrem Kollegen zu. „Es kann sein, dass ich heute Abend brisante Informationen über Vogel erhalte. Ich weiß es aber noch nicht. Deshalb will ich jetzt noch nicht darüber reden."

„Heute Abend? Ok. Ich will's nicht wissen." Hansen hob entschuldigend die Hände.

„Hat Harald sich schon gemeldet?"

„Nee."

„Gibt es schon Neuigkeiten von unseren amerikanischen Kollegen, wegen dem DNA-Abgleich?"

„Nein, vielleicht morgen."

Nicole ging die wenigen Schritte zur Tür zu Hansens Büro und lehnte sich an den Rahmen. „Mimose."

Hansen runzelte die Stirn. „Wer hielt uns denn einen Vortrag von wegen Informationsfluss und Teamwork und so weiter?"

„Also gut, ich weihe dich ein. Aber, bitte kein Wort nach draußen." Nicole setzte sich auf die Kante von Hansens Schreibtisch und berichtete ihn über die Neuigkeiten, die sie soeben von Andreas Dillinger erfahren hatte. „Ich treffe mich später noch mit einem Informanten. Seinen Namen möchte ich nicht nennen, um ihn nicht in Schwierigkeiten zu bringen. Ich hoffe auf mehr und vor allen Dingen, handfeste Auskünfte über diesen Dr. Vogel …"

„… die wir auf regulärem Weg nicht bekommen würden", vollendete Hansen den Satz.

„Schlaues Bürschchen. Falls es das Schicksal gut mit uns meint, können wir den Anwalt morgen früh richtig in die Mangel nehmen."

Hansen grinste. „Darf ich?"

„Aber nur zusammen mit Harald. Ich will keine Klage wegen Polizeigewalt riskieren.“ Nicole zwinkerte mit einem Auge.

***

Über eine Stunde durchsuchte Harald Weinert das Haus von Karl Neumann, schaute in Schubläden, Schränke und sogar unters Bett, wo er nur ein verstaubtes Fotoalbum fand mit einem Hochzeitsfoto von Gertrude und Karl Neumann. Neumanns Gesicht war, bis zur Unkenntlichkeit mit einem spitzen Gegenstand attackiert worden. Im Küchenschrank, hinter einem Stapel Geschirrtücher stieß er auf eine halb volle Flasche Cognac, die die Kollegen wohl übersehen hatten. Ansonsten hatte die SpuSi alle angebrochenen Getränke, benutzte Gläser und Tassen, sogar den Topf mit dem Braten mitgenommen, um sie auf Toxine zu untersuchen. „Hier verschwende ich nur meine Zeit“, murmelte er, schloss die Haustür ab und befestigte ein neues Polizeisiegel.

An einer großen Kreuzung, am Ortsrand von Seligenstadt, sprang die Ampel endlich auf Grün. Gerade wollte Weinert losfahren, da brauste ein Mercedes älteren Baujahres noch über die Kreuzung und bog in einem abenteuerlichen Manöver auf der Überholspur in Richtung Seligenstädter Innenstadt ab. Für einen kurzen Augenblick meinte Weinert, hinter dem Steuer Helene Wagner zu erkennen. Nicoles Vermieterin besaß aber kein Auto, das wusste er. Dennoch, der Wagen kam ihm bekannt vor. Bevor er weiter darüber nachgrübeln konnte, machte sich ein anderer Gedanke in seinem Kopf breit. Anstatt in Richtung A3 weiterzufahren, bog er nach rechts ab.

An der Rezeption des Hotels fragte er nach Karl Neumann. Nach einem kurzen Telefonat sagte die Dame hinter dem Tresen. „Herr Neumann ist in seinem Zimmer. Sie möchten bitte hinaufgehen."

Einige Minuten später klopfte Weinert an Neumanns Tür.

„Herr Weinert", begrüßte ihn Neumann leicht erstaunt. „Was kann ich für Sie tun? Ich habe Ihrer Kollegin bereits alles erzählt." Er zeigte auf einen der Sessel und nahm selbst auf dem anderen Platz.

„Herr Weinert, wer besitzt alles einen Schlüssel zu Ihrem Haus?"

Neumann neigte den Kopf. „Außer mir und meiner Frau niemand. Wieso fragen Sie?"

„Tja, es sah nicht nach einem herkömmlichen Einbruch aus, will sagen, derjenige, der sich unberechtigt Zutritt zu ihrem Haus verschafft hat, ging sehr professionell vor. Es war nichts in Unordnung, wie man das von solchen Tatorten kennt. Der Täter suchte gezielt nach einem Gegenstand." Weinert bemerkte wie sich Neumanns Hände verkrampften. „Ich fürchte, dabei kann ich kann Ihnen nicht weiterhelfen." Neumann sah auf seine Armbanduhr.

„Wie ist eigentlich das Verhältnis zwischen Frau Häusler und ihrem Vormund, Herrn Günter Vogel?"

„Vogel? Wie kommen Sie jetzt auf ihn?" Neumann stand auf und ging zum Fenster. Mit dem Rücken zu Weinert sagte er: „Er kümmert sich um Edeltrauds finanzielle Dinge, deshalb wurde er von Häusler zu ihrem Vormund bestimmt."

„Sie mögen ihn nicht?" Es war eher eine Feststellung als eine Frage von Weinert, dem der bittere Unterton in Neumanns Stimme nicht entgangen war.

Neumann drehte sich herum. „Sagen wir mal so, ich traue ihm nicht, habe ich nie."

„Ach, und weshalb? Können Sie das näher erläutern?"

Neumann setzte sich wieder. Er stützte die Ellenbogen auf seine Knie und faltete die Hände. Leicht vorgebeugt sah er dem Kommissar direkt ins Gesicht und lächelte. „Natürlich haben Sie bereits herausgefunden, dass ich Gerichtsreporter war. Ich kannte Vogel lange bevor er Edeltrauds Vormund wurde, wenn auch nur vom Gerichtssaal her. Aber Sie können mir glauben, das reichte schon, mir jedenfalls. Ein idealer Anwalt für diese Verbrecher, die er vertrat. Er hatte alle Tricks auf Lager und kannte jede Gesetzeslücke um seine Klientel vor dem Knast zu bewahren. Dabei war es ihm egal ob sein Mandant schuldig war oder nicht. Und wenn er mal keinen Freispruch erzielten konnte, verhandelte er mit der Staatsanwaltschaft und dem Richter, hinter verschlossenen Türen versteht sich, sodass sein Schützling gerade mal die Mindeststrafe absitzen musste."

Neumann stand erneut auf. Er ging zur Minibar. Nach einem kurzen Blick ins Innere fragte er: „Wasser oder O-Saft?"

„Ein Wasser bitte", antwortete Weinert.

Nachdem Neumann zwei Gläser gefüllt und eines davon Weinert in die Hand gegeben hatte, setzte er sein Glas an und trank es mit einem Schluck. „Was ich damit sagen will. So einer ist, meiner Meinung nach, kein Vormund für eine junge Frau deren Leben bis zu diesem Zeitpunkt alles andere als leicht war. Oder wie sehen Sie das?" Weinert antwortete nicht und Neumann fuhr fort. „Edeltraud hätte ihm liebend gerne die Vormundschaft entzogen. Aber das ist nicht so leicht, wenn derjenige nicht freiwillig zustimmt. Und auf diesem Ohr ist Vogel bis heute mehr als taub. Die einzige Möglichkeit wäre, wenn wir ihm Veruntreuung von Edeltrauds Vermögen nachweisen könnten. Aber, da besteht keine Chance. Der Kerl ist zu gerissen."

„Wenn ich Sie recht verstehe, haben Sie den Verdacht, dass Herr Vogel mit den Finanzen von Frau Häusler nicht immer zu ihrem Wohl umgegangen ist, wenn ich es mal so ausdrücken darf?"

Neumann drehte sich zu Weinert. „Als Edeltraud in diese Einrichtung für betreutes Wohnen zog, schien alles in Ordnung. Aber in den letzten Jahren klagte Vogel immer öfter über finanzielle Einbußen und den allgemeinen Aktienverfall. Natürlich weiß auch ich, dass die Zinssituation zurzeit nicht die beste ist. Aber eine halbe Million D-Mark, also heute etwa eine Viertel Million Euro, sollten doch wohl, wenn man die Zinsen mit einrechnet, einige Jahrzehnte reichen für einen betreuten Wohnplatz."

„Entschuldigung, Herr Neumann. Ich denke, Sie haben keine Kenntnis über die finanzielle Situation von Frau Häusler?“

„Über die derzeitige nicht. Ich kenne aber die Ausgangsbasis. Edeltraud erzählte mir davon, bevor sie in den *Sonnenhof* zog. Ich sollte mir keine Sorgen machen.“ Neumann leerte sein Glas Wasser. „Und dann, vor etwa einem halben Jahr kam Vogel mit der Hiobsbotschaft, dass sich die Situation derart drastisch geändert hätte, sodass er gezwungen wäre das Grundstück zu verkaufen um die Kosten für Edeltrauds Aufenthalt zu sichern. Edeltraud war natürlich in Panik. Sie bat mich erneut mit Vogel zu reden. Er sollte endlich die Vormundschaft mit allem was dazugehört, an mich abtreten.“ Neumann seufzte. „Ich hätte diese Aufgabe gerne übernommen. Schließlich kennen wir uns seit unserer Kindheit. Aber, wie bereits erwähnt, Vogel stellte sich quer. Also habe ich versucht, Auskünfte über ihn einzuholen, was nicht einfach war und herausgefunden, dass er in den einschlägigen Spielhöllen und Casinos bekannt ist. Im Laufe seines Lebens muss er ein Vermögen verspielt haben.“

„Und Sie nehmen an, dass er auch das Geld von Frau Häusler mit hineingeflossen ist?“ Neumann nickte. „Haben Sie Frau Häusler Ihren Verdacht mitgeteilt?“

„Ja, sicher. Ich sagte Ihnen doch wir…“

„Natürlich“, unterbrach er Neumann. „Dass ich nicht früher darauf gekommen bin. Wenn Frau Häusler alle relevanten Informationen in ihr Tagebuch eintrug, dann auch den

Verdacht gegen ihren Vormund. Sollten die Infos in die *falschen Hände* geraten, dann wäre Vogel geliefert.“

„Dann könnte er es gewesen sein, der in mein Haus eingebrochen ist?“

„Er hätte einen guten Grund“, bestätigte Weinert. „Übrigens Frau Häusler kommt wieder in Ordnung.“

Neumann nickte. „Ja, ich weiß. Ich werde sie morgen besuchen.“

„Ach, woher wissen Sie das?“

„Eh …“ Neumann bemerkte, dass er einen Fehler gemacht hatte. „Meine Nachbarn haben mich informiert“, antwortete er wahrheitsgemäß. „So, nun muss ich Sie aber bitten zu gehen. Ich erwarte heute Abend Besuch und möchte mich noch frisch machen.“

***

Bei jeder schnellen Bewegung spürte er noch den Druck in seinem Nacken. Wer war nur der verdammte Kerl, der ihn mit einem gekonnten Knock-out ins Traumland geschickt hatte? Vielleicht einer der Nachbarn? Nein, bestimmt nicht. Alle, meist alte Leute, die vermutlich längst in ihren Betten den Schlaf der Gerechten schliefen. Und welchen Grund sollten sie gehabt haben? Absurd!

Freilich hätte Vogel die Leiche verschwinden lassen können, noch bevor er das Grundstück verkaufte. Aber warum sollte er? Hätte nur unnötige Kosten verursacht. Die bösen Jungs waren heutzutage nicht mehr für einen Hungerlohn zu Aufräumarbeiten zu bewegen, wie das noch vor zwanzig Jahren der Fall gewesen war. Damals genügte ein Anruf bei den richtigen Leuten und die Sache war gegessen. Womöglich doch der Krüger? Aber der hatte doch keine Ahnung, oder doch? Vielleicht hatte die schwachsinnige Schlampe jetzt doch noch geredet? Zuzutrauen wäre es ihr. Wegen des Verkaufs des Grundstücks hatte er sie aufsuchen müssen und sie war total ausgerastet. Dieses verdammte Luder hatte ihn sogar bedroht, wollte ihn anzeigen, sollte er nicht dafür sorgen, dass sie in dieser Einrichtung bleiben konnte, *so lange sie lebe*. Kein Problem, stimmte er zu und wollte gerade diese abstruse Forderung beschleunigen, als die Ärztin ins Zimmer stürmte und ihn kurzerhand hinauswarf. Danach hatte er fast ein halbes Jahr keinen Kontakt mit Edeltraud, bis vor drei Tagen ein Brief kam, indem sie ihn aufforderte, Neumann zu informieren, er möchte sie besuchen. Seit Jahren benutzten sie ihn als *stillen Briefkasten*, die kleine Schlampe und Neumann, nur damit, dessen neurotische Ehefrau nichts mitbekam. Im Grunde machte es ihm nichts aus und damit er nicht leer ausging, dafür hatte er gesorgt. Doch diesmal hatte er ein ungutes Gefühl. Deshalb machte er sich auf den Weg zum Sonnenhof. Aber er kam zu spät. Neumann verließ gerade das Foyer und, er hielt ein kleines schwarzes Buch in der Hand. Plan B musste her. Also fuhr er gegen Abend nach Seligenstadt. Doch bereits in der Nähe der *Straße des Verbrechens* - wer von den Schreiberlingen eines regionalen Käseblättchens kam nur auf eine derart triviale Bezeichnung? – erwartete ihn ein Aufgebot blinkender Polizei- und Krankenwagen. Erneut musste er sein Vorhaben in die Tonne treten, vorerst zumindest. Fest entschlossen, den Ort nicht zu verlassen ohne das verdammte Buch, harrte er aus, bis die Bullen den abgezogen und die letzten Lichter verloschen waren. Es wurde eine harte Geduldsprobe, doch schließlich hielt er den belastenden Beweis in seinen Händen. Allerdings nur kurz. Als er wieder zu sich kam, dröhnte sein Kopf. Schwankend kämpfte er sich die Stufen hinunter und aus dem Haus, direkt in Krügers Arme. Krüger, dieses Kind einer Schwachsinnigen. Ja, er muss es gewesen sein! Wer sonst?

***

Zum zweiten Mal innerhalb weniger Tage trafen sich Nicole und Arthur bei ihrem früheren Lieblingsitaliener und aus Giovannis Blick las Nicole, dass dieser annahm, sie beide wären wieder ein Paar.

„Buon giorno, Signorina Nicole, Senior Arthur“, begrüßte Giovanni sie überschwänglich mit immer noch markantem italienischem Akzent, obwohl er mehr als einem Jahrzehnt in Deutschland wohnte. „Meine Liebling Commissario. Ihr Tisch am Fenster?“

Nicole und Arthur nickten. Giovanni rückte die Stühle zurecht. „Was darf ich Ihnen zu trinken bringen? Ich habe eine fantastico Vino rosso.“ Giovanni formte Zeigefinger und Daumen zu einem O und führte sie zu seinen Lippen.

„Nein danke, Giovanni“, lehnte Nicole ab. „Für mich bitte ein Wasser mit wenig Kohlensäure.“

„Und für mich einen Radler“, bestellte Arthur.

„Mammamia! Wie solle romantische Abend kommen zustande mite Aqua?“ Giovanni erhob theatralisch die Hände zum Himmel. „Wo sinde wir gekommen hin?“ Er schlängelte sich zwischen den noch leeren Tischen hindurch zum Tresen und brummelte in gemischtem Italienisch und Deutsch vor sich hin.

„Wir sollten heute auf Pizza und Spaghetti verzichten“, schlug Nicole vor, „und stattdessen einen guten Fisch oder etwas in der Art bestellen, ansonsten haben wir es uns mit Giovanni endgültig verscherzt.“

Arthur grinste. „Du bezahlst, also hast du auch das Sagen.“

„Hm.“ Obwohl das Essen als freundschaftliche Anerkennung für die beschafften Informationen sein sollte, hatte Nicole sich von dem gemeinsamen Abend mehr erhofft. Was, wusste sie selbst nicht. Sie versuchte, sich ihre Enttäuschung nicht anmerken zu lassen, und schimpfte sich im Geheimen eine romantische Kuh.

„Weshalb eigentlich diese Geheimniskrämerei, was den Vogel betrifft?“

Arthur wollte gerade ansetzen, da brachte Giovanni die Getränke an den Tisch. „Aqua und Limonade, bitte sehr. Wase nehmen die Commissario zum Essen, Spaghetti und Pizza?“ Mit freudloser Mine schaute er von Nicole zu Arthur.

„Was können Sie uns denn empfehlen, Giovanni?“, fragte Nicole mit einem bezaubernden Lächeln und einem gekonnten Augenaufschlag. Sofort hellte sich das Gesicht des Italieners auf. „Eine Salata ala Giovanni? Und habe ich heute bekommen frische Seezunge.“

„Sehr gut, Giovanni, nehme ich.“ Nicole schaute zu Arthur. Der nickte. „Ok, ich auch.“

„Ese gibte doch noch Wunder." Mit beschwingtem Gang entschwand Giovanni in Richtung Küche, wo er lautstark seine Anweisungen erteilte.

Arthur nahm einen kräftigen Schluck von seinem Radler. „Was hast *du* mit dem Vogel zu schaffen?", fragte er ohne Umschweife, nachdem er sein Glas wieder abgestellt hatte.

„Nun, es besteht der Verdacht der Veruntreuung. Ich habe erfahren, dass er ein Spieler ist und einen Großteil, wenn nicht sein gesamtes Vermögen verspielt hat. Deswegen vermuten wir, dass er sich auch das Geld seines Mündels unter den Nagel gerissen hat. Hinzu kommt möglicherweise die Vertuschung einer Straftat, explizit die Morde an zwei Babys. Aber", Nicole schnaufte resigniert. „Für all das haben wir nichts wirklich Konkretes in der Hand, womit wir die Staatsanwaltschaft überzeugen können."

„Hört sich tatsächlich recht dürftig an. Wie kommt ihr zu dieser Vermutung? Ich nehme mal an", er schmunzelte seitens seiner Wortwahl, „dass ihr zumindest einen Hinweis habt?"

„Laut Zeugen existiert ein Tagebuch, das alle Hypothesen beweisen würde. Nur ist dieses seit gestern verschwunden und damit auch unsere Aussicht auf Konteneinsicht in Vogels Finanzlage."

„Voila." Arthur zog einen dicken DIN-A-Umschlag aus seinem Jackett und schob ihn Nicole über den Tisch. Wortlos öffnete Nicole den Umschlag. Augenblicklich klebten ihre Augen an den Unterlagen fest. Erst, nachdem sie die Seiten überflogen hatte, schaute sie wieder auf. Ein breites Grinsen bedeckte ihr Gesicht. „Das ist mehr als ich erwartet habe." Sie steckte die Papiere wieder in den Umschlag und hauchte ein DANKE zu Arthur.

***

Was für ein Tag. Plötzlich stand sein Leben auf dem Kopf. Von einem zum anderen Tag war alles anders. Noch immer glaubte er sich in einem Traum, aus dem er jeden Moment erwachen würde. So betrat er, wie in Trance das Hotel und stand sekundenlang unschlüssig in der Lobby. Was wollte er noch gleich hier? Ach ja, Karl Neumann. Er hatte erneut um ein Treffen gebeten. Nun, da Gerhard wusste, in welcher Beziehung er zu ihm stand, fühlte es sich noch seltsamer an.

Mit bleischweren Schritten ging er zur Rezeption. Gerade als er nach Neumann fragen wollte, hörte er eine raue unsichere Stimme neben sich.

„Gerhard Krüger?“

Der Mann, ebenso groß wie er, schaute ihn aus warmen, von vielen Fältchen eingefassten braunen Augen an. Ein zaghaftes Lächeln umspielte seinen Mund. Seine Halbglatze war von einem grauen gekräuselten Haarkranz begrenzt. Seine Hand zitterte leicht. Trotzdem war sein Händedruck kräftig. „Schön, dass Sie gekommen sind. Haben Sie Hunger? Was für eine Frage, junge Männer haben immer Hunger.“ Er lächelte erneut, diesmal etwas entspannter.

„Ja, ich könnte schon einen Happen vertragen“, antwortete Gerhard, und fast hätte er *Vater* angefügt.

***

Das Abendessen mit Arthur war nett und er war ihr eine große Hilfe in dem verworrenen Fall, mehr aber auch nicht.

Es stimmt wohl, was man über vergangene Beziehungen sagt – Aufgewärmtes schmeckt nicht. Sie wählte die Nummer von Weinert.

„Ich habe in Neumanns Haus keine brisanten Unterlagen finden können", teilte er sofort mit. „Da war absolut nichts, was uns weiterhelfen könnte. Aber, auf dem Rückweg bin ich noch kurz bei Neumann im Hotel gewesen. Mir gingen ein paar Fragen im Kopf herum, die ich geklärt haben wollte. Im Detail erzähl ich das morgen früh. Jedenfalls machte er keinen Hehl daraus, dass er dem Vormund von Edeltraud Häusler, diesem Rechtsanwalt Vogel, nicht traute."

„Und das zu Recht", erwiderte Nicole. „Auch ich habe einiges Interessantes über Vogel erfahren. Zum einen mündlich von deinem Freund, Andy aus dem Archiv und zum anderen schriftlich von meinem Freu…eh, Bekannten."

„Du warst bei Andy? Und du bist unbeschadet aus den Katakomben entkommen? Keine Bissspuren? Kleiner Scherz", setzte Weinert nach, als Nicole nicht antwortete. „Und was hast du erfahren?"

„Also nur kurz vorab, sonst muss ich alles doppelt erzählen. Der Vogel hat ein Spielerproblem und ist ziemlich pleite."

„Deckt sich mit Neumanns Aussage. Vermutlich hat er sich sogar am Geld von der Häusler vergriffen. Das jedenfalls behauptet der Neumann. Nur, fehlen ihm dazu die Beweise."

„Dem kann ich mich nur anschließen. Ich habe Unterlagen über die finanzielle Situation von Vogel. Die werten wir morgen früh zusammen aus. Aber jetzt gönne ich mir erst eine

Mütze Schlaf. Also bis morgen.“ Bevor Weinert noch etwas sagen konnte, legte Nicole auf und startete den Motor.

***

Nachdem sich Gerhard wie auch Karl Neumann für einige Minuten hinter der abendlichen Speisekarte versteckt hatten, bestellte Gerhard ein Rumpsteak mit Zwiebeln, Pommes und Salat. Neumann legte die Stirn in Falten und orderte dasselbe. „Es geht doch nichts über ein gutes Stück Fleisch. Bier oder Wein?“

„Bier passt wohl am besten zum Steak“, antwortete Gerhard.

Neumann nickte. Nach einer zweiminütigen Stille setzte er den Versuch fort, ein Gespräch in Gang zu bringen, und frage nach Gerhards Beruf.

„Ich bin Lektor in einem kleineren Verlag in Wiesbaden. Ich weiß mittlerweile, weshalb Sie mich treffen wollten“, half Gerhard ihm schließlich. „Edeltraud erzählte mir alles.“

Neumann sah Gerhard unsicher an. „Ich habe es erst gestern erfahren“, sagte er mit belegter Stimme und griff nach der Wasserflasche, die mittig auf dem Tisch stand. Mit zitternden Händen goss er ein Glas voll und leerte es in einem Zug.

„Ich weiß“, antwortete Gerhard leise. Erneut trat eine kurze Stille ein. Der Ober brachte das Bier. „Übrigens, danke für die Einladung.“

„Einladung? Eh…ja, natürlich.“

„Und, was machen wir nun?“, fragte Gerhard mit einem verzerrten Grinsen. Ein Orkan der Empfindungen tobte plötzlich in ihm. Seine Gefühle durch eine scherzhafte Bemerkung zu überspielen gelang ihm nicht wirklich.

„Nun, wir können uns während des Essens anschweigen. Dann wäre dieses Treffen allerdings nutzlos“, entgegnete Karl. „Ich schlage vor, wir beginnen mit kleinen Schritten. Zuerst sollten wir uns duzen, wenn dir das recht ist?“

„Hm, macht wohl einen komischen Eindruck, wenn Vater und Sohn sich siezen“, stimmte Gerhard zu.

Für ein erstes Vater-Sohn-Treffen verlief der Abend dann ziemlich entspannt, so Gerhards Resümee. Kurz nach elf Uhr brach er auf. Karl bot ihm zwar an, ein Zimmer im Hotel zu besorgen, aber Gerhard lehnte ab. Er wollte Maria über Nacht nicht alleine lassen.

Als er zuhause ankam, brannte noch Licht im Erdgeschoss. Er schloss die Haustür auf. „Maria“, rief er, „ich bin wieder zurück.“

Keine Antwort.

„Maria, wo bist du?“ In der Diele ließ er die Schlüssel auf den Garderobentisch fallen und ging weiter ins Wohnzimmer. „Was machen Sie denn hier?“

Günter Vogel saß auf der Couch. Maria kauerte völlig verängstigt auf dem Sessel gegenüber. Erst jetzt sah Gerhard die Schusswaffe in Vogels Hand. „Was soll das?“

„Wird Zeit, dass du heimkommst. Wir waren schon ganz in Sorge. Stimmt’s Maria?“ Vogel grinste zynisch und erhob sich. Nun richtete er die Waffe auf Gerhard. „Los, bringen wir es hinter uns. Ich will nur das Buch, dann bin ich schon wieder weg.“

„Welches Buch?“ Gerhard runzelte die Stirn und warf Maria einen fragenden Blick zu. Die schlug die Augen nieder.

„Falsche Antwort“, brüllte Vogel. „Ich habe nicht die geringste Lust, mir die Nacht um die Ohren zu schlagen. Also, entweder das Buch oder einer von euch hat ein Loch zwischen den Augen.“

„Ich habe keine Ahnung, wovon Sie reden“, entgegnete Gerhard und legte schützend den Arm um seine zitternde Pflegemutter.

„Er meint das Tagebuch von Edeltraud, in dem sie immer alles hineingeschrieben hat“, erklärte Maria mit bebender Stimme. „Aber ich habe Herrn Vogel bereits gesagt, dass wir dieses Buch nicht haben.“

„Ja, bla, bla, bla. Wer soll es denn sonst haben? Ich weiß, dass die Schlampe es dem Neumann gegeben hat. Dort habe ich es gestern ja auch gefunden. Aber dann wurde ich eh... überfallen.“ Vogel griff sich an den Nacken. „Knock out Griff. Nicht schlecht. Wo hast du das gelernt?“

„Was? Wovon reden Sie?“ Gerhard guckte erstaunt. Dann fing er an zu begreifen. Vogel war in Neumanns Haus von jemandem angegriffen worden, deshalb torkelte er auf die Straße. „Sie glauben *ich* habe Sie überfallen? Falls Sie sich erinnern? Ich habe Sie zu Ihrem Wagen gebracht.“ Gerhard erhob sich. Er überragte Vogel um mehr als eine Kopflänge. Es wäre ein Leichtes für ihn den alten Mann zu überwältigen, wäre da nicht die Pistole.

„Wer sonst. Geschickter Schachzug. Du warst als Einziger in der Nähe.“

„Sie sind ja verrückt. Verlassen Sie unser Haus!“ Gerhard machte einen Schritt auf Vogel zu.

„Hinsetzen!“, herrschte der ihn an und richtete die Waffe wieder auf Maria. Gerhard folgte der Anweisung. Er nahm Marias kalte und zitternde Hand. „Wie ich Ihnen soeben sagte, wir haben dieses Buch nicht, noch wissen wir von dessen Inhalt. Also am besten Sie suchen woanders nach ihrem Angreifer und dem Buch.“

Vogel überlegte. Hatte er etwa einen Fehler gemacht und Gerhard war tatsächlich nicht der Angreifer?

***

So leise wie möglich schloss Nicole die Haustür auf und drückte sie auch ganz sanft wieder ins Schloss. Doch kaum setzte sie den ersten Fuß auf die Treppe, schielte Helene aus ihrer Wohnung. „Hallo, Nicole. Entschuldige, ich weiß es ist schon spät, aber hast du grad noch einen Moment?“

„Hat das nicht Zeit bis morgen? Ich bin total fertig.“

„Es ist wirklich äußerst wichtig, min Deern. Ich muss das jetzt loswerden.“

Nicole horchte auf. „Was ist los? Nicht schon wieder eine Leiche, oder?“ Es sollte spaßig klingen aber Helene verzog nicht einmal das Gesicht. Stattdessen bat sie erneut: „Bitte, komm herein. Wir möchten dir etwas geben.“

„Wir?“ Nun war Nicoles Neugier endgültig geweckt. *Wer, außer ihr, besaß das Privileg sich bei Helene, um diese Tageszeit aufhalten zu dürfen?* Mit drei schnellen Schritten eilte sie ins Wohnzimmer. „Herr Walter?“ Herbert Walter saß angespannt auf der Couch. Auf dem Tisch standen zwei

Gläser und eine Flasche Cognac. *Was ging denn hier ab?* „Herbert und ich, also wir wollten, nein wir müssen dir unbedingt etwas sagen“, begann Helene stockend. „Und Ihnen das hier zeigen.“ Herbert Walter hielt Nicole ein dünnes schwarzes Buch entgegen.

„Was ist das? Oder sollte ich besser fragen, ist es das für das ich es halte?“ Beide nickten. „Darf ich fragen, wie ihr in den Besitz dieses Buches kommt? Oder sollte ich es lieber nicht wissen wollen?“

Helene presste ihre Lippen zusammen und legte die Stirn in Falten. „Deswegen müssen wir ja mit dir sprechen.“ Abwechselnd berichteten Helene und Herbert, wie das Buch in ihre Hände kam. Wobei Helene immer wieder auf den bedeutenden Inhalt hinwies.

„Welche Folgen für euch daraus entstehen, vermag ich noch nicht abzusehen“, sagte Nicole am Ende der Beichte. „Zum jetzigen Zeitpunkt kann ich euch nur eins raten. Macht eine Selbstanzeige, und zwar schnellstens. Damit erspart ihr euch wenigstens die Vorladung und mir eine ganze Menge Unannehmlichkeiten. Ich überlasse es euch, ob ihr alle fünf im Präsidium erscheinen wollt, oder nur ihr beide. Nur so schnell wie möglich. Das Beweisstück nehme ich jedenfalls sofort an mich.“ Nicole steckte das Buch in ihre Tasche. Sie wusste, sie würde keine Ruhe finden, bevor sie nicht den kompletten Inhalt kannte.

„Eine Selbstanzeige“, wiederholte Herbert Walter murmelnd und nickte. „Wie die Steuerhinterzieher. Die komme ja dann auch mit em blaue Auge davon.“

„Das wird der Staatsanwalt und letzten Endes der Richter entscheiden. Und die ermittelnde Kommissarin“, fügte sie hinzu. Obwohl Nicole klar war, dass es zu keiner Anklage kommen durfte. Aber sollten die beiden, oder die fünf, ruhig ein bisschen zittern.

„Aber…aber die ermittelnde Kommissarin… das bist doch du…Kannst du nicht ein paar gute Worte…?“, stotterte Helene.

„Gerade deshalb muss ich mich exakt an die Dienstvorschrift halten. Ansonsten könnte man mir Bevorteilung vorwerfen. Damit wäre der gesamte Fall gefährdet; er könnte mir sogar entzogen werden.“ Nicole stellte die Situation mehr als dramatisch dar.

„Es könnt aber e bissje dauern, bis mir den Schorsch, die Gundel und vor allen Dingen den Sepp geweckt und ins Auto verfrachtet habe“, gab Herbert zu bedenken.

„Ich habe nicht gesagt, dass ihr mitten in der Nacht ins Präsidium fahren sollte. Jetzt ist sowieso nur der KDD dort. Die Kollegen vom Kriminaldauerdienst“, fügte sie erklärend hinzu. „Und die wären gewiss nicht begeistert. Es reicht, wenn ihr morgen um Zehn im Präsidium seid.“

„Ach so, ja dann. Des schaffe mir. Was meinst du, Helene?“

„Wir sind pünktlich. Aber diesmal nehmen wir ein Taxi.“

„Des wirkt sich aber schon auf des Strafmaß aus, wenn mer freiwillisch…, oder?“, fragte Herbert.

Samstag, 22. Juni - 6. Tag der Ermittlungen

Trotz der wenigen Stunden Schlaf saß Nicole putzmunter bereits um sieben an ihrem Schreibtisch. Ihre Kollegen liefen um Viertel nach Sieben ein.

„Hi, Nicole", grüßten sie synchron.

„Hab ich's dir nicht gesagt?" Hansen boxte seinem Kollegen in die Seite. „Sie ist wieder vor uns hier und mit einer unfassbar guten Laune. Und das am Samstag."

Weinert steckte Hansen einen 10-Euro-Schein zu.

„Schon wieder verloren?" Nicole schmunzelte. Im ersten Ton fuhr sie fort. „Also Jungs, wir haben Einiges zu bereden. Wer will zuerst?"

Hansen meldete sich. „Die Kollegen aus USA haben gemailt. Die DNA-Untersuchung ist positiv ausgefallen. Ergo handelt es sich bei dem Toten mit 99,9%iger Sicherheit um Henry Godman, Staff Sergeant der US-Army. Die Todesursache ist ebenfalls geklärt und der Fall demnach abgeschlossen. Mehr können wir wohl nicht tun. Den Mörder werden wir wohl nicht mehr unter den Lebenden finden."

„Hm", äußerte Nicole. Innerlich platzte sie beinahe vor Ungeduld, ließ aber ihren Kollegen Weinert von seinem Besuch bei Neumann berichten und dessen Aversion gegenüber Vogel.

„Kann ich gut nachvollziehen", sagte sie dann und zeigte auf den DIN-A-4-Umschlag auf ihrem Schreibtisch.

„Von deinem geheimnisvollen *Informanten*?“, fragte Hansen.

„Jaaa.“ Nicole grinste über beide Backen. „Das kann unserem Anwalt das Genick brechen. Allerdings sind das nur Indizien. Ebenso wie das hier.“ Sehr langsam zog sie ein abgegriffenes schwarzes Buch aus ihrer Tasche.

Hansen und Weinert schossen von ihren Stühlen hoch. „Sag bloß…?“ Hansen bekam große Augen.

„Wie kommst du dazu?“ Weinerts Stimme zitterte vor Aufregung.

„Das, Jungs ist eine sehr spannende Geschichte. Dieses Buch“, Nicole tippte mit dem Zeigefinger auf den schwarzen Einband, „hat mich übrigens mehrere Stunden Schlaf gekostet. Aber es hat sich gelohnt. Die erste Hälfte ist in Sütterlin geschrieben, nicht gerade meine Stärke. Ich gebe euch die Kurzfassung. Ihr könnt es später in Ruhe lesen. Jetzt ist es nur wichtig für euch zu wissen, inwieweit Vogel involviert ist. Weil, wir haben ja mit diesem Herrn später einen Termin.“

„Tja, wenn er sich denn hier einfindet“, antwortete Hansen. „Ich hatte schon mehrfach mit seinem AB Kontakt, aber nicht mit unserem Rechtsverdreher.“

***

„Saach mal, warum willst du die Dasch mitnehme? Un was haste eischentlich da drin?“, stöhnte Schorsch. Er ging vor Sepp die Treppe hinab und schleppte eine Sporttasche, die ihre besten Zeiten bereits hinter sich hatte.

„Nur e bissje Proviant. E paar beleechte Brote, e bissje Oigemachtes aus em Keller. Die Elfi hot des oigekocht. Des hält sich noch a Zeitlang un zwaa Flasche Obstler, von weeche moine Knoche."

„Me könnt meine, du hast vor, länger dort zu bleibe."

„Ja, des waas mer doch net. Odder kannst du saache, wie lang die uns da schmorn lasse? Ich hab emol im Fernseh gesehe, dass se aan in so ner Zelle vergesse hawe, deshalb habe ich aach noch en dicke Pullover un Unnerwäsch zum wechsele oigepackt."

„Sepp, des war der Film *Der Graf von Monte Christo*. Außerdem hawe mer Juni un die nächst Woch soll's noch wärmer wern. Des Zeug bleibt hier!", entschied Herbert. „Mer habe a Taxi bestellt, kein Umzugswage."

„Des Zeusch kommt mit", beharrte Sepp, „Der Schorsch hot aach a Lewerworschtbrot dabeigehabt, als mer nach Nauheim gefahrn sinn. Des hot des ganze Auto ausgestunke."

„Macht so weiter und ich begeh en Doppelmord. Dann könne se in Offebach gleich e Zelle für mich reserviern." Herbert schnaufte tief und hievte Sepps Überlebensgepäck in den Kofferraum des Taxis.

***

Vogel erwischte einen Parkplatz auf der vierten Etage des Parkdecks zwischen einem SUV und einem VW Bus. So schnell würden die Bullen sein Auto also nicht entdecken. Ohnehin beschränkten die sich mit der Suche nach ihm auf Straßen, Bahnhöfe und den Flughafen. *Idioten! Ob sie die Krügers bereits gefunden hatten? Vermutlich.* Er sah auf seine

Armbanduhr – Viertel vor zwölf. Wenn er jetzt losfuhr, würde er kaum Aufmerksamkeit erzeugen.

Schon von Weitem sah er sein Boot am Anlegeplatz im Griesheimer Jachthafen. Lässig schaukelte es auf den sanften Wellen des Mains, verursacht von den vorbeifahrenden Frachtschiffen. Während er auf das Boot zulief, beobachtete er die Umgebung. Keiner der anderen Hobbykapitäne war zu sehen. Er warf seine Tasche über die Reling und löste die Leinen. Dann startete er den Motor. Mit Bedacht steuerte er in die Fahrrinne. Dann gab er Gas und das Boot schoss den Main abwärts. Unter ihm in der Kajüte gab es einen dumpfen Schlag. Irgendetwas war umgefallen. Er würde später nachsehen. Jetzt musste er erst ein paar Kilometer Land gewinnen. Die Sonne wärmte seinen Rücken.

Angespannt schritt Karl Neumann vor dem Krankenhaus auf und ab. Wo Gerhard nur blieb? Irgendwie klappten die Termine zwischen ihnen beiden noch nicht so ganz. Viertel nach zehn fragte Neumann am Empfang nach Edeltrauds Zimmernummer. Vor ihrer Tür blieb er einige Sekunden stehen, bevor er zaghaft klopfte. Ein „Herein“ hatte er nicht erwartet. Umso erstaunter war er, als er ein „Ja, bitte?“, hörte. Er drückte die Klinke nach unten und trat ein. Die Silhouette einer großen, schlanken Frau zeichnete sich vor dem vom Sonnenlicht durchfluteten Fenster ab. Sie bürstete ihre Haare, in langen, langsamen Strichen. Sofort erfasste ihn das Gefühl der Vertrautheit. Genauso hatte sie es immer getan, nachdem sie sich geliebt hatten.

„Edeltraud? Ich bin’s, Karl.“

Blitzartig drehte Edeltraud sich um. „Du?“ Langsam ging sie auf Karl zu, blieb dann aber einen Schritt vor ihm stehen. Sie schaute zu ihm auf. In ihren Augen stand eine lautlose Frage und er antwortete. „Ja, wir haben gesprochen. Gestern Abend. Alles ist gut.“

Die Bürste fiel mit einem dumpfen Geräusch auf den grauen Linoleumboden. Edeltraud umfasste Karls Taille und legte ihr Gesicht an seine Brust. „Danke.“

Irgendwann löste sie sich von ihm und wischte mit Zeige- und Mittelfinger über ihre feuchten Augen. „Jetzt muss ich weiterpacken, sonst müssen Maria und Gerhard noch warten. Ich werde in Zukunft mit ihnen zusammen in ihrem Haus wohnen, weil…“

„Ich weiß. Gerhard erzählte es mir. Er ist ein großartiger junger Mann.“

„Ja, das ist er“, bestätigte Edeltraud.

„Ich war und bin noch immer erstaunt, dass er so ganz ohne Bitterkeit ist“, fuhr Karl fort. „Was Maria und Adam getan haben, ist weder mit Worten noch mit Geld zu vergelten. Ich hoffe sehr, dass wir alle noch viele Stunden zum Reden haben. Und, dass du jetzt bei ihnen wohnen wirst, finde ich ganz wunderbar. Ich werde dich, so oft es geht, besuchen. Gewiss jeden Tag“, fügte er mit einem Lächeln hinzu.

„Was ist mit Gertrud? Sie ist noch immer deine Frau.“

„Gertrud“, wiederholte Karl langsam. „Ja, sie ist meine Frau, nach dem Gesetz, aber sie hat auch die Kinder, unsere Kinder, getötet. Unschuldige Babys.“ Karls Stimme nahm an Schärfe zu. „Nur weil …“

„…, weil du sie nicht so lieben konntest wie du mich geliebt hast“, beendete Edeltraud den Satz.

„Ja. Ich habe sie sehr schwer verletzt, das weiß ich. Ich trage mindestens genauso viel Schuld. Aber…“ Karl legte seine Hände auf Edeltrauds Schultern. „Ich konnte nicht anders und ich liebe dich noch immer und werde es immer.“ Er ließ sie los und ging zum Fenster. Eine Weile sah er schweigend auf den kurz geschnittenen Rasen und die gepflegten Gehwege, auf denen einige Patienten mit ihren Angehörigen spazieren gingen. Dann drehte er sich um. „Ich habe damals einen großen Fehler gemacht, den größten in meinem Leben. Ich habe dem Drängen meines Vaters nachgegeben und Trudi geheiratet. Dadurch habe ich nicht nur sie, sondern uns alle unglücklich gemacht. Das kann ich nun nicht mehr ändern. Aber ich kann versuchen, meinem unserem Sohn von jetzt an ein guter Freund, vielleicht sogar ein Vater zu sein.“

Edeltraud sah ihn mit ihren großen dunklen Augen an, die noch immer einen kindlichen Ausdruck hatten. „Auch ich trage Schuld daran. Ich hätte nur NEIN sagen müssen, nachdem du Gertrud geheiratet hattest. Aber ich konnte nicht. Ich war schwach.“

„Nein, Liebling“, widersprach Karl. „Das was du ertragen hast, bei diesem Teufel, in diesem verdammten Haus, ist alles andere als schwach.“ Er schaute auf die Uhr. „Es ist bereits zwanzig vor Elf. Gerhard müsste jetzt aber schon lange hier sein. Wir waren für zehn Uhr hier verabredet. Es sollte eine Überraschung sein. Wir wollten dich gemeinsam in dein neues Zuhause bringen." Karl holte sein Handy aus der Brusttasche seines Jacketts und wählte verschiedene Telefonnummern. „Das ist merkwürdig. Er geht weder an sein Handy, noch meldet sich Maria in der Wohnung."

„Ich habe plötzlich ein ungutes Gefühl", sagte Edeltraud. „Lass uns fahren. Ich bin fertig mit packen."

Karl nickte. Er nahm Edeltrauds Reisetasche. „Die ist aber leicht. Hast du deine Kleidung verschenkt?" Es sollte ein Scherz sein, aber jetzt fiel ihm ihr Kleid auf – hellblau mit weißen Margeriten. „Du siehst so verändert aus, so schön…und jung. Auch deine Haare." Edeltraud hatte in der Zwischenzeit ihre langen Haare zu einem lockeren Zopf geflochten und am Hinterkopf mit einer Spange festgesteckt. Sie lächelte. „Maria war der Meinung, wenn sich schon mein gesamtes Leben ändert, dann auch mein Äußeres. Sie kaufte mir kurzerhand ein neues Kleid, nahm all meine alten Sachen aus dem Schrank und sagte, sie würde sie in den Container vor dem Krankenhaus werfen. Ich hatte keine Chance." Sie drehte sich einmal um die eigene Achse, wie ein junges Mädchen. „Findest du mich wirklich schön? Noch immer, nach all den Jahren?"

„Du bist und bleibst für mich die schönste Frau auf Erden, selbst wenn du alt und schrumpelig bist", witzelte er, wurde aber sofort wieder ernst. „Komm, lass uns fahren."

***

Nicole klopfte nervös mit den Fingern auf der Unterlage ihres Mousepads herum. Im Grunde machte sie sich weniger

Sorgen um Vogels Verspätung; eine Streife war bereits unterwegs zu seiner Wohnung.

Ihre Anspannung bezog sich auf die Befragung der fünf Personen, die seit geraumer Zeit in einem Verhörzimmer warteten. Sie musste ganz und gar professionell vorgehen. Aber würde ihr das wirklich gelingen? Zumindest eine der fünf Übeltäter stand ihr ziemlich nahe. Hansen und Weinert hatten sich angeboten, die Gespräche zu führen, doch das hatte Nicole abgelehnt.

Ihr Telefon klingelte. „Aha. - Ja, auf jeden Fall. – Nein, dauert zu lange. Hier ist Gefahr im Verzug. Brechen Sie auf! Geht auf meine Kappe - Ja, ich bleibe dran." Zu Weinert und Hansen sagte sie: „Der Vogel scheint ausgeflogen zu sein. Die Kollegen verschaffen sich gerade Zutritt zur Wohnung. Niemand da?", fragte Nicole wieder ins Telefon. „Durchsucht die Wohnung nach Hinweisen. Ich gebe eine Fahndung raus."

***

Die Fahrt von Frankfurt nach Neu-Isenburg dauerte etwas mehr als eine halbe Stunde. In dieser Zeit sprachen beide kaum ein Wort. Edeltraud überlegte wie ihre Zukunft aussehen würde, unter einem Dach mit Gerhard, ihrem Sohn und Maria, ihrer besten und einzigen Freundin.

Durch ihre Krankheit, hauptsächlich aber wegen dieses grausamen Menschen, der als ihr Vater auftrat und ihre Kindheit und Jugend zunichtegemacht hatte, hatte sie sich immer mehr in sich und von der Öffentlichkeit zurückgezogen. Eine Familie, in der einem dem anderen beistand, kannte sie nur aus den alten schwarz-weißen Filmen, die sie in ihrem abgedunkelten Zimmer im *Sonnenhof* täglich anschaute. Würde ihr Wunsch nach einem harmonischen Leben doch noch in Erfüllung gehen?

Karl ging ein ganz anderer Gedanke im Kopf herum. Warum meldete Gerhard sich nicht? Kurz bevor sie von der Klinik losfuhren, hatte er noch einmal versucht ihn anzurufen. Doch erreichte er wieder nur die Mailbox. Das Gefühl, dass etwas passiert sein musste, ließ ihn nicht mehr los. Nur was?

Gerhards Golf stand vor dem Haus, die Rollläden noch immer heruntergelassen. Alles wirkte still. Zu still nach Karls Empfinden. Er klingelte. Nichts rührte sich. Er hielt den Daumen auf der Klingel – nichts. Plötzlich ein Geräusch, als ob etwas umgestoßen würde. Durch die dunklen Glasscheiben der Haustür versuchte Karl ins Innere zu blicken. Es kam ihm vor, als würde ein Licht hin- und her geschwenkt. Ein zweiter Blick gab ihm recht. Jemand versuchte, sich bemerkbar zu machen. Er rüttelte an der Tür.

„Was machen Sie da?" Erschrocken drehte Karl sich um. Eine Nachbarin stand auf ihrer Haustürtreppe, die Arme vor der Brust verschränkt. Sie bedachte Karl und Edeltraud mit einem strengen Blick. „Sind Sie von den Zeugen Jehovas?" Karl schüttelte den Kopf. „Wir sind Freunde und wollen zu Gerhard und Maria."

„Vielleicht schlafen sie noch. Wissen Sie, die hatten gestern Abend bis fast zwölf Uhr Besuch. Und der Gerhard kam auch erst ganz spät heim."

„Aber jetzt ist es nach halb zwölf", entgegnete Karl.

„Was schon? Oje, da muss ich die Kartoffel aufsetzen.“ Die Frau drehte sich um, blieb aber auf halbem Weg zu ihrer Tür stehen. „Hoffentlich ist nichts passiert“, rief sie. „Der Mann sah furchterregend aus. Den hab ich noch nie bei der Maria gesehen.“

„Ein Mann?“ Karl ging einige Schritte auf die Frau zu. „Wie sah der aus?“

„Na, so genau kann ich Ihnen das nicht sagen. Es war ja dunkel. Er war nicht so groß wie Sie und er hatte ne Halbglatze, mehr so ein Haarkranz, ähnlich wie bei den Mönchen.“ Sie zeigte auf ein Tor mit halbrundem Bogen, neben der Hauswand. „Versuchen Sie es hinten rum, durch die Pforte. Die ist meist nicht abgeschlossen.“

Bevor Karl sich bedanken konnte, hatte die Frau die Tür hinter sich zugeschlagen.

Die Pforte war wirklich nicht abgeschlossen. Karl und Edeltraud rannten durch den ein Meter breiten Gang zum hinteren Teil des Hauses zur Terrasse. Durch die bodentiefen Fenster sahen sie Maria an einen Stuhl gefesselt und mit einem Tuch im Mund. Gerhard lag auf dem Boden. „Gerhard! Maria!“ Edeltraud hämmerte an die Scheibe. Maria schaute auf. Sie wand sich in dem Stuhl. „Wie kommen wir da hinein?“ Panik schwang in Edeltrauds Stimme.

„Vielleicht gelingt es mir die Tür einzuschlagen. Die Stühle hier sehen massiv aus. Geh bitte zur Seite.“ Karl fasste den Metallstuhl an den Armlehnen, er war schwerer als vermutet. Mit aller Gewalt schlug er ihn gegen die Scheibe. Nach drei weiteren Versuchen waren lediglich ein paar Kratzer im Glas zu sehen. „Es hat keinen Zweck. Ich rufe die Polizei."

Keine zehn Minuten später hörten sie das Signalhorn eines Polizeiwagens. Fast gleichzeitig trafen der Notarzt und ein Feuerwehrwagen ein. Innerhalb kürzester Zeit hatten die routinierten Männer der Feuerwehr die Terrassentür aufgehebelt. Der Notarzt eilte ins Zimmer.

***

Gerhard saß auf der Couch und drückte einen Eisbeutel gegen seine rechte Kopfseite, wo Vogel ihn mit der Schusswaffe niedergeschlagen hatte. Maria hatte außer einem gewaltigen Schrecken zum Glück keine Verletzungen davongetragen. Nun saß sie neben Edeltraud, die mit angewinkelten Beinen im Sessel kauerte. „Alles wegen mir und diesem verdammten Buch. Hätte ich es doch nur verbrannt. Wie konnte ich nur so naiv sein zu denken, dass ich Vogel damit in Schach halten könne? Ausgerechnet ich, die ihr eigenes Leben nicht auf die Reihe kriegt? Die ihr eigen Fleisch und Blut nicht vor diesem Satan in Menschengestalt, schützen konnte, diesem… diesem…", sie suchte nach einem Schimpfwort. „Hurensohn?", half Gerhard.

„Gerhard!"

„Was!? Maria, es muss einmal ausgesprochen werden. Er war mehr als ein verdammter Hurensohn. Er war ein pädophiler Schweinehund. Du weißt es doch selbst am besten."

Maria wollte den Arm um Edeltraud legen.

„Nein, Maria, lass mich." Edeltraud sprang auf. „Gerhard hat Recht. Häusler war noch viel mehr. Er tötete nicht nur unser Kinde." Sie schaute traurig zu Karl. „Er tötete auch meinen Vater."

„Deinen Vater?", fragte Maria verwirrt.

„Ja, meinen Vater. Henry Godman war sein Name und er war Staff Sergeant bei der US Air Force und Maria war meine Mutter. *ER* hat auch sie getötet. Vielleicht nicht eigenhändig und war es auch wirklich nur so, dass sie vor Kummer starb. Aber schuld daran ist *ER* auf jeden Fall. Edeltraud setzte sich wieder. „An meinem sechzehnten Geburtstag gab Mine mir besagtes Buch. Sie erzählte es gehörte Maria, meiner leiblichen Mutter, die in dem Jahr starb, als ich geboren wurde. Ich sollte das Buch aber unter allen Umständen vor Hannes verstecken. Denn, wenn er es in seine Hände bekäme, würde er uns beiden Schlimmes antun. Ich habe es all die Jahre in dem alten Sekretär in meinem Zimmer versteckt – es gab da ein Geheimfach – Mine zeigte es mir."

„Und du hast das Tagebuch weitergeführt", sagte Karl dazwischen.

„Ja. Und es besteht kaum ein Unterschied zwischen dem Leben meiner Mutter und meinem." Edeltraud seufzte und schwieg für einige Sekunden, wie alle im Raum. Dann, plötzlich hob sie den Kopf und sah in die Runde. „Weshalb aber hat Vogel das Buch ausgerechnet hier, bei euch, gesucht? Ich habe es doch dir gegeben." Sie sah Karl an.

„Ich hatte noch keine Gelegenheit es dir zu erzählen. Vogel brach noch in der Nacht in mein Haus ein, nachdem

Trudi…nachdem Unglück und suchte offenbar nach dem Buch." Karl unterbrach sich. „Ein guter Freund konnte ihm das Buch wieder entwenden."

„Und wo ist es jetzt?", fragte Gerhard.

***

„Ich werde die bereits laufende Fahndung ausweiten lassen. Und danke für die prompte Info." Nicole legte den Hörer und wählte sofort wieder. „Großfahndung nach Günter Vogel. – Ja, genau der. Nun wegen schwerer Körperverletzung und Bedrohung mit einer Schusswaffe. Danke."

„Großfahndung nach Vogel?" Hansen und Weinert streckten neugierig ihre Köpfe in Nicoles Büro.

„Die Kollegen von der Streife aus Neu-Isenburg riefen gerade an", erklärte Nicole. „Maria und Gerhard Krüger wurden gestern Abend überfallen, von Vogel. Karl Neumann und Edeltraud Häusler fanden die beiden und…"

„Sind sie verletzt?", fragte Hansen.

„Zum Glück nur leicht", antwortete Nicole.

„Neumann? Unser Karl Neumann?", warf Weinert ein. „Was macht denn bei den Krügers?"

„Er holte Edeltraud Häusler aus dem Krankenhaus ab und brachte sie zu den Krügers."

„Wieso zu den Krügers, ich denke sie wohnt in…?"

„Wenn ihr zwei mich mal ausreden lassen würdet, könntet ihr es erfahren." Hansen hob entschuldigend die Hände und setzte sich brav wieder in seinen Sessel.

„Und ich hatte mich schon auf einen freien Sonntag gefreut“, sagte Weinert resigniert, nachdem Nicole geendet hatte.

„Da dürften einige Jährchen zusammenkommen, wenn wir das Vögelchen erst einmal gefangen haben“, äußerte Hansen. „Veruntreuung von Geldern, Bedrohung mit einer Waffe, Gewaltanwendung und Freiheitsberaubung.“

„Schätze, er kommt nicht weit. Ins Ausland wird er sich kaum absetzen können“, erwiderte Weinert. „Denn, wie wir erfahren haben, verfügt er nicht die finanziellen Mittel.“

„Hm“, schnaubte Hansen. „Wie ich den einschätze hat der garantiert irgendwo Geld gebunkert.“

Nicole nickte. „Möglich. Die Kollegen stellen gerade seine Wohnung auf den Kopf. Aber, zunächst widme ich mich unseren Hobbykriminalisten.“ Nicole sah auf die Uhr. „Noch ist Zeit für einen schönen Cappuccino und ein knuspriges Schokocroissant. Lars, bist du so gut…?“

„Wieso schon wieder ich? Was habe ich jetzt schon wieder angestellt, dass du mich wie deinen Diener behandelst?“

„Sei froh, dass sie dich nur als ihren Kaffeeboy benutzt, könnte schlimmer kommen“, frotzelte Weinert.

„Also, entweder einer von euch geht jetzt Kaffee holen, oder ihr übernehmt den kompletten Papierkram nach Abschluss unseres Falls.“

„Ok, ich geh“, bot Hansen sich an. „Aber du weißt schon, dass das Erpressung ist?“

„Nein, du machst das doch freiwillig um mich bei Laune zu halten“, konterte Nicole.

***

„Warten Sie bitte dort. Ein Kollege wird Sie abholen.“ Die Polizeibeamtin zeigte auf eine Stuhlreihe an der Fensterfront.

„Abholen. Wie sich das anhört“, murmelte Gundel.

„Geween dich schon emol dro“, kicherte Sepp. „Im Knast werd so geredd.“

„Wir kommen doch nicht wirklich ins Gefängnis, oder, Helene?“, fragte Gundula Krämer nun schon zum zweiten Mal. „Das kann die Frau Wegener doch nicht zulassen.“

„Kann ich mir net vorstelle“, sagte Herbert. „Keiner von uns is vorbestraft. Und auch bei ner Verurteilung gibt’s da nur e Bewährungsstrafe.“

„Och ja? Woher willst du des wisse? Mer kennt grad mahne, du hest schon emol vor Gericht gestanne.“ Als Herbert schwieg, fuhr Schorsch fort. „Ich wollt dich sowieso emol fraache, woher du die ganze Sache host, mit dene du beim Karl do oigestiesche bist.“

„Kannst de alles im Internet kaufe“, antwortete Herbert ausweichend.

„Hest de doi Werkzeusch amol mitgenomme, falls die uns doch oibuchte un mer ausbreche misse.“ Sepp klopfte mit seinem Stock auf den Boden. „Na, ich hab ja uf jeden Fall vorgesorscht, falls des do doch länger dauert. Ich hab was zu trinke und zu esse dabei. Mer waas ja net was die aam do vorsetze.“ Ruckartig fuhr er herum. „Schorsch! Wo is moi Dasch? Du werst se doch net im Taxi vergesse hawe?“

„Hier is doi eiserne Reserve.“ Schorsch zeigte auf die prall gefüllte Sporttasche neben sich auf dem Boden. „Willst de net jetzt schon was esse, vielleicht von dene oigemachte Persching? Dann is die Dasch e bissje leichter."

„Was?"

„Oigekochte Pfirsiche, Gundel. So langsam misste des eischentlich wisse. Bist ja schon lang genuch hier", ereiferte sich Schorsch.

„Komm, Helene. Mir gehn mal frage, wie lang wir hier noch warte solle." Herbert erhob sich. „Gundel du passt auf die beide auf."

„Warum ich schon wieder? Die Helene kann auch mal Kindermädchen spielen."

„Des macht die Helene schon bei mir", erwiderte Herbert. Im Aufstehen griff er nach Helenes Hand und zog sie mit sich. „Ich kann einfach des Gezeter net länger ertrage. Ich mag se werklich, den Sepp und den Schorsch. Aber manchmal gehn se mer schon auf die Nerve."

„Ja, Frau Wegener", sprach die Polizeibeamtin gerade ins Telefon. „Ich werde die Herrschaften in einer viertel Stunde in den Verhörraum Drei bringen lassen. – Die Sache Vogel? Bedrohung mit einer Schusswaffe und Körperverletzung?" Einen Moment. Ich sehe nach." Sie tippte auf der Tastatur ihres Computers herum. „Nein, noch keine Ergebnisse. Der Verdächtige ist noch immer flüchtig – Selbstverständlich werde ich Sie sofort informieren." Die Polizistin legte auf und wandte sich an Helene und Herbert. „Was kann ich für Sie tun?"

„Entschuldigung. Wir konnten nicht umhin Ihr Gespräch mitzuhören. Haben Sie gerade von Rechtsanwalt Vogel gesprochen?“, fragte Helene mit unschuldigem Blick.

„Sie kennen ihn?“

„Net persönlich“, log Herbert. „Was hat er denn angestellt?“

„Darüber darf ich nicht mit Ihnen reden. Nehmen Sie bitte wieder Platz. Ein Kollege wird sich gleich um Sie kümmern.“

Die Eingangstür wurde aufgestoßen und sofort erfüllte lautes Gekeife den Raum. Zwei Polizisten schleppten eine Frau herein, die sich kaum noch auf den Füßen halten konnte aber wild um sich schlug. „Oh, die schon wieder“, seufzte die Polizistin. „Na, Christel, mal wieder einen über den Durst getrunken?“ Die Frau lallte irgendetwas Unverständliches. „Am besten, ihr bringt sie in die Ausnüchterungszelle.“

„Die Dame hat sich vollgekotzt.“ Einer der Polizeibeamten deutete auf die stark alkoholisierte Frau. „Sie müsste erst einmal gesäubert werden. Ansonsten können wir unsere Suite tagelang nicht mehr benutzen.“

„Das ist nicht euer Ernst?“ Zwei Augenpaare blickten die Polizistin belustigt an.

„Die Kolleginnen sind alle im Einsatz und wir dürfen nicht.“

Ohne Helene und Herbert weiter zu beachten, folgte die Beamtin ihren Kollegen.

„Hundertprozentisch hat die grad über den Vogel gered“, platze Herbert heraus. „Was soll der gemacht habe, Körperverletzung?“

Helene nickte. „Das habe ich auch gehört und Bedrohung mit einer Schusswaffe und er ist auf der Flucht, sozusagen zur Fahndung ausgeschrieben. Wen könnte er bedroht haben?“

Herbert sah sich um. Außer ihnen befand sich zurzeit keine Menschenseele im Foyer. Und Sepp, Schorsch und Gundel befanden sich augenscheinlich in einer sehr heißen Debatte. Mit schnellen Schritten eilte er hinter den Tresen.

„Herbert, was machst du da?“

„Ah. Prima. Die hat vergesse die Seite zu schließen.“ Seine Augen flogen über den Text. „Menschenskind. Helene, horch dir des an. Opfer: Maria und Gerhard Krüger, Neu-Isenburg. Täter: vermutlich Günter Vogel, Rechtsanwalt i.R. –auf der Flucht. Fahndung läuft.

Tatbestand: Körperverletzung und Freiheitsberaubung – Bedrohung mit Hilfe Schusswaffe.“

„Oh, nein.“ Helene schlug ihre Hände übers Gesicht. „Weshalb greift der Vogel die Leute an?“

„Gerhard und Maria Krüger“, sinnierte Herbert. „Komme dir die Name net auch bekannt vor?“

Helene überlegte nur kurz. „Ja, klar. Adam und Maria Krüger. Die Adoptiveltern von Edeltrauds Jungen.“

„Stimmt. Und Edeltrauds Sohn heißt Gerhard. Was aber haben die beiden mit diesem Rechtsanwalt Vogel zu tun?“

„Lass uns kurz an die Luft gehen, ich muss denken. Und komm da hinter vor, bevor die Polizistin zurückkommt.“ Helene winkte hektisch.

Vor dem Polizeigebäude hakte Helene sich bei Herbert unter und dirigierte ihn zu einer Bank, die unter einem Baum auf einem kleinen Rasenstück stand. Sie setzten sich und Helene streckte ihr Gesicht in die warme Sonne. „Das ist schön“, murmelte sie. „Ja, ist es“, stimmte Herbert ihr zu. Dabei meinte die Nähe zu Helene.

Nach einigen Minuten unterbrach Helene das Schweigen. „Lass uns mal rekonstruieren, was wir wissen.“

„Ich mag’s, wenn de dich so gebildet ausdrückst“, fiel Herbert Helene ins Wort.

„Eh, ja. Der Vogel will unbedingt das Buch, weil der Inhalt ihn Kopf und Kragen kosten könnte. Er scheut nicht vor einem Einbruch in Karls Haus zurück.“

„Und als er kurz vorm Ziel is, komm ich ihm in die Quer.“

Helene nickte. „Die Frage ist aber, wie kommt er auf den Gedanken, dass Gerhard und Maria im Besitz des Buchs sind?“

Herbert zuckte mit den Schultern. „Tja, wenn mer des wüsste. Auf jeden Fall is er abgehaue, ohne des Buch. Des wisse mer genau.“

„Wo könnte er sich verstecken? Die Polizei überwacht die Bahnhöfe, die Straßen und den Flughafen - also keine Fluchtmöglichkeit. Könnte es sein, dass er noch Kontakte zu seinen ehemaligen Klienten hat und sich bei einem von ihnen verbirgt?“

„Möglich wär’s schon“, murmelte Herbert. „Aber, da wär er auch nur für e gewisse Zeit sicher. Des sind alles Verbrecher, die verrate ihre eigene Mutter, wenn was für sie selbst dabei rausspringt. Auf solche Kerle is kein Verlass.“

„Du hast wohl Erfahrung in diesen Dingen? Ich vermute, du trägst ein großes Geheimnis mit dir herum."

„Kann schon sein", antwortete Herbert grinsend. „Macht mich das interessant für dich?"

„Kann schon sein", replizierte Helene mit gespitzten Lippen. „Lass uns wieder reingehen, sonst schreiben die uns auch noch zur Fahndung aus." Im gleichen Atemzug sagte sie: „Den Ausflug mit Nicole auf dem Dampfer kann ich wohl vergessen. Dabei hatte ich mich so sehr darauf gefreut."

„Was hast du grad gesacht?" Herbert hielt Helene am Arm fest.

„Dass ich den Ausflug mit Nicole…"

„Des isses!" Herbert schlug sich mit der flachen Hand an die Stirn. „Des Boot! Erinnerst du dich? Der Vogel hat sich doch ein Boot gekauft, als er in Pension ging. Die Edeltraud hat des doch auch erwähnt."

„Du glaubst, er flüchtet mit dem Boot? Aber wo will er damit hin? Hier ist weit und breit kein offenes Meer."

„Es reicht, wenn er zunächst Mainabwärts ins nächste Bundesland schippert. Bis die Polizei in Rheinland-Pfalz von der Fahndung Wind kriegt – die sin dort eh e bissje langsam - ist der Kerl schon im Ausland. Die Polizei ist lang net so gut vernetzt, wie mer des annehme könnt, trotz ihrer Computer."

„Woher willst du…? Egal." Helene machte eine abwehrende Handbewegung. „Wenn du recht hast, wo liegt dieses Boot? Kannst du dich erinnern?"

Herbert presste die Augen zusammen. „Wart mal, des fängt mit G an. Jetzt hab ich's. Griesheimer Jachthafen."

Helene kramte ihre Geldbörse aus der Tasche. „Ich habe etwa Fünfzig Euro und du?“

„Ich weiß net, Moment.“ Herbert öffnete seine Brieftasche. „Hundertfünfzig, warum?“

„Dort drüben stehen Taxen.“ Helenes Augen blitzten voller Abenteuerlust.

Die beiden eilten über die Straße und steuerten auf das erste Taxi zu. Sie setzten sich auf die Rückbank. „Griesheimer Jachthafen“, nannte Herbert dem Fahrer ihren Zielort.

„Jetzt werden wir wahrscheinlich doch noch zur Fahndung ausgeschrieben“, flüsterte Helene.

„Da mach dir mal keine Sorge. Eine Fahndung wird nur veranlasst, wenn vorher ein Haftbefehl vorliegt.“

Der Taxifahrer schaute mit hochgezogenen Augenbrauen und gerunzelter Stirn in den Rückspiegel.

***

„Jetzt sagen Sie endlich wo die beiden sind.“

„Aber wenn wir es doch nicht wissen, Frau Wegener. Warum glauben Sie uns nicht“, jammerte Gundula Krämer. „In der einen Minute standen sie noch an der Anmeldung und in der anderen Minute waren sie weg.“

Sepp und Schorsch nickten. „Genauso war’s“, bestätigte Schorsch. „Mer hawe uns unnerhalte üwer die Sache, die der Sepp so alles mitgenomme hat, weil er dem Esse hier net traut. Als mer wieder ufgeguckt hawe, warn se weg, der Herbert und die Helene, wie vom Erdbodde verschluckt.“

„Fraache Se doch mol ihr Kollechin, vorn am Tresen. Die war doch mit dene am verzähle, bevor se verschwunne sinn.

Vielleicht hat se se ja schon in eine von ihrer Zelle gesteckt“, kicherte Sepp Richter. „Am beste, Se gucke mol nooch.“

„Herr Richter. Es reicht.“ Nicole schlug mit der flachen Hand auf den Tisch. „Sie sind sich wohl dem Ernst Ihrer Lage nicht bewusst. Bis jetzt hatte ich viel Geduld mit Ihnen. Aber wenn Sie weiter unsere Arbeit behindern, lasse ich Sie einsperren.“

„Dürfe Se des überhaupt?“, fragte Schorsch mit bebenden Lippen. „Mir hawe doch nix verbroche.“

„Und ob ich das darf. Beugehaft nennt man das. Und was heißt Sie haben nichts verbrochen? Soll ich Ihnen Ihre Vergehen aufzählen?“

„Nicole, kommst du mal?“ Hansen streckte seinen Kopf zur Tür herein. „Ist wirklich wichtig.“

Nicole warf einen letzten strengen Blick auf das Dreigestirn und folgte ihrem Kollegen nach draußen.

„Habt ihr sie gefunden?“

„Nein, das nicht. Aber ein Taxifahrer hat sich gemeldet. Er sagte, vor etwa einer Stunde wäre ein älteres Pärchen in sein Auto gestiegen. Seine Beschreibung trifft auf Herrn Walter und deine Helene zu. Sie wollten zum Griesheimer Jachthafen gebracht werden. Im Nachhinein kam es ihm seltsam vor, weil er die beiden über *Fahndung* und *Haftbefehl* habe sprechen hören. Er wollte nur sichergehen, dass er nichts falsch gemacht habe.“

„Zum Griesheimer Jachthafen?“, wiederholte Nicole stirnrunzelnd. „Ist der Taxifahrer noch hier?“

„Nein, er hat aber seine Rufnummer hinterlassen.“

„Ich frage mich, was die beiden am Jachthafen wollen."

Hansen zuckte mit den Schultern. „Vielleicht hat der Walter ein Boot dort liegen und er wollte es deiner Helene zeigen, Eindruck schinden, du verstehst? Mein Auto, mein Haus, mein Boot."

„Das kann auch nur dir einfallen", entgegnete Nicole aufgebracht. „Und wenn du noch einmal *deine* Helene sagt, bring ich dich um." Als Unterstützung ihrer Drohung griff sie nach einem Briefbeschwerer aus Glas, der die Form eines etwa zehn Zentimeter großen roten Gummibärchens hatte. Eine Erinnerung an den glühweinfröhlichen Abend auf dem Weihnachtmark, den sie alle drei zusammen verbrachten, was Hansen wiederum zu einem Schmunzeln veranlasste. „Wenn, dem aber so wäre", fuhr Nicole mit mühsam unterdrücktem Grinsen fort, „dann ist der Zeitpunkt äußerst schlecht gewählt. Außerdem, in Seligenstadt gibt es zwar keinen Jachthafen, aber Boot fahren kann man dort auf dem Main allemal."

„Hey Leute." Harald Weinert kam schwungvoll um die Ecke. „Ich hab da was." Er wedelte mit einem Zettel. „In dem Buch von der Häusler, steht etwas über ein Boot, das der Vogel sich zugelegt hatte, nachdem er in den Ruhestand ging. Nur ist auf unseren Ex-Anwalt kein Bötchen registriert, dafür aber auf Edeltraud Häusler." Weinert genoss die momentane Sprachlosigkeit seiner Kollegen. „Bitte, keine brausenden Ovationen. Das ist zu viel der Ehre. Übrigens das Schiffchen liegt im Griesheimer Jachthafen."

„Jetzt noch die Nummer des Liegeplatzes und du kriegst das nächste Fleißkärtchen", frotzelte Hansen.

„Die hab ich natürlich, Herr Kollege, aber die nutzt uns nichts. Das Boot ist seit ungefähr einer halben Stunde weg. Und bevor ihr fragt. Keiner hat etwas gesehen oder gehört, laut dem Hafenmeister." Weinert malte Anführungszeichen in die Luft.

„Verdammt!" Hansen schlug mit der Faust gegen die Wand. „Wo will der Kerl hin?"

„Andere Frage." Nicole sah ihre Kollegen an. „Wie schnell kommt man mit einem Boot auf dem Main vorwärts? Wenn ich mich recht erinnere gibt es da Schleusen, die behindern doch erheblich. Zudem kannst du nicht an jeder x-beliebigen Stelle anlegen, oder?"

„Sagen wir mal, es ist nicht gern gesehen", erwiderte Weinert. „Bedeutet, wir brauchen eine Karte. Bin schon unterwegs." Er drehte sich auf dem Absatz herum und eilte mit großen Schritten davon.

„Such im Radius von Fünfzig Kilometer, vom Liegeplatz aus", rief Nicole ihm nach.

„Wie geht's jetzt mit unserem Rentnertrio weiter?", fragte Hansen. „Schicken wir sie nach Hause?"

„Kommt nicht infrage. Die bleiben hier. Steck sie von mir aus in die dunkelste Zelle", antwortete Nicole gepresst.

***

Als das Boot abrupt Fahrt aufnahm, verlor Helene das Gleichgewicht und stürzte gegen die Bank.

„Tut's weh?", flüsterte Herbert. Sie saßen in der engen Kabine auf der Bank nebeneinander. Gerne hätte er seinen Arm um Helene gelegt, traute sich aber nicht.

An dem kleinen Bullauge flog die Landschaft vorbei. Welche Orte hatten sie bereits passiert? Welche lagen vor ihnen? Sie wussten es nicht.

„Es geht schon“, antwortete Helene ebenso leise. „Wird wohl eine Beule geben.“

„Entschuldige.“

„Wofür? Es ist nicht deine Schuld. Ich hatte die Idee hierher zu fahren.“

„Schon, aber ich wollt des Boot durchsuche“, entgegnete Herbert „Hätt ich des nur alleine gemacht, dann könntest du jetzt wenigsten die Polizei anrufe.“

„Verdammisch. Ich werde wohl langsam tüddelich. Du hast doch dein Handy dabei. Ruf Nicole an.“

„Mist“, entfuhr es Herbert. „Hätt ich selbst dran denke könne.“ Er holte sein Mobiltelefon aus der Jackentasche. „Wie is die Nummer?“

„Moment.“ Helene kramte in ihrer Tasche. „Hier“, sie schlug ihren Taschenkalender auf. Herbert wählte die Nummer, die Helene ihm nannte. „Mach dich man auf Ärger gefasst. Dat Deern wird stinksauer sein, weil…“

„Hallo, Frau Wegener. Hier spricht Herbert Walter – eh - ja – ja doch soweit –auf dem Boot vom Vogel, auf dem Main – nee – Main abwärts tät ich sage – nee, der weiß doch net, dass wir hier sind - ja, klar bleibe mer wo mer sind, wo solle mer auch hin? – Na, wenn’s denn sein muss.“ Herbert legte auf.

„Und, was hat Nicole gesagt? War sie sehr fuchsig? Was sollen wir tun? Was unternimmt sie?“

„Zuerst wollt sie wisse, ob es uns gut geht und dann was uns einfallen tät, so einfach zu verschwinden und, dass die gesamte Polizei nach uns sucht und wo wir uns grad befinde würde. Ich hab gesagt, dass wir auf dem Boot vom Vogel wären aber net wüsste wo genau. Und, dass der keine Ahnung davon hätt, dass wir sozusagen als blinde Passagiere an Bord sind. Aber, des haste ja gehört. Dann hat sie gesagt, dass wir uns ruhig verhalte solle. Sie würde alles in die Wege leiten um uns so schnell wie möglich aufzuspürn und um uns zu befreie. Danach aber würd' sie uns in eine Zelle sperrn und den Schlüssel wegwerfe", schloss Herbert.

„Ich sagte doch, es gibt Ärger."

„Hm, ja", bestätigte Herbert und nach einer kleinen Pause. „Wir könnte uns ins Ausland absetze. Pass und Kreditkarte hab ich dabei."

„Absetzen? Du meinst fliehen? Weshalb und wohin?"

„Ich könnt mir gut vorstellen, mit dir in Frankreich, Belgien oder Luxemburg zu leben, oder wo immer du willst." Herbert warf Helene einen scheuen Blick zu. „Wenn uns Frau Wegener in den Knast stecke will, wer weiß ob wir dann noch die Möglichkeit dazu habbe."

„Du meinst das wirklich ernst, stimmt's?"

„Klaro."

Helene schmunzelte. „Ich wollte schon immer mal nach Frankreich und einen Urlaub mit dir könnte ich mir auch gut vorstellen. Aber nicht auf diese Weise. Außerdem wird Nicole uns ganz gewiss nicht verhaften."

„Bist du dir da sicher?"

Helene nickte. Nun legte Herbert seinen Arm um Helene und die zeigte keine Ablehnung.

„Herzzerreißend. Zwei Turteltäubchen auf meinem Boot."

Erschrocken starrten die beiden auf Vogel. Breitbeinig stand er auf der steilen Treppe, die aus der Kajüte nach oben führte. Er grinste frech. „Seid ihr nicht zu alt für derlei gewagte Pläne?" Er trat einen Schritt näher. „Wer seid ihr überhaupt und was macht ihr auf meinem Boot?", fragte er scharf. Das gezackte Messer in seiner Hand blitzte bedrohlich.

„Wir sind aus dem Altersheim abgehauen", antwortete Herbert spontan. „Wissen Sie, die sehen es dort nicht gerne, wenn wir zusammen sind. Wir wollten einfach mal ungestört sein, wenn Sie verstehe? Purer Zufall, dass wir uns ausgerechnet auf Ihr Boot verkrochen habbe. Tut uns auch leid."

„Aber dann fuhr das Boot los und wir hatten Angst", ergriff Helene das Wort. „Wir wussten nicht, was wir tun sollen."

Vogel presste die Augen zusammen. „Und das soll ich euch glauben?" Sein Blick huschte nervös von Helene zu Herbert. Der zuckte mit den Schultern. „Rufen Sie im Heim an. Ich gebe Ihnen die Nummer. Die werden bestimmt schon nach uns suchen." Herbert zog sein Portemonnaie aus seiner Hosentasche und ging zwei Schritte auf Vogel zu.

„Stehen bleiben!", schrie der und streckte seinen linken Arm aus. „Her damit!" Herbert reichte ihm seine Geldbörse. Kurz bevor Vogel danach greifen konnte, fiel sie Herbert aus der Hand. Vogel folgte der Bewegung mit den Augen. Herbert nutzte diesen Sekundenbruchteil um Vogel das

Messer aus der Hand zu schlagen und ihn zu Fall zu bringen. Dummerweise war die Kajüte für einen Kampf ziemlich ungeeignet. Vogel trat nach Herbert. Der taumelte gegen den Einbauschrank. Sofort holte Vogel zum Schlag aus. Doch Herbert duckte sich blitzschnell und Vogels Faust landete krachend in der Schranktür. Herbert stürzte sich erneut auf Vogel. Eine Pfanne aus Gusseisen sprang Helene in die Augen. Das Kochgerät war schwerer als gedacht. Mit zitterigen Händen zielte sie auf Vogels Schulter. Mit einem lauten Aufschrei fiel er auf die Seite. Blitzschnell rollte Herbert ihn auf den Bauch und drückte ihm sein Knie zwischen die Schulterblätter. Vogels Hände verschränkte er auf dessen Rücken. „Widerstand zwecklos, Freundche. Wir brauche was um ihn zu fessele. Eine Kordel oder so was."

Helene öffnete einige Schränke und wurde schließlich in einer Schublade fündig. „Hier ist eine Kordel."

Nachdem Vogel *versandfertig* verschnürt, wie Herbert sich ausdrückte, auf der Bank saß, gingen sie nach oben. Das Boot lag längsseits an einer Uferböschung und war an den in den Fluss hängenden Ästen eines Baums vertäut.

„Weißt du, wo wir hier sind?

Herbert blickte sich um. „Dort", er zeigte auf eine Kirche, auf der anderen Seite mit einem spitzen hohen Turm, „des könnte die evangelische Kirche von Kelsterbach sein. Aber ganz sicher bin ich mir net. Vielleicht sollte ich Nicole anrufen und ihr mitteilen, wo sie uns finden kann und, dass wir den Vogel eingefangen haben." Er lachte verschmitzt. „Vielleicht stimmt sie das ein wenig versöhnlicher."

***

„Wir haben sie." Weinert stürmte erneut in Nicoles Büro. „Der Kahn liegt in Kelsterbach."

„Dann nix wie hin!" Nicole schnappte ihre Jacke und sauste, gefolgt von Weinert und Hansen aus dem Büro. „Wie hast du das so schnell herausgefunden?"

„Vogel hat sich erst vor kurzem ein GPS-Gerät in sein Boot einbauen lassen. Ich stieß darauf, als ich im Internet nach Infos zu dem Kahn suchte, wegen der Geschwindigkeit und um zu errechnen, wie weit er bis jetzt geschippert sein könnte. Der Hersteller wirbt mit der Nachrüstung für Boote älteren Baujahres und da habe ich einfach mal angerufen und BINGO! Danach musste ich nur noch die Daten von Vogels Boot in unseren Computer eingegeben."

„Wozu benötigt man ein Navigationssystem in der Binnenschifffahrt?", fragte Hansen. „Auf dem Main oder auch Rhein kann man sich doch kaum verfahren."

„Das ging mir gerade auch durch den Kopf", sagte Nicole.

„Womöglich hatte der Vogel sowieso vor sich abzusetzen und zwar weit weg", erwiderte Weinert, während sie zum Lift rannten. Nicole drückte Parterre. „Ich lasse unsere Kollegen in Kelsterbach verständigen. Die sind schneller vor Ort. Beschafft ihr schon mal einen Dienstwagen."

„Harry, hol den Wagen", forderte Hansen seinen Kollegen auf. Dessen Lippen bildeten das Wort *Idiot*.

***

Der Anruf erreichte Nicole kurz vor der Autobahnauffahrt. „Hallo, Frau Wegener. Wir sind's noch mal, der Herbert und die Helene. Wir haben am Kelsterbacher Ufer angelegt. Das heißt, ich glaube es ist Kelsterbach. Auf der Seite wo die evangelische Kirche steht."

„Das ist uns mittlerweile bekannt. Wir sind bereits auf dem Weg." Nicole versuchte eine gewisse Härte in ihre Stimme zu legen. Es gelang ihr nicht besonders gut. Seit sie wusste, dass Helene und Herbert auf Vogels Boot sind, wurde sie von Minute zu Minute nervöser. *Der Kerl geht über Leichen*, klangen Andys Worte, wie in einer Wiederholungsschleife in ihren Ohren.

„Aber wie…? Ah, ich kann's mir denke. GPS, stimmt's?"

„Sind Sie und Helene ok? Und was heißt angelegt?"

„Na, der Vogel hat sein Schiffche ans Ufer gelenkt. Warum weiß ich auch nicht. Aber uns geht's gut. Mache Sie sich keine Sorge. Die Helene hat e kleine Blessur am Kopf. Ist aber nicht schlimm. Sie brauche sich auch nicht zu beeile. Der Vogel is außer Gefecht und abholbereit verpackt."

„Was bedeutet das schon wieder?"

„Er lebt. Kann aber sein, dass seine Schulter gebrochen ist. Die Helene hat einen ganz schönen Schlag am Leib."

„Helene?" Nicole schüttelte den Kopf. „Ok, ok. Das erzählen Sie mir später alles ganz genau, vor Ort. Die Kollegen aus Kelsterbach sind unterwegs und wir sind in etwa einer Stunde bei ihnen. Bis dahin rühren Sie sich nicht von der Stelle!"

„Geht klar, Frau Wegener." Herbert steckte sein Handy in die Jackentasche. „Sie meint, sie brauche ungefähr eine

Stunde. Aber die Polizei aus Kelsterbach wär schon unterwegs. Und wir solle vor Ort bleibe."

Helene hielt Herbert am Ärmel fest. „Ehrlich gesagt, will ich runter von dem Boot."

Herbert nickte und deutete auf die Grasfläche oberhalb der Uferböschung, die jetzt im vollen Sonnenlicht lag. „Wir könne uns genauso gut auf die Wiese dort setzen. Ich glaub", er legte eine Hand über die Augen, „da steht eine Bank."

Helene folgte Herbert, unterstützt von dessen kräftigen Händen, erst vom Boot, dann den Hang hinauf. Dort stand tatsächlich eine Bank, an einem asphaltierten Weg. Eine Weile saßen sie still nebeneinander und schauten auf die sanften, glitzernden Wellen, die sich am Ufer brachen. Plötzlich drückte Helene Herberts Hand. „Wie du den Kerl niedergerungen hast, das war schon beeindruckend. Woher kannst du so etwas? Und erzähl mir nicht, es wäre reiner Zufall. Oder du hättest das im Fernsehen gesehen. Ich bin vielleicht alt aber noch nicht döspaddelich."

„Erstens bist du nicht alt, bestenfalls gereift und dumm ebenfalls nicht, sondern sehr, sehr klug und scharfsinnig." Sein Gesicht war nur noch Zentimeter von Helene entfernt. „Wenn du versprichst, niemandem etwas zu verraten, dann erzähle ich's dir. Ich will net, dass man mich für einen Angeber hält. Verstehst du?" Helene nickte mit roten Backen, was nicht nur an der warmen Sonne lag. „Versprochen. Nun spann mich nicht länger auf die Folter."

Herbert wandte seinen Kopf und schaute zur in der Nähe gelegenen Ortschaft, aus deren Mitte die Kirchturmspitze in den Himmel ragte. „Du weißt, dass ich nach dem Tod meiner Mutter eine lange Reise unternommen hab.“

„Ja, davon habe ich gehört.“

„Also zuerst war ich in Thailand. Mich interessierte schon immer die asiatische Kultur. Dort, in einem Tempel, hab ich einen tibetischen Mönch kennengelernt. Net ungewöhnlich. Da laufen Duzende herum. Auffallend war, dass wir immer wieder bei den gleichen Tempelfiguren stehenblieben. Schließlich kamen wir ins Gespräch und merkten schnell, dass wir uns prima verstanden. Kurz und gut, er fragte mich, ob ich ihn nach Lhasa, das ist die Hauptstadt von Tibet, begleiten wolle. Er wohnte dort im Kloster Seta. Das liegt etwa vier Kilometer von Lhasa entfernt, auf 4000 Metern Höhe. Es ist sehr berühmt und soll von Chamchen Chöje Shakya Yeshe, einem Schüler von Tsongkhapa, dem Gründer des Gelug-Ordens, erbaut worden sein. Außerdem ist das Kloster seit 1982 religiöses Kulturerbe. Aber das nur am Rande.“ Helene knetete ungeduldig ihre Hände. „Jedenfalls sagte Yin Yin, so hieß der Mönch, wenn ich mich für den Buddhismus interessiere und mehr über die Lehre Buddhas erfahren möchte, dann wäre sein Kloster der geeignete Ort. Dort fänden täglich Debatten über die buddhistische Lehre statt. Ich sagte spontan zu.“ Herbert schaute für einen kurzen Moment in den strahlend blauen Himmel. So, als befände er sich urplötzlich an einem anderen Ort. „Ich kann dir nicht sagen, was diese Nachmittage in mir bewirkten. Zuerst erschien mir die Gestik der Mönche ziemlich bedrohlich. Bald wurde mir aber klar, dass sie nur Ausdruck ihrer Emotionen war. Es war eine Erfahrung, die mein Leben veränderte.“

„Und dort hast du dieses Kung-Fu gelernt?“, fragte Helene aufgeregt.

Herbert schüttelte den Kopf. „Im Kloster Seta werden einzig die geistigen Fähigkeiten gefördert, das war schon immer so. Zu Anfang bestand das Kloster noch aus vier Fakultäten, die später zu zwei zusammengelegt wurden, berichtete mir Yin Yin. Nach dem Aufstand 1959 wurde das Kloster aufgelöst und die Gebäude als Kaserne benutzt. Ein großer Teil wurde auch zerstört. 1980 renovierte die chinesische Regierung die Anlage und stellte sie 1982 unter Denkmalschutz.“ Herbert drehte Helene wieder sein Gesicht zu und schmunzelte. „Tsalgyang, so nennt sich die tibetische Kampfkunst habe ich in Deutschland, in einer tibetischen Kampfsportschule, erlernt, in der Nähe von Berlin. Noch immer fahre ein bis zweimal im Jahr dorthin.“

„Ach. Und ich dachte, jetzt käme noch eine spannende Geschichte.“

„Weißt du, dass wenn du so richtig aufgeregt bist, deine hübschen braunen Augen noch größer werden?“

„Und weißt du, dass du deinen lustigen hessischen Dialekt verlierst, sobald du mit mir redest?“ Helene nahm Herberts Kopf zwischen ihre Hände und gab ihm einen Kuss auf die Lippen. Herbert erwiderte ihren Kuss.

Helene wurde ganz schwindelig. Eine Empfindung, die sie seit dem Tod ihres Friedels nicht mehr erlebt und schmerzlich vermisst hatte. Beinahe verschämt lösten sich voneinander.

„Meinst du, wir benehmen uns albern?“

„Nee“, erwiderte Herbert. „Aber ich hab einen Bärenhunger.“

Zur Bestätigung knurrte sein Magen. „Was meinst du, ob wir in den Ort gehen und uns was zu essen besorgen kann, bis die Polizei eintrifft?“

„Was werd des jetzt?“ Misstrauisch beobachtete Schorsch wie Sepp in seiner Reisetasche wühlte.

„Na was glaubst de? Ich hab Hunger. Is schon Zwölf vorbei. Ich hab’s gewusst. Die lasse uns hier verhungern und verdorschte. Koa Sau kimmert sich um uns.“ Sepp klappte die Alufolie auseinander.

„Igitt!“ Gundel hielt sich die Nase zu. „Stinkkäse. Bist du noch bei Trost?“

„Schmeckt mer halt.“ Sepp biss herzhaft in sein Brot. „Außerdem war nix anneres mehr im Kühlschrank. Will noch jemand?“, fragte er, über beide Backen kauend. Zu seiner Erleichterung schüttelten Gundel und Schorsch ihre Köpfe.

„Aber Durst hätte ich schon“, gab Gundel zu. „Es gibt hier doch bestimmt einen Getränkeautomaten oder wenigstens einen Wasserspender? Im Fernsehen stellen die immer einen Becher Wasser hin, schon wegen der DNA, falls aus den Zeugen plötzlich Verdächtige werden.“

„Was fer a Zeusch? DENA?“, fragte Sepp, zwischen zwei Bissen. „Heert sich o, wie a Reklame fer Windel.“

Gundel rollte mit den Augen. „Seht ihr außer Heimatfilme und Volksmusiksendungen auch noch etwas anderes? Durch die DNA kann die Polizei Mörder und Vergewaltiger überführen“, klärte sie ihre staunenden Nachbarn auf. „Die ist in unseren Genen.“

„Bei mir net. Ich hab mit dem neumodische Zeusch nix zu tu“, entgegnete Sepp trotzig. „Ich hab mich aach nie impfe losse. Außerdem hawe mir niemand vergewaltischt.“ Er machte sich über sein zweites Brot her und brummte. „Frieher sinn die Finger uf a Stempelkisse gedrickt worn.“

„Stimmt“, nickte Schorsch. „Ich kann mich erinnern, domals achtunddreißig, als mich oaner oagezeischt hot, weil ich beim Goldstein, dem Judd, moi Ledder gekaaft hab. Ich waas bis heut noch net, wer des gewese war.“ Einen Augenblick schien er wieder darüber nachzudenken, dann fuhr er fort. „Ich musst domols uf die Wache. Dort hawe se mer die Fingerabdrück genomme. Die Farb hab ich taachelang net mehr abgekriegt. Kennt ich en Schluck davon hawe?“ Schorsch deutete auf die Flasche Schnaps, die Sepp aus der Tasche geholt hatte und gerade in einen Weinbecher aus Zinn goss.

„Ach, jetzt uf amol? War doch e gud Idee, dass ich vorgesorscht hab.“ Voller Stolz schob er Schorsch den Becher zu und holte zwei weitere aus seinem Fundus. „Hab gewusst, dass die uns do verhungern und verdorschte losse. Seit mindestens ner Stund war koaner von dene mehr do. Mache wahrscheinlich grad en ausgedehnte Mittagsschlaf.“ Er goss auch den dritten Becher halb voll. „Do, Gundel fer dich. Soll net heiße, ich hätt dich verdorschte losse.“

„Das ist doch Schnaps, was du da in Weinbecher eingießt?“

„Ja un? Bei dene kloane Dinger muss mer dauernd nachfille.“

Gundel nahm einen Schluck und hustete.

„Gell, des zieht roi?“ Sepp lachte.

„Wo bleiben nur die Helene und der Her…?“ Ein erneuter Hustenanfall hinderte Gundel am Weitersprechen. Sepp schenkte ihr nach. „Vielleicht wollte se oafach emol eloans soi. Zwische dene zwaa leeft doch was, wie mer heut so sacht“, bemerkte Schorsch.

„Ach ja?“ Sepp hob erstaunt den Kopf. „Aber deshalb muss mer jetzt net grad nooch Offebach fahrn“, stellte Sepp fest. „Da find sich aach dahoam a Plätzje.“

„Ich muss mal für kleine Mädchen.“ Gundel erhob sich von dem unbequemen Metallstuhl. „Uh.“ Sie fasste sich mit der linken Hand an ihre Hüfte. „Ich glaub, mein Ischias macht sich bemerkbar.“

„Hättst de halt aach a Kisse mitgenomme.“ Sepp zeigte auf die eigene Sitzunterlage.

„Un an mich hoste net gedenkt?“, maulte Schorsch. „Awer schleppe derf ich den ganze Bell.“

Gundel seufzte. „Ich bin gleich zurück.“

„Loss der ruhisch Zeit. Mir sinn versorscht.“ Sepp und Schorsch stießen ihre Becher aneinander. „Prost, Noachber.“

Gundel suchte nach einem Hinweisschild auf eine Toilette. In wirklich allerletzter Minute fand sie schließlich das Örtchen der Erleichterung. Sobald sie jedoch wieder auf dem Flur stand, wusste sie nicht mehr, ob sie nach links oder rechts gehen musste. Und wie das in solchen Situation zumeist der Fall ist, lief ihr auch gerade niemand über den Weg, den sie hätte fragen können. Die Bezeichnung der verschiedenen Arbeitsbereiche neben den Türen auf dem endlosen Gang halfen ihr auch nicht, weil sie sich nicht gemerkt hatte, was auf dem Schild neben dem Zimmer stand, in dem sie Schorsch und Sepp zurückgelassen hatte.

Sie bog um die nächste Ecke und stand vor einer Treppe, die nach unten führte. Sie wusste zwar, dass sie auf diesem Weg nicht zurückkam, aber vielleicht war da jemand, der ihr behilflich sein konnte. Mit einem mulmigen Gefühl ging sie die Stufen hinab. „Hallo?“

***

„Das glaube ich jetzt nicht. Das kann doch nicht wahr sein! Wenn die Herrschaften wieder ansprechbar sind, führen Sie sie in einen Verhörraum, und schalten Sie auf jeden Fall die Überwachungskamera ein. - Wie? Nein, sie bekommen nichts zu trinken“, brüllte Nicole fast in ihr Handy. „Sie hatten ja wohl schon genug. – Ja, danke.“ Sie drückte *Beenden.* Totenstille im Wagen. Weiner und Hansen trauten kaum zu atmen.

„Gundula Krämer wurde bewusstlos im Polizeiarchiv aufgefunden“, brach Nicole endlich die unheimliche Stille.

„Im Archiv? Weshalb? Wie kam sie dort hin?“, fragte Hansen vorsichtig. „Andy ist zwar nicht der smarteste unter den Kollegen, aber so furchteinflößend ist er…“

„Doch nicht wegen Andy“, schnaubte Nicole. „Ein Kollege machte auf dem Weg zur Asservatenkammer einen Abstecher ins Archiv und die Beweisstücke aus einem Banküberfall, wie

Pistolen und Messer auf Andys Schreibtisch gelegt. Daneben auch eine Totenkopfmaske. Die Krämer muss sich wohl so mächtig erschrocken haben, sodass sie einen Schreianfall bekam und zusammenbrach."

„Erklärt aber nicht, was sie dort zu suchen hatte."

„Sie hätte sich auf dem Rückweg von der Toilette verlaufen." Nicole schnaufte hörbar. „Das ist aber noch nicht alles. Der Lenz und der Richter mussten in die Ausnüchterungszelle gebracht werden."

„Wie bitte? Weshalb das denn? Als die heute Morgen ankamen, waren alle noch nüchtern", platzte Weinert heraus. „Wo hatten die den Alkohol her?"

„Die Kollegin sagte, dass Josef Richter einen nicht geringen Vorrat in seiner Tasche mitbrachte. Wurde natürlich erst entdeckt, als es schon zu spät war. Und jetzt haltet euch fest. Er hatte einen Pullover und Unterwäsche dabei, sowie einige Gläser eingekochte Pfirsiche und Käsebrote. Der Raum in dem sie saßen - so wurde mir versichert - stehe für die nächsten Stunden nicht mehr zur Verfügung."

„Das nenne ich Voraussicht", amüsierte sich Hansen.

„Noch einer von der alten Sorte", stimmte Weinert zu, nicht minder amüsiert. „Die Generation weiß noch zu planen. Kriegsjahre, Rationierung und so weiter."

„Sagt mal, geht's noch? Herbert Walter und Helene verschwinden einfach so aus dem Präsidium, ohne dass irgendjemand es mitkriegt. Die Krämer fällt im Archiv in Ohnmacht. Richter und Lenz bewohnen unsere

Ausnüchterungszelle. Und ihr findet das alles auch noch lustig?“

„Nein, natürlich nicht“, beteuerten Weinert und Hansen, ernsthaft bemüht, nicht laut loszulachen.

„Schlimmer als eine Horde Flöhe. Wenn ich die in Finger bekomme, dann…“

„Aber bitte erst nach ihren Aussagen.“

„Das kann dauern. Harry, wieviel Prozent Alkohol baut sich in einer Stunde ab?“

„Moment, lass mich überlegen. Das sind…“

„Es reicht, Jungs. Über die drei Figuren im Präsidium könnte ich, unter anderen Umständen noch lachen. Aber ich mache mir große Sorgen um Helene und Herrn Walter.“

„Glaub mir, das brauchst du nicht“, erwiderte Hansen mit ehrlicher Überzeugung. „Der Herbert ist ein cooler Typ.“

„Ausnahmsweise bin ich deiner Meinung“, bestätigte Weinert. „Wenn der sagt, er hätte alles im Griff, dann ist es auch so. Ehrlich gesagt, mache ich mir mehr Sorgen um Vogel, unseren Rechtsanwalt im Ruhestand. Übrigens, dort stehen unsere Kollegen.“

Ein Uniformierter kam ihnen entgegen und hielt die Hand hoch. Hansen bremste und Nicole zeigte ihren Ausweis. „Wegener, Kripo Offenbach, die Kollegen Weinert und Hansen.“ Nicole stieg aus. „Danke, dass sie uns unterstützen. Wo sind Frau Wagner und Herr Walter?“

„Wir haben hier niemanden gesehen.“ Der Jüngere zeigte zum Ufer. „Ich denke, das ist das Boot, das Sie suchen. Bis jetzt konnten wir keine Aktivitäten feststellen.“

„Lars, Harald, los! Kommen Sie mit und halten Sie uns den Rücken frei“, ersuchte Nicole die uniformierten Kollegen.

Mit gezückten Pistolen rannten die fünf die Böschung hinab. Das Boot schaukelte sanft am Ufer. Alles schien ruhig. Als Erster setzte Weinert, so leise wie möglich, seinen Fuß auf die weißen Planken. Nicole und Hansen folgten ihm, dann schlichen die Kollegen von der Streife an Bord. Weinert arbeitete sich zum Bug vor. Nicole und Hansen näherten sich dem Heck. Als Weinert das Zeichen gab – alles in Ordnung – stieg Hansen mit vorgehaltener Waffe die schmalen Stufen hinab in die Kajüte. Nicole und Weinert schlossen sich an. „He, Leute. Das müsst ihr euch ansehen.“

Mit grimmigem Blick und verschnürt wie ein Paket, rutschte Vogel auf der Bank hin und her. Die Kommissare steckten ihre Waffen zurück in die Holster. Hansen fasste den Anwalt an den Schultern, beugte ihn nach vorn. Der wand sich vor Schmerzen. „Alle Achtung. Da hat einer ganze Arbeit geleistet, doppelter Seemannsknoten.“ In aller Seelenruhe befreite er den Rechtsanwalt von dem Tuch zwischen seinen Zähnen. „Man hat mich überfallen“, krächzte Vogel. „Mir sind Hände und Beine eingeschlafen. Ich werde die Alten anzeigen, wegen Hausfriedensbruch, Freiheitsberaubung, Körperverletzung und versuchten Mord.“

„Dafür sind Sie noch recht munter, Herr Vogel“, sagte Nicole mit frostiger Stimme. „Außerdem, wer sind denn *die Alten*?“

„Was weiß ich“, erwiderte Vogel aufgebracht. „Ein Mann und eine Frau, beide so um die Siebzig. Sie wollten mir weismachen, dass sie aus einem Altersheim entwischt seien, weil sie alleine sein wollten.“ Vogel lachte spöttisch. „Sie haben mich angegriffen. Danach sind sie verschwunden. Vielleicht leiten Sie mal eine Fahndung ein.“

„Ach ja, die Fahndung, gutes Stichwort.“ Nicole holte ihr Handy aus der Tasche. „Ich werde die Kollegen unterrichten, dass sie die Fahndung einstellen können.“

„Einstellen? Wieso einstellen? Haben Sie die beiden schon?“

„Wir haben Sie, Herr Vogel. Nach Ihnen haben wir gesucht.“

„Nach mir? Ich habe doch nichts getan. Ich bin das Opfer.“

„Sie ein Opfer?“ Nun war es Weinert, der einen ironischen Ton in der Stimme hatte. „Dann will ich Ihrem Gedächtnis mal auf die Sprünge helfen. Maria und Gerhard Krüger. Klingelt es jetzt bei Ihnen? Die Delikte, die Ihnen zur Last gelegt werden haben Sie gerade selbst aufgezählt. Hausfriedensbruch, Bedrohung mit einer Waffe, Freiheitsberaubung, Körperverletzung und so weiter.“

„Krüger? Kenn ich nicht. War ich nicht. Sie haben den Falschen!“ Vogel zerrte an seinen Fesseln. „Jetzt machen Sie mich endlich los, verdammt noch mal.“

„Den Knoten bekommen wir nicht so schnell durchgesäbelt“, stellte Weinert fest und schmunzelte. „Wieso nehmen wir ihn nicht einfach so mit, dann haben die Kollegen auch etwas zum Staunen?“

„Knote die Schnur auf und dann Handschellen“, bestimmte Nicole. „Und macht Herrn Dr. Vogel auf seine Rechte aufmerksam. Wir wollen doch nicht wegen eines Formfehlers belangt werden.“

„Ich kenne meine Rechte“, brummte Vogel. „Ich bin Anwalt.“

„Sie waren Anwalt, Herr Vogel“, erwiderte Nicole und ging nach oben, wo die uniformierten Kollegen sie erwarteten. „Alles unter Kontrolle. Aber ich brauche noch einmal Ihre Hilfe. Es geht um eine Frau und einen Mann, beide um die siebzig. Sie waren auch auf diesem Boot und sie sind jetzt verschwunden.“ *Wieder einmal*, setzte Nicole gedanklich nach. „Wir müssen sie unbedingt finden.“

Der Ältere der Polizisten nickte. „Wir konnten ihr Gespräch hören. Scheinen höchst agile und eh… eigenwillige ältere Herrschaften zu sein. Ich kann mir gut vorstellen, dass die sich in dem Seniorenheim nicht wohl fühlten und aus dem Staub gemacht haben.“

„Die beiden sind nicht aus einem Heim geflohen und werden auch wohl kaum in einem solchen landen. Wenn doch, bedaure ich heute schon das Personal.“

Ein penetrantes Hupen ertönte und sogleich auch die Sirene des Polizeiautos. Die Ordnungshüter guckten einander an. „Du hast doch den Wagen abgeschlossen?“, fragte der Ältere den Jüngeren.

„Eh…nein.“ Die Polizisten rannten den Hang hoch. Als Nicole am Fahrzeug ankam, wusste sie nicht recht, ob sie wütend sein sollte oder einfach nur erleichtert.

„Verdammt nochmal. Wo seid ihr gewesen und was habt ihr jetzt schon wieder angestellt?“, schrie sie. „Habe ich mich nicht klar ausgedrückt? Ich sagte warten! Damit meinte ich am Boot und nicht im Irgendwo."

Helene sowie auch Herbert schauten betreten zu Boden. „Ich hatte Hunger", murmelte Herbert.

„Was? Ich kann Sie nicht verstehen. Könnte mal jemand diesen verdammten Lärm abschalten?"

Hurtig beugte sich der Jüngere der Polizisten in das Fahrzeug und stellte die Sirene ab.

„Wir hatten Hunger", wiederholte Herbert. „Und weil Sie doch sagten, sie bräuchten noch so eine Stunde bis hierher und weil der Vogel ordentlich verpackt war..."

„Und ich wollte nicht alleine hier bleiben", stand Helene Herbert bei. „Wir waren auch nur ganz kurz in einer Metzgerei und haben uns belegte Brötchen gekauft."

Herbert nickte zustimmend. „Wir haben uns wirklich beeilt. Doch als wir zurückkamen, stand schon das Polizeiauto da, aber sonst war niemand zu sehen. Wir wollte uns halt bemerkbar mache."

„Gelungen", kommentierte Nicole brummig.

An der Uferböschung tauchten die Köpfe von Hansen und Weinert auf, vorneweg Vogel. „Warum trägt er keine Handschellen?", blaffte sie ihre Kollegen an.

„Auf dem Hang wären die Armbänder hinderlich gewesen", antwortete Hansen. „So, bitte, Herr Vogel. Aber jetzt her mit den Patschhändchen."

***

Wieder im Präsidium ordnete Nicole an: „Ich kümmere mich um unsere Hobbykriminalisten. Euch gehört der Vogel."

„Was hast du mit ihnen vor?“, fragte Weinert. „Ich gehe mal davon aus, dass du die Sache nicht wirklich vor Gericht bringen willst.“

„Das kann ich hoffentlich vermeiden“, erwiderte Nicole. „Trotzdem werde ich dem Quintett ordentlich einheizen.“

Hansen wirkte sichtlich erleichtert. „Der Lechner würde uns vermutlich zuerst in der Luft zerreißen und sich später ins Fäustchen lachen. Außerdem würden wir zum Gespött des gesamten Präsidiums, ganz zu schweigen von der Presse. Ich sehe direkt vor mir die Schlagzeile.

Rentner-SoKo lässt Polizei alt aussehen. “

„Eigentlich geht es nur zwei. Die anderen drei würde ich als Mitläufer bezeichnen“, wandte Weinert ein.

Mit einem Kopfschütteln und lautlosen Mundbewegungen machte Hansen, hinter Nicoles Rücken seinem Kollegen deutlich, nicht weiter auf dem Thema herumzureiten. „Das Wichtigste ist doch, dass wir haben die Tötungsfälle gelöst haben.“

„Und gleich werden wir auch noch einem skrupellosen Rechtsverdreher das Handwerk legen“, stimmte Weinert seinem Kollegen bei. „Also, Satz und Sieg auf ganzer Linie. Was willst du mehr?“

„Ist ja gut.“ Nicole schwang die Arme in die Luft. „Ich gebe ja schon klein bei, bevor ihr zwei euch noch gegenseitig die Ehe versprecht.“

„Bewahre, so weit geht die Liebe jetzt auch wieder nicht“, beteuerte Hansen. „Nur schade, dass wir die eigentlichen Täter nicht mehr zur Verantwortung ziehen.“

„Ja, bedauerlich." Weinert streckte sich. „Aber man kann nicht alles haben. Der Häusler, der den Geliebten seiner Schwester und das erste Kind seiner Tochter, die eigentlich seine Nichte ist, auf dem Gewissen hat, sieht sich die Radieschen bereits von unten an. Und die Neumann wird zweifellos in die Psychiatrie eingewiesen. Sie käme ohnehin nur wegen Beihilfe zum Mord dran. Schließlich war es der Häusler, der dem Baby das Gift verabreichte, zumindest steht es so in dem Tagebuch."

„Wie kann man all die Jahre mit dem Wissen leben, am Tot von einem unschuldigen Kind, zumindest beteiligt gewesen zu sein? Mich wundert nicht, dass die Neumann durchgedreht ist", bemerkte Nicole.

„Ich denke nicht, dass das der einzige Grund ist", wandte Weinert ein. „Frau Neumann leidet wahrscheinlich an einem unkontrollierbar emotionalen Geisteszustand und das nicht erst seit diesen Tötungen. Sicher, dies könnte ein auslösender Faktor gewesen sein. aber die Ursache ihres irrationalen Handelns liegt vermutlich viel tiefer und viel länger zurück, vielleicht in ihrer Kindheit. Es sieht nach Verlustdenken aus, Angst jemanden zu verlieren, der sehr wichtig für sie ist und den sie, egal unter welchen Umständen, an sich binden will. Denkt doch nur mal daran, wie sie die Sache vor zwei Tagen inszeniert hatte. Neumann hätte nicht die geringste Chance gehabt, aus diesem Zimmer zu entfliehen. Er wäre mit ihr in dem Feuer umgekommen. Für immer und ewig vereint. Versteht ihr?"

„Hört sich interessant an, Dr. Freud“, bemerkte Hansen spöttisch. „Nur, warum jetzt erst die Attacke auf ihren Göttergatten, warum nicht schon vor Jahren?“

„Solange Edeltraud Häusler in der Nähe war, musste Gertrude Neumann mit ihr konkurrieren. Ihr Ehemann ließ nicht von seiner Geliebten ab. Als Edeltraud dann aber in diese Einrichtung kam, raus aus ihrem Leben, sah sie ihre Chance. Sie mimte die kranke, lebensunfähige Ehefrau und zwang ihren Gatten auf diese Art, sich um sie zu kümmern, was Karl Neumann, wegen seines schlechten Gewissens ja auch tat. Gertrude Neumanns Welt war in Ordnung. Bis sie herausfand, das der Kontakt zwischen Edeltraud und Karl niemals abgebrochen war.“

Nicole nickte. „Neumann hatte seine Besuche bei Edeltraud ja nicht wirklich eingestellt. Nur wusste seine Frau nichts davon.“

„Ihr meint also, die Neumann wollte jetzt ein für alle Mal Klarheit schaffen? So nach der Devise, bis dass der Tod uns scheidet?“ Hansen schüttelte den Kopf. „Das ist mehr als verrückt.“

„Das menschliche Gehirn reagiert nicht vernünftig, wenn es um tiefe Gefühle geht“, erklärte Weinert. „Die meisten Morde werden aus verschmähter Liebe getan. Das wissen wir doch selbst am besten.“

„Sag mal, woher nimmst du eigentlich diese Weisheiten? Leider muss ich zugeben, sie hören sich logisch an.“

Weinert zögerte mit der Antwort.

„Harald macht eine Ausbildung zum Profiler“, sprang Nicole für ihn ein.

„WAS? Warum sagt mir das keiner?“ Hansen schaute leicht säuerlich. „Das waren also deine sogenannten Dates am Wochenende, über die du nicht sprechen wolltest?“

„Ich wusste ja nicht wie du reagieren würdest, wenn du…“

„Wann bist du mit deiner Ausbildung fertig?“

„In drei Monaten. Warum?“

„Damit ich weiß, ab wann ich mich vor dir noch mehr in Acht nehmen muss.“ Hansen schmunzelte. „Aber he, Alter, find ich Mega geil.“ Er hob den rechten Daumen.

„Echt jetzt?“

„Klar. Das ist cool. In Zukunft haben wir unseren eigenen Profiler und müssen uns nicht länger die schwammigen Auslegungen fremder Analysten anhören. Außerdem kann ich mit *meinem* Kollegen angeben.“

„Vielleicht solltet ihr beide euch mal zu einem Bierchen treffen, nach Feierabend“, schlug Nicole vor. „So wie ich die Sache sehe, habt ihr dringenden Redebedarf. Aber jetzt kannst du deine Fachkenntnisse schon mal an Vogel testen. Also, ran an das Versuchskaninchen. Bringen wir's zu Ende und dann ab ins Wochenende, oder das was davon übrig ist.“

„Eins würde mich aber trotzdem noch interessieren. Weshalb diese Grabstätte im Keller der Häuslers und weshalb in dieser Weise? Kann unser Dr. Freud darauf eine Antwort geben?“ Hansen sah Weinert herausfordernd an. „In dem Tagebuch habe ich jedenfalls keine Erklärung dafür gefunden.“

„Das Kreuz, das dem Baby umgelegt wurde, könnte doch dafür sprechen, dass eine der Häusler-Frauen sich wenigsten *einmal* gegen den alten Häusler durchgesetzt haben“, schloss Hansen.

„Stimmt, mein Großer.“ Weinert schlug seinem Kollegen auf den Rücken. „Zweimal sogar. Wilhelmine Häusler. Denk an den Brand. Steht auch in dem Buch.“

„Muss ich wohl übersehen haben“, murmelte Hansen.

„Was meint ihr, kommen wir jetzt ins Gefängnis?“

„Gundel du gehst uns auf die Nerven.“ Helene rollte mit den Augen.

„Außerdem du schon mal garnet“, sagte Herbert. „Wenn wer ins Gefängnis gehe muss, dann mir vier. Der Sepp und der Schorsch, weil die den Ami verbuddelt habe, und die Helene und ich, weil mir des Beweismaterial zurückgehalte habe.“

„Ich werde alle Schuld auf mich nehmen“, sagte Helene.

„Nix do“, meldete sich Sepp Richter. „Wenn, dann gehn mer all in de Knast. Einer für alle und alle für einen.“

„Sepp, ich glaab du bist werklich net mehr ganz kloor im Kopp.“ Schorsch schüttelte den Kopf. „Mol sehe, ob du doin Humor aach noch behältst, wenn se dir de Schnaps wegnemme.“

„Des dürfe die net. Des is Diebstahl.“

Die Tür ging auf und Nicole erschien mit bitterernster Miene.

Automatisch senkten die fünf ihre Köpfe. Nicole setzte sich ans Kopfende des Tisches und legte die Akten Godman und Häusler, für alle gut sichtbar, nebeneinander.

„Es läuft folgendermaßen ab“, sagte sie mit strenger Stimme. „Ich stelle Ihnen nacheinander einige Fragen. Sie antworten wahrheitsgemäß und mit knappen Worten. Klar?“

„Ja. – Klar“, murmelten alle fünf und nickten.

„Also, fangen wir mit Ihnen an, wandte sie sich an Josef Richter. „Ihr Name?“

„Awer wieso, Sie kenne mich doch?“

„Ihr Name!“ Nicole erhob die Stimme und Sepp erhielt von Schorsch einen Tritt ans Schienbein. „Jetzt mach halt, was die Frau Wegener sacht.“

Mürrisch beantwortete Sepp die Fragen, die Nicole ihm stellte. Ab und zu musste sie die Frage wiederholen, weil Sepp sein Hörgerät zuhause vergessen hatte. Was das Vergraben von Henry Godmans Leiche betraf, tat er sich zwar etwas schwer, wurde aber von Schorsch durch mehrfaches körperliches Zureden an den wahrheitsgemäßen Tathergang erinnert. Danach war Schorsch an der Reihe und bestätigte die von Sepp gemachten Angaben.

„Wir ham dem Hannes werklisch nur geholfe, weil der uns dazu gezwunge hat“, fügte er hinzu. „Des müsse Sie unbedingt do in Ihr Protokoll schreibe.“ Schorsch zeigte auf Nicoles Block, auf dem sie sich Notizen machte.

„Was ich protokolliere überlassen Sie gefälligst mir, Herr Lenz“, wies Nicole ihn unmissverständlich zurecht.

Am wenigsten konnte Gundula Krämer zu den Morden aussagen, obwohl sie viel zu sagen gehabt hätte, was die Familienverhältnisse der Häuslers betraf. „Hier zählen nur Beweise, Frau Krämer“, hielt Nicole sie von weiteren spekulativen Ausführungen ab. Und, weil Gundula keine Fotos vorlegen und auch keine weiteren Zeugen benennen konnte, presste sie alsdann ihren Mund zusammen und schmollte.

Zuletzt waren Herbert Walter und Helene an der Reihe. Wie bei den anderen nahm Nicole zuerst die persönlichen Daten auf. „So, nun erzählen Sie mal, Herr Walter, wie sie an das Tagebuch von Edeltraud Häusler, primär von Maria Häusler gekommen sind.“

Herbert Walter räusperte sich. „Also, des war so. An dem Donnerstagabend, wo die Trudi des Feuer gelegt hat, war ich danach noch beim Sepp – aber des wisse Sie ja. Sie warn ja auch kurz da. Es könnt so kurz nach elf gewesen sein, da wollt ich heim. Auf der Straß hab ich ein Licht im Haus vom Karl gesehen, mehr so e Flackern. Ich hab erst gedacht, des Feuer wär wieder ausgebroche. Doch dann hat des Licht sich net mehr bewegt und da war mir klar, da is einer mit ner Taschelamp im Haus. Ich bin dann vorsichtig an die Haustür und hab gesehe, dass des Polizeisiegel abgerisse war. Dann bin ich leise die Treppe rauf und da hab jemand auf dem Stuhl vor dem Schreibtisch sitze sehe. Ich schleich mich also an und reiß ihm des Buch aus der Hand. Dann hab ich erst gesehe, dass des der Rechtsanwalt Vogel war.“

„Und der hat sich das so einfach gefallen lassen?“

„Bevor der recht wusst, wie ihm geschah, hot der Herbert ihn üwerwältischt."

„Ach, Sie waren auch dabei, Herr Lenz?" Georg Lenz schüttelte den Kopf. „Des hat der Herbert uns erzählt."

Nicole kniff die Augen zusammen. „Wie konnten Sie Herrn Vogel so schnell außer Gefecht setzen? Ich nehme mal nicht an, dass er vor Schreck in Ohnmacht gefallen ist?"

„Der Herbert hot so Einisches uf Lager", mischte sich Sepp Richter ein. „Sie wisse doch noch, wie der üwern Balkon vom Karl geklettert is?"

„Sie beide", Nicole deutete auf Josef Richter und Georg Lenz, „haben jetzt Sendepause. Noch einen Mucks und ich lasse Sie in eine Zelle bringen. Also, Herr Walter", wandte sie sich erneut an Herbert. Der rutschte unruhig auf seinem Stuhl herum.

„Kann ich dich mal kurz sprechen? Alleine, unter vier Augen?"

Nicole runzelte die Stirn. „Also gut, machen wir eine kleine Pause? Alle anderen bleiben hier und du kommst mit mir!" Sie fasste Helene am Arm.

„Ich müsste mal für kleine Mädchen", meldete sich Gundel.

„Hätt mer sich ja denke kenne", kommentierte Sepp.

Nicole schnaufte. Sie bat die Polizeibeamtin, die in einer Ecke des Verhörraums stand. „Würden Sie bitte die Dame auf die Toilette begleiten. Nicht, dass sie sich wieder verlaufen, Frau Krämer."

Während Gundel unter Polizeischutz die Gästetoiletten des Präsidiums aufsuchte, begab sich Nicole mit Helene in den Beobachtungsraum, der zwischen zwei Verhörräumen lag.

„Da sitzt ja der Vogel", flüsterte Helene ängstlich und wich von der Glasscheibe zurück.

„Er kann dich nicht sehen und nicht hören." Nicole schaltete den Lautsprecher ein.

„Sie haben die Leute bedroht und zwar mit einem Messer", herrschte Weinert Vogel an. „Frau Wagner hatte eine Wunde am Kopf."

„Die Alte muss wohl gestürzt sein", brummte Vogel. „Was wollen Sie eigentlich von *mir*? Die beiden haben sich auf mein Boot geschlichen. Das ist Hausfriedensbruch. Ich habe nur mein Eigentum verteidigt. Und Gott weiß, was die sonst noch vorhatten."

Hansen lachte spöttisch. „Herr Vogel, wir haben es hier nicht mit Gewalttäter aus dem Rotlichtmilieu zu tun, wo Sie sich ja bestens auskennen." Die Bemerkung konnte Hansen sich nicht verbeißen. „Sie wollen uns doch nicht allen Ernstes weismachen, dass Frau Wagner und Herr Walter Sie oder Ihr Boot entführen wollten?" Hansen beugte sich soweit über den Tisch, dass sein Gesicht nur eine Handbreit von dem Vogels entfernt war. „Reden wir über die Krügers. Was hatten Sie in deren Haus zu suchen? Warum haben sie diese Leute mit einer Schusswaffe bedroht? Wollten die Ihnen auch *Böses* antun?"

„Ich sage nichts mehr. Ich will einen Anwalt."

„Wozu? Ich denke, Sie sind Anwalt“, entgegnete Weinert. „Wir lassen Sie kurz allein – Zeit zum Überlegen.“

„Ich habe das Recht auf einen Anwalt“, bellte Vogel und sprang auf.

„Hinsetzen“, brüllte Hansen zurück. „Man wird Ihnen ein Telefon bringen.“

Zusammen verließen die Beamten den Raum.

„Warte hier einen Moment. Ich bin gleich zurück“, sagte Nicole zu Helene. Sie riss die Tür auf und eilte auf dem Flur. „Und, wie läuft's?“

„Er bröckelt langsam“, antwortete Weinert. „Die Indizien sprechen eindeutig gegen ihn und das weiß er natürlich.“

„Er will einen Anwalt. Wann …?“

„Ja, ich hab's gehört. Lasst ihn noch ein paar Minuten schmoren. Aber nicht zu lange. Ihr wisst schon – von wegen Formfehler.“

Hansen und Weinert nickten. „Und bei dir?“, erkundigte sich Weinert.

„Bin fast fertig. Die Aussagen von Richter und Lenz wegen dem toten US-Soldaten sind abgehakt und identisch mit den Eintragungen im Tagebuch. Und, dass sie von den Babys nichts wussten, glaube ich ihnen.“ Sie sah Hansen an. „Was mich allerdings brennend interessiert ist, wie der Walter den Vogel überwältigen konnte.“

„Und mich erst“, erwiderte Hansen. „Damit meine ich nicht nur die Ausrüstung. Die kann man ohne Schwierigkeiten im Internet bestellen. Aber man muss auch damit umgehen können. War der vielleicht irgendwann in der Fremdenlegion oder hat sonst wo eine Ausbildung in einem Milizlager absolviert? Ich glaube ich check das mal."

„Sagtest du nicht, dass er vor einigen Jahren auf Weltreise gewesen war?", wandte Weinert sich an Nicole.

„Ja. Soweit ich weiß im asiatischen Raum. China, Nepal und so weiter. Worauf willst du hinaus?"

„Na also. Könnte doch sein, dass er seine Kenntnisse auf dieser Reise erlangt hat."

„Vielleicht war er beim Dalai-Lama und der hat ihn in Karate ausgebildet", feixte Hansen. „Buddhistische Mönche funken doch nicht ausschließlich hochtrabende Weisheiten in die Welt. Sie unterrichten auch Kampfsport, oder?" Weinert nickte. „Sag ich doch. Die sitzen nicht nur stundenlang reglos in ihren Klöstern herum, starren Löcher in die Luft und murmeln *Om* vor sich hin. Die Boys können knallhart sein, wenn's drauf ankommt."

„Aber die Kampfeskunst dient in erster Linie der inneren Ruhe und Gelassenheit und hat nur sekundär mit der physischen Verteidigung zu tun. Wäre übrigens eine Sportart für dich. Innere Ruhe und Gelassenheit. Du verstehst?"

„Meine innere Ruhe und Gelassenheit hole ich mir im Fitnessstudio, indem ich einen Sandsack malträtiere", entgegnete Hansen.

„Jungs, bringen wir zuerst unseren Job zu Ende. Danach dürft ihr euch die Nasen blutig schlagen oder darüber meditieren. Also, zurück an die Front."

Nicole ging zu Helene zurück. „So, nun leg los. Was wolltest du mit mir unter vier Augen bereden?“ Nicole bemühte sich, ihren drakonischen Ton beizubehalten.

„Ich weiß, du bist sauer auf mich – auf uns alle. Und du hast auch allen Grund dazu. Aber ich bitte dich, frag Herbert nicht weiter nach dieser Sache mit Vogel, jedenfalls nicht vor den andern. Es hat doch auch nicht wirklich etwas mit den Morden zu tun.“ Helene sah Nicole eindringlich an. „Er will…wie soll ich sagen? Er will kein Aufsehen, nicht als Aufschneider vor seinen Nachbarn auftreten.“

Im Grunde genommen war es tatsächlich irrelevant, in Bezug auf den Fall, gestand Nicole sich ein. Trotzdem wollte sie nicht klein beigeben. „Ich verstehe kein Wort. Wenn du etwas weißt, dann erkläre es mir, jetzt!“ Als Helene schwieg, setzte Nicole nach. „Helene! Ich riskiere sowieso schon viel zu viel für euch. Ihr baut Scheiße - entschuldige den Ausdruck, aber ein anderes Wort fällt mir dazu nicht ein. Ich versuche alles, dass ihr mit einem blauen Auge davonkommt. Ich bin meinem Vorgesetzten und der Staatsanwaltschaft Rechenschaft schuldig. Mein Job könnte auf dem Spiel stehen, was heißt könnte, er steht auf dem Spiel. Also, ich verlange hier und jetzt eine Erklärung!“

Helene war den Tränen nahe und Nicole fühlte sich noch unbehaglicher als zuvor. „Es hat mit der Weltreise von Herbert Walter zu tun, stimmt's?“

Helene nickte. „Er will dir ja alles erklären. Das hat er mir versichert. Aber nicht vor seinen Nachbarn und Freunden.“

Bevor Karl Neumann ins Hotel zurückfuhr, wollte er noch nach Trudi sehen. Schnurstracks ging er in das Zimmer, in dem sie heute Morgen noch gelegen hatte. Doch das Zimmer und das Bett waren leer. Er stürmte zum Schwesternzimmer. „Wo ist meine Frau?“

Erschrocken schaute die junge Frau auf. „Wen suchen Sie?“

„Gertrude Neumann. Meine Frau.“

„Oh, Herr Neumann. Wir mussten Ihre Frau auf die Intensiv verlegen. Wir konnten Sie leider telefonisch nicht erreichen.“ Karl Neumann holte sein Handy aus der Jackentasche. Ein Anruf in Abwesenheit, stand auf dem Display.

„Warten Sie, ich benachrichtige den behandelnden Arzt.“ Die Pflegerin nahm den Telefonhörer und tippte eine Kurzwahlnummer ein. Nach ein paar Sekunden sagte sie: „Herr Neumann ist hier. Ja, natürlich.“ Sie legte auf.

„Herr Neumann, bitte kommen Sie.“

Dr. Bogner erwartete Karl Neumann in seinem Büro und bat ihn Platz zu nehmen. Es roch nach frischem Kaffee. Der Arzt nahm die gläserne Kanne von der Warmhalteplatte und goss sich einen hohen Becher voll. „Möchten Sie auch?“ Neumann verneinte. Dr. Bogner gähnte. „Entschuldigung, ich bin seit über vierundzwanzig Stunden im Dienst.“ Er setzte sich hinter seinen Schreibtisch. „Ihre Frau, Herr Neumann, hatte einen anaphylaktischen Schock. Wir nehmen an aufgrund eines Medikaments, das wir ihr wegen der schmerzhaften Brandverletzungen gegeben haben. Sie liegt jetzt auf der Intensivstation. Und damit komme ich auch direkt auf den Punkt. Herr Neumann, ich habe einen Kollegen von der

Psychiatrie hinzugezogen. Bitte, verstehen Sie mich nicht falsch"…

„Herr Dr. Bogner", unterbrach Karl Neumann den Arzt, dem es sichtlich Mühe kostete, die richtigen Worte zu finden. „Sie brauchen nicht um den heißen Brei herumzureden. Ich weiß, dass meine Frau psychisch krank ist. Sie war vor Jahren bereits in einer derartigen Einrichtung. Danach ging es ihr, mit den Medikamenten die sie bekam gut, bis vor einigen Tagen."

„Hm. Gab es denn einen Auslöser dafür?"

Karl Neumann holte tief Luft. „Ich denke ja. Aber das ist etwas äußerst Privates. Ich … ich möchte jetzt nicht darüber reden, verstehen Sie?"

„Na gut, Herr Neumann. Warten wir erst einmal ab, bis Ihre Frau sich physisch erholt hat." Dr. Bogner gähnte erneut.

„Entschuldigung."

„Kann ich sie sehen?"

„Ja, sicher. Ich werde jemand vom Pflegepersonal bitten Sie zu ihr zu bringen. Aber ich denke sie wird jetzt schlafen."

Karl Neumann bekam feuchte Augen, als er seine Frau sah, umgeben von Apparaten und Schläuchen in Armbeuge und Nasenöffnung. *Was ist nur aus uns geworden? Trage ich wirklich die Schuld für all das, was geschehen ist? Wenn es so ist, bitte ich dich um Verzeihung. Ich werde es wohl nicht wieder gutmachen können, jedenfalls nicht in diesem Leben. Mir fehlt die Kraft dazu. Es tut mir leid, Trudi.*

Sonntag, 23. Juni – Ende der Ermittlungen

Die Sonne blinzelte durch die Ritzen der zugezogenen Gardinen, direkt in Nicoles Gesicht. Sie streckte sich und gähnte. Sie hatte lange geschlafen und fühlte sich so ausgeruht wie schon lange nicht mehr.

Der Mord an dem US-Soldaten und auch die Tötung des Säuglings konnten aufgeklärt werden. Dass die Täter nicht mehr zur Rechenschaft gezogen werden konnten, war zwar bedauerlich, aber nun mal nicht zu ändern. Immerhin gab es auch positive Ergebnisse.

Nach zähen Stunden der Vernehmung durch die Kollegen, Weinert und Hansen – sie selbst hielt sich aus dem Verhör heraus - war Günter Vogel endlich bereit auszusagen und das sogar ganz ohne einen Rechtsbeistand. Den Anwalt, den er anrufen wollte – ein Freund vergangener Tage - hatte sich, wie sich herausstellte, für unbestimmte Zeit an einen unbekannten Ort abgesetzt. Einen gesetzmäßig gestellten Strafverteidiger lehnte Vogel ab. Nachdem er eine Stunde über die Strategie seiner eigenen Verteidigung nachdenken durfte, war er, denen ihm zur Last gelegten Vergehen, geständig. Die vorliegenden Beweise konnte er nicht so einfach vom Tisch fegen. Das Team der Kriminaltechnik hatte Vogels Wohnung sowie das Boot gründlich durchsucht und in einem Geheimfach hinter der Holzverkleidung in der Kajüte diverse Akten zum Vorschein gebracht. Sie betrafen sein ehemals zwielichtiges Klientel. Des Weiteren lagen die Aussagen von Maria und Gerhard Krüger, als auch die von

Karl Neumann und Edeltraud Häusler vor. Dem tätlichen Angriff auf Helene Wagner und Herbert Walter stand allerdings die Straftat des Hausfriedensbruchs entgegen, auf die Vogel zunächst vehement beharrte, sich aber eines Besseren besann, als sein letzter verzweifelter Versuch dem Staatsanwalt einen Deal vorzuschlagen, scheiterte.

Er wäre bereit, so erklärte er, Edeltraud Häusler einen Teil des von ihm veruntreuten Gelds, das zum Zeitpunkt seiner Verhaftung noch nicht gefunden worden war und über dessen Versteck er sich strickt, weigerte Auskunft zu geben, zurückzuerstatten, sollte seine Strafe auf Bewährung ausfallen.

Der diensthabende Staatsanwalt, ein junger gesetzestreuer Mann, sah dies als einen persönlichen Affront an. „Bringen Sie den Angeklagten in seine Arrestzelle“, wies er die Sicherheitsbeamten vor seiner Tür mit finsterer Miene an.

Nicole schwang die Beine aus dem Bett und öffnete das Fenster. Einen Moment lang hielt sie ihr Gesicht in die wärmende Sonne, dann ging sie ins Wohnzimmer und öffnete auch die Balkontür. Mit nackten Füßen trat sie hinaus und beugte sich über das Geländer. Auf Helenes Terrasse war der Tisch für zwei gedeckt und es roch verführerisch nach Kaffee. Und Nicole erspähte noch etwas – Croissants. Jetzt noch geschlagene Schokosahne und der Urlaub beginnt mit einem Highlight. Die Vorstellung wanderte gerade durch ihre Hirnwindungen, als Helene, mit einer Schale Schokosahne in der Hand auf die Terrasse trat. „Jetzt mach aber mal hin,

Deern“, rief sie, ohne hinaufzusehen. „Ist schon fast Zehn und die Sahne schmilzt.“

„Guten Morgen, Helenchen. Ich fliege.“ Nicole sauste ins Bad, putzte sich im Eiltempo die Zähne und schlüpfte in ihre Anziehsachen vom Vorabend. Ihrem Spiegelbild im Flur lächelte sie zu, kämmte sich rasch durch ihre Haare, steckte sie locker am Hinterkopf zusammen. Dann sauste sie die Treppe hinab, froh, dass zwischen ihr und Helene, wieder alles im Reinen war.

Als sie am gestrigen Abend, kurz nach elf Uhr zu Hause ankam, stand Helene nicht wie üblich in ihrer Tür. Zuerst dachte Nicole, gut so, Strafe muss sein! In ihrer Wohnung zog sie sich aus und warf ihre Kleidung in den Wäschekorb, der wie sie feststellte, überquoll. Danach duschte sie ausgiebig, schlüpfte in frische Unterwäsche und in eine bequeme schwarze Sporthose sowie in ihren hellgrünen Sweater. Sie war hundemüde, trotzdem wusste sie, dass sie jetzt noch nicht schlafen konnte. Der Tag musste erst einmal verarbeitet werden. Normalerweise tat es ein Glas Wein. Aber heute brauchte sie etwas Hochprozentiges. Außerdem begann ab morgen früh ihr langer verschobener und verdienter Urlaub. Schnell stellte sie fest, dass ihr Vorrat an Spirituosen lediglich aus einer halben Flasche Korn – das Zeug mochte sie überhaupt nicht - und einem Rest Cognac bestand, beides Überbleibsel ihrer letzten Geburtstagsfete, sowie einem winzigen Schluck Greenoore, einem irischen Whiskey, ihre einzige alkoholische Leidenschaft. Nicole goss sich den spärlichen Rest in ein Glas, setzte sich mit angezogenen

Beinen auf die Couch und nippte an der goldenen Flüssigkeit. Zuerst brannte es leicht im Hals, rann sodann die Kehle hinab und verwandelte sich im Magen in wohlige Wärme. Sie griff nach der Fernbedienung des Fernsehers und zappte durch die Programme, fand aber nichts, was sie interessierte oder auf das sie sich momentan konzentrieren konnte. Trotz des erfolgreichen Tages war sie mit sich nicht im Reinen. Und das lag, das wusste sie genau, an der Disharmonie zwischen ihr und Helene.

Im Präsidium und vor ihren Kollegen trat sie als die starke energische, gelegentlich auch impulsive Kommissarin auf. Das musste auch so sein, sonst tanzten ihr die männlichen Kollegen schnell mal auf der Nase herum. Besonders Lars Hansen verhielt sich mitunter wie ein ADHS-Kind, nörgelnd, aggressiv, Witze reißend, dann wieder verunsichert. Folglich rastete er oft aus. Nicole und Harald Weinert wussten als Einzige, dass diese Symptome mit seinem ehemaligen Undercover-Job in der Drogenszene, zu tun hatten. Dass er damals nicht ins Milieu abgerutscht war, hatte er Dr. Ludwig Lechner, dem Chef des K11, zu verdanken. Er holte das Beinahe-Wrack, Hansen, in die Mordkommission, die er damals mit insgesamt vier *Neuen* besetzte. Ein mutiges Vorgehen. Doch, wie schon Andy bemerkte, klappte es hervorragend. Auch wenn anfänglich Kollegen aus anderen Abteilungen der weiblichen Chefin argwöhnisch über die Schultern schauten. Nicole setzte sich durch. Und das mit Erfolg.

Gerade wegen des Drucks in ihrem Job sollte ihr kleines Zuhause ein Rückzugsort der Ruhe und des Friedens sein. Ein warmes Nest zur Erholung und Entspannung, in der Disharmonie nichts zu suchen hatte, schon gar nicht in Bezug auf Helene. In den vergangenen Jahren war sie für Nicole zur mütterlichen Freundin geworden.

Sie sprang von der Couch, wobei das Glas überschwappte und sich der kostbare Inhalt über ihre Jacke verteilte. „Verdammt", fluchte sie und stellte das Glas hart auf den Küchentresen. Dann rannte sie die Treppe hinab und klopfte laut an der Tür. „Helene! Bitte, mach…"

Die Tür wurde aufgerissen. „Komm rein." Helen trat zur Seite. „Wir sollten reden. Ich halte das nicht aus."

„Ich auch nicht, Helenchen." Nicole drückte Helene, bis diese japste.

„Du riechst nach Alkohol. Du hast doch nicht etwa wegen mir…?"

„Helene! Ich habe oder besser gesagt ich wollte einen Whiskey trinken, hab ihn mir dann aber übers Shirt gegossen. Leider war es der letzte Rest."

„Komm, ich hab da was für dich."

Zu Nicoles Erstaunen holte Helene zwei Whiskeygläser aus dem Büffet und einen Greenoore.

Helene nahm vorsichtig einen kleinen Schluck. „Dammich, ist der gut. Könnte ich mich dran gewöhnen."

Nach einer Stunde, zwei Gläsern Whiskey und einer kurzen aber zivilen Gardinenpredigt, dass sich Zivilisten aus der

Polizeiarbeit herauszuhalten hatten, war alles gesagt, was gesagt werden musste.

„Hast du morgen Abend schon etwas vor?“, fragte Helene zögernd. Nicole verneinte. „Herbert hat uns beide eingeladen. Er will uns bekochen.“

„Herr Walter kann auch noch kochen? Der perfekte Mann. Schnapp ihn dir, bevor es eine Andere tut!“ Nicole zwinkerte Helene zu.

„Drehen wir den Spieß jetzt um?“, flachste Helene und mit ernsterem Ton zu Nicole: „Das Allroundtalent will wohl endlich ein Geheimnis lüften, seiner außergewöhnlichen sportlichen Fähigkeiten wegen?“

„Auch. Aber das allein ist nicht der Grund. Herbert möchte dich näher kennenlernen, weil, nun ja - es fiel ihm auf, dass wir, also du und ich, uns gut verstehen.“

„Ach ja. Tun wir das?“, unterbracht Nicole grinsend, wohl ahnend, was da noch kommen mochte.

„Jetzt halt doch mal die Schnüss.“ Helene schlug Nicole leicht auf den Arm. „Du machst es mir nicht gerade leicht. Also wir, der Herbert und ich, verstehen uns auch sehr gut und …“

„ihr beide wollt in Zukunft mehr Zeit zusammen verbringen“, vollendete Nicole Helenes Satz. „Was ist daran so schlimm, dass du derart herumdruckst? Ich werde mich bestimmt nicht zwischen euch drängen. Ich werde aber auch nicht gleich JA sagen, falls er um deine Hand anhält.“

„Eh, was? Ach, Gott bewahre, nein.“ Helene knetete ihre Hände. „Es ist nur wegen meinem Friedel, verstehst du? Ich hatte ihm versprochen, dass ich nie mehr mit einem anderen Mann…“ Helenes Augen wurden plötzlich feucht.

„Du hast mir aber auch irgendwann erzählt, dass er das gar nicht von dir verlangte“, entgegnete Nicole schnell mit belegter Stimme. „Im Gegenteil. Er wollte doch immer nur, dass du ein schönes Leben führst, oder?“

„Ja, schon, aber …“

„Kein Aber. Von mir ein definitives JA und von deinem Friedel garantiert auch. Außerdem finde ich Herrn Walter ganz sympathisch. Aber auch mysteriös, was ihn noch interessanter macht. Und ob er wirklich kochen kann oder geflunkert hat, werden wir beide morgen Abend feststellen.“

Helene wischte sie mit dem Handrücken über ihre Augen. „Also gut.“

Mit der mehr als nötigen Bettschwere schwebte Nicole anschließend in ihre Wohnung und schlief noch im gleichen Moment ein, als sie unter die Bettdecke schlüpfte.

Heute Morgen freute sie sich auf ein Frühstück mit *ihrer* Helene und auf die kommende Woche. Laut Wetterbericht war Sonne pur angesagt, mit Werten um die 26 Grad, ideal für eine Schifffahrt auf dem Main. Bereits letztes Jahr hatte sie Helene den Ausflug per Schiff nach Frankfurt versprochen. Leider durchkreuzte eine Leiche ihre Pläne. Dieses Mal, so schwor sich Nicole, würde sie sich ihren Urlaub von rein gar nichts, selbst wenn es sich um Massenmord oder gar einen terroristischen Anschlag handeln sollte, was der Himmel verhindern möge, zunichtemachen lassen.

Genüsslich biss sie in ihr Croissant, das sie reichhaltig mit Schokosahne versehen hatte.

„Kannst du mir nicht schon mal ein bisschen was erzählen, von deinem Herbert Walter? Mit dir hat er doch bestimmt schon über seine Weltreise und was er so erlebt hat, gesprochen.“

„Geduld ist nicht deine Stärke. Der Herbert hat's prophezeit. Er rief gerade eben an und wird gleich hier sein.“

Nicole zuckte hilflos mit den Schultern und nahm einen Schluck Kaffee. „Bringt der Beruf so mit sich.“

Wie aufs Stichwort ertönte Herbert Walters Rufen. „Helene, ich bin's. Bist du im Garte?“ Herberts grauer Lockenkopf tauchte über der Gartenmauer auf.

„Ja. Moment ich komme.“ Helene eilte zur Haustür. Sekunden später stand e auf der Terrasse. Aus dem Korb, den er neben dem Tisch abstellte, schaute vorwitzig das Ende eines knusprigen Baguettes hervor. Außerdem sichtete Nicole gepellte Eier durch den Deckel einer Kunststoffschale, sowie diverse andere Leckereien.

Helene beugte sich über den Korb. „Schon fürs Abendessen eingekauft?“

„Ja, schon. Aber das ist für jetzt. Ich hab mir gedacht, wir machen einen Brunch aus dem Frühstück.“ Verschmitzt lächelnd packte Herbert den Inhalt auf den Tisch, der schnell seine Aufnahmefähigkeit erreichte. Helene verschwand im Wohnzimmer um geräuschvoll mit dem rollenden Mobiliar des deutschen Wirtschaftswunders, einem Teewagen aus den Sechzigern, den Platzmangel zu beseitigen.

„Lang zu, Mädche“, forderte Herbert Nicole auf, deren sehnsüchtiger Blick über die appetitlichen und opulent aufgebauten Köstlichkeiten wanderte.

„Klare Bestechung“, folgerte Nicole, schnitt sich ein Stück vom Baguette ab, belegte dieses mit reichlich gekochtem Schinken und drei Scheiben Ei. „So, jetzt bin ich ganz Ohr, Herr Walter. Erzählen sie!“ Sie lehnte sich in dem bequemen Terrassenstuhl zurück. „Wie haben Sie diesen Rechtsanwalt Vogel überwältigen können ohne, dass es zu einem Kampf kam?“ Fast hätte sie hinzugefügt: *Mein Kollege bewundert sie sehr dafür.*

„Net so schnell mit dene junge Pferde. Schließlich habe Sie ab heut Urlaub und was ich Ihnen zu erzähle hab, is also ganz inoffiziell. Deshalb, erstens, ich bin der Herbert.“

„Ok, Nicole.“ Sie reichten sich die Hände.

„Zweitens. Alles muss unter uns bleibe.“

„Und drittens?“, fragte Nicole. „Es kommt fast immer ein Drittens.“

Herbert räusperte sich und versuchte Festigkeit in seine Stimme zu legen. „Drittens werde wir uns jetzt öfters über den Weg laufe.“

„Hab die frohe Botschaft schon vernommen.“ Nicole hörte regelrecht den Felsbrocken plumpsen. Sie lächelte, fingerte eine Scheibe Ei von ihrem Brot und steckte sie sich in den Mund.

„Gut. Des wär geklärt.“ Nun begann Herbert von seiner Reise nach Tibet zu erzählen, von dem Mönch, der zum

Freund wurde und alles, was er bereits Helene erzählt hatte, noch ausführlicher zu schildern.

„Internet?“, horchte Nicole auf. „Ich dachte die Mönche leben in sich ruhend, von der Außenwelt zurückgezogen.“

Herbert lachte. „Dem ist schon lange nicht mehr so. Auch der Dalai-Lama kommuniziert mit seinen Fans über Facebook.“

„Wow, willkommen im einundzwanzigsten Jahrhundert. Und wann hast du mit der Kampfsportlehre begonnen?“, frage Nicole ungeduldig.

Herbert ließ sich nicht aus der Ruhe bringen. „Insgesamt verbrachte ich mehr als ein halbes Jahr im Kloster. Es war die schönste Zeit in meinem Leben. Neben der täglichen Arbeit, in die ich natürlich eingebunden wurde, hatte ich aber auch Zugang zur umfangreichen Bibliothek. Dort stieß ich eines Tages auf eine tibetische Kampfsportart, die sich Tsal Gyang nennt. Das Tsal Gyang geht auf Übungspraktiken tibetischer Schamanen, der sogenannten Ngakpa zurück und wurde im 7. Jahrhundert im Himalaya entwickelt. Der Begriff Tsal Gyang bedeutet: *Durch geduldiges Lernen ein hohes Maß an Kraft zu erreichen.* Also nach der tibetischen Philosophie: *Das Verlangen des Menschen, sich durch stetes Bemühen körperlich und geistig weiterzuentwickeln.* Ich fragte also Yin Yin ob ich diese Kunst der Verteidigung, in meinem Alter, noch erlernen könne. Er sagte Tsal Gyang sei für Menschen aller Altersklassen geeignet und eine besonders effektive Methode, um Muskeln und Knochen zu kräftigen, Kondition und ein gutes Körpergefühl, besonders aber einen hohen Grad an Selbstdisziplin zu erlangen. Durch regelmäßiges Training würden Beweglichkeit, Geschmeidigkeit und Schnelligkeit ausgebaut und mentale Reife und Klarheit erzielt. Beweglichkeit in den Gelenken und Klarheit im Geist, war genau das, was ich wollte. Nur, so erklärte Yin Yin, im Kloster *Seta* würden keinerlei Kampfsportarten gelehrt. Es gäbe aber hervorragende Schulen in Deutschland. Also packte ich einige Tage später meine Koffer und flog nach Deutschland zurück. Aber nicht nach Hause, sondern direkt in die Schule der tibetischen Kampfkunst. Dort blieb ich die nächsten Monate. Natürlich habe ich nur die Grundlagen des Tsal Gyang erlernen können, deshalb fahre ich immer mal wieder dahin, so für vier Wochen."

„Schade. Ich hatte auf eine spannendere Geschichte gehofft. Das mit der Schule hört sich aber dennoch interessant an. Darf dort eigentlich jeder rein – ich meine, auch Frauen?"

„Ja, sicher." Herbert schmunzelte.

„Bei deinem Beruf solltest du durchaus darüber nachdenken, ab und zu eine tatsächlich entspannende Auszeit zu nehmen", sagte Helene. „Wie Herbert bereits betonte. Es macht den Geist und die Seele frei und du tust auch noch etwas für deinen Körper. Wir haben uns schon mal für den nächsten Kurs angemeldet."

„Was? Wann?" Nicole schnellte aus ihrer bequemen Sitzposition auf.

„In einer Woche geht's los."

„Ach." Die Enttäuschung stand Nicole ins Gesicht geschrieben. „Dann fällt unser Ausflug mit dem Dampfer nach Frankfurt wohl aus. Na gut. Werde ich mich halt mit einem Buch auf meinen Balkon zurückziehen.“

„Nix da“, rief Herbert lachend. „Du kommst natürlich mit. Das haben Helene und ich bereits beschlossen. Und wir dulden keine Widerrede.“

***

„Bitte hier entlang. Herr Neumann erwartet Sie.“ Eine Hotelangestellte führte Nicole auf die Terrasse. Neumann saß in der äußersten Ecke an einem Tisch. Als er Nicole sah, erhob er sich. „Frau Wegener, bitte.“ Er zeigte auf einen Stuhl. „Möchten Sie etwas trinken?“

Nicole verneinte und setzte sich. „Ich möchte Ihnen etwas zurückgeben.“ Sie holte das schwarze Buch aus ihrer Tasche. „Sagen wir einfach, es ist uns in die Hände gefallen“, kam sie Neumanns Frage zuvor. „Da wäre aber noch etwas.“ Erneut griff sie in ihre Tasche. „Das Baby hatte es um den Hals. Ich denke, es bedeutet Edeltraud sehr viel.“ Nicole hielt Neumann ein goldenes Kettchen mit einem Kreuz entgegen. „Herr Neumann, geht es Ihnen nicht gut?“

Alle Farbe war aus seinem Gesicht gewichen. Er griff mit zittrigen Fingern nach dem Anhänger. Gleichzeitig wischte er sich verstohlen über die Augen. Nach einer kleinen Weile sagte er: „Das habe ich Edeltraud zu ihrem achtzehnten Geburtstag geschenkt. Sie sagte mir, sie hätte es verloren.“

„Wie geht es Frau Häusler?“, erkundigte sich Nicole, als Neumann sich etwas beruhigt hatte.

„Oh, gut, danke der Nachfrage. Sie wohnt jetzt bei Maria und …und unserem Sohn.“ Er hob den Kopf. „Was rede ich, das wissen Sie ja schon.“ Ein kaum wahrnehmbares Lächeln umspielte seinen Mund. „Ich glaube, sie ist ein anderer Mensch geworden. Sie müssten Sie sehen, Frau Wegener. Sie wirkt um Jahre jünger. Der zentnerschwere Ballast, die Schuld der vergangenen Jahrzehnte und das Leid; das alles ist von ihr abgefallen. Stellen Sie sich vor, gestern trug sie ein hellblaues Kleid, bedruckt mit weißen Margeriten und ihre wundervollen Haare hatte sie zu einem lockeren Zopf geflochten. Oh, mein Gott.“ Er schlug beschämt die Hände vors Gesicht. „Sie müssen mich für einen durchgeknallten alten Trottel halten. Entschuldigen Sie.“

„Nein, tue ich nicht“, antwortete Nicole. „Ich halte Sie für einen glücklichen Mann, der nach sehr langer Zeit, die Liebe seines Lebens wieder gefunden hat. Und sie brauchen sich dafür nicht zu entschuldigen, weder bei mir noch bei irgendjemanden sonst.“ Sie stand auf. „Ich wünsche Ihnen beiden für die Zukunft alles Gute. Und, richten Sie Frau Häusler schöne Grüße aus.“

Karl Neumann erhob sich ebenfalls. „Danke, für Alles, Frau Wegener. Vielleicht besuchen Sie uns mal, wenn Sie Zeit dazu haben.“

„Das werde ich gern. Versprochen. Ich hatte sowieso kaum Gelegenheit Frau Häusler näher kennen zu lernen.“

In Gedanken versunken ging Nicole zum Parkplatz, als ihr Handy eine SMS ankündigte.

„Bitte, NICHT SCHON WIEDER!“, stöhnte sie, streifte mit dem Finger über das Display und öffnete die Nachricht.

Hi, Nicole. Wir wünschen Dir einen schönen Urlaub. Siehe MMS, Lars und Harry.

Das Foto zeigte ihre Bürotür, auf der ein Schild klebte.

An alle Gewaltverbrecher!

Haltet euch bitte in der Zeit vom 16. bis 30. Juni zurück.

Hauptkommissarin Nicole Wegener ist in Urlaub.

Sie lächelte und schrieb zurück.

Nehmt das sofort wieder ab! Danke, Jungs. Bis bald.

***

Drei Monate später:

„Helene, hast du des gelese?“ Herbert hatte die Zeitung auf dem Tisch in Helenes Küche ausgebreitet. „Auf dem Friedhof habe se schon wieder randaliert.“

„Ach?“ Helene beugte sich über Herberts Schulter. Murmelnd las sie die Anzeige der Polizeipresse.

Erneut kam es auf dem städtischen Friedhof zu Randalen. Der oder die Täter zertrümmerten Blumenschalen und entwendeten Laternen und Kerzen von Grabstätten mit Steinplatten. Für sachdienliche Hinweise wenden Sie sich bitte an die ortsansässige Polizeidienststelle.

„Findest du das nicht auch seltsam, dass die Flegel sich immer nur die Grabstätten mit Steinplatte aussuchen?“

Herbert nickte. „Ja, schon komisch. Und die Polizei tappt mal wieder im Dunkeln, wie immer.“

ISBN 978-3-7427-0032-2
9 783742 700322 00018
www.epubli.de